七剑八侠

陆士谔 ◎ 著

民国武侠小说典藏文库·陆士谔卷

中国文史出版社

海上奇才陆士谔（代序）

　　二十世纪初到四十年代，上海滩出现了一位奇才，他精通医道，医德高尚，曾被誉为上海十大名医之一；他著作等身，医学专著四十余种，各类小说一百余种，是当时享有盛誉的名作家。这位奇才就是陆士谔。

　　陆士谔，名守先，字云翔，号士谔，用过多个笔名：沁梅子、儒林医隐、珠溪渔隐、梦天天梦生、云间龙、云间天赘生、路滨生、龙公等。晚清光绪四年（1878 年）生于江苏青浦珠街阁镇（今上海市青浦区朱家角镇）一个书香家庭。九岁起，跟随青浦名医唐纯斋学医，前后共五年。十四岁到上海一家当铺做学徒，不久辞退回家，在朱家角一边行医一边大量阅读医书和各种"闲书"。二十岁再到上海行医，因业务清淡，遂改业租书，购置一大批读者欢迎的小说，日间以低价出租，晚上潜心研读这些小说，不但能维持生计，而且渐渐悟出写作诀窍，先写些短篇，试着投稿报馆，竟获一再刊登。他写兴更浓，由短篇而中篇，由中篇而长篇，有些还印成单行本，风行一时。此时他认识了小说界前辈海上漱石生孙玉声，孙玉声知道他做过医生，对医道有研

1

究，劝他重开诊所。他听从劝告，此后坚持一边行医，写医学专著和有关掌故，一边撰写小说，直到1944年因中风不治在上海家中逝世，享年六十六岁。

陆士谔一生整理、编注、创作医著和医文四十余种，对清代名医薛生白（1681—1770）、叶天士（1666—1745）的医案钻研极深，编注过《薛生白医案》《叶天士医案》《叶天士手集秘方》等重要著作，自著十余种，最重要的是《医学南针》初、二集，其业师唐纯斋为之作序，赞他"以预防为主医学，极深研几，每发前人所未发"，"以新说释古义，语透而理确"。他以所学理论行医，悉心诊治，常能妙手回春。1925年，一位广东富商请其出诊，为奄奄一息、众名医束手的妻子治病，经过半个月的诊治，病人霍然而愈。富商感激涕零，登报鸣谢一个月，陆士谔的医名由此大振。在沪行医期间，陆士谔以其精湛的医术、高尚的医德，被誉为上海十大名医之一。

陆士谔以医为业，业余还创作了百余种小说。为陆士谔研究付出过艰辛努力的田若虹教授给予高度评价："陆士谔的小说全面地反映了晚清民国时代的社会面貌、重大事件，笔触遍及政治、外交、文化、经济、军事等各个方面，展现了封建末世的一幅真实画图。""他以强烈的愤怒抒发了对社会官场魑魅魍魉的谴责与鞭笞，以感情充沛的笔锋表现了对反帝爱国志士的赞扬与尊敬，用热情洋溢的话语描述了其理想中的新中国。这一切憎爱分明的情感，铭记着时代的苦难痕迹，闪耀着陆士谔在十九世纪末、二十世纪初那个特定的历史阶段与时代同脉搏、与人民共呼吸的真挚情感。同时也热切地表达了其欲挣脱'衰世'腐败黑暗的社会及卑污风气，挣脱束缚、压抑之环境，追求美好自由新境界的愿望。他对现实的愤怒与对未来的追求融汇交织其中，感情激烈而奔放，语言辛辣而犀利，文风格调亦具有时代精神的特征。在封建制度大崩溃之前夕，陆士谔等近代小说家们的那些充满激情的篇章、声情沉烈的创作颇具现实意义。"①

陆士谔的小说不仅数量多，而且题材极为广泛，田若虹教授将其分为社会小说（52 种）、武侠小说（22 种）、历史小说（10 种）、医界小说（3 种）、笔记小说（18 种）、科幻小说（2 种）和纪实小说（即时事小品 110 则），共七类。正因为认识到陆士谔小说的社会价值，1988 年起，先后有十余家出版社重印了一般读者较难看到的陆士谔小说，如《新孽海花》《血泪黄花》《十尾龟》《荒唐世界》《社会官场秘密史》《最近上海秘密史》《商场现形记》《新水浒》《新三国》《新野叟曝言》《清史演义》《清代君臣演义》《清朝秘史》《八大剑侠传》《血滴子》等十余种，其中最著名的是《新上海》《新中国》和《八大剑侠传》《血滴子》。

撰于 1909 年的《新上海》深刻揭露了清末上海十里洋场种种光怪陆离的"嫖、赌、骗"丑恶现象，竭力描写，淋漓尽致。1997 年，上海古籍出版社将其与李伯元的《官场现形记》、吴趼人的《二十年目睹之怪现状》等一起列入"十大古典社会谴责小说"。1910 年，又撰《新中国》，小说以第一人称写作，以梦为载体，作者化身陆云翔，描述梦中所见：上海的租界早已收回，建成了浦江大铁桥、越江隧道和地铁……2009 年 12 月，为配合

① 见田若虹：《陆士谔小说考论》，上海三联书店 2005 年 7 月初版。

3

宣传 2010 年上海办世界博览会，有出版机构重印了这部小说，国内外媒体也纷纷报道，极大地提高了陆士谔的知名度。

陆士谔还以清初社会现实为背景，从 1914 年到 1929 年，十六年中写出二十余种武侠小说：《英雄得路》、《顾珏》（以上为文言短篇，分别载于《十日新》杂志和《申报·自由谈》）；《八大剑侠传》（原名《八大剑仙》）、《血滴子》（又名《清室暗杀团血滴子》）、《七剑八侠》、《七剑三奇》、《小剑侠》、《新剑侠》（以上后合编为《南派剑侠全书》），《红侠》、《黑侠》、《白侠》、《三剑客》（以上后合编为《北派剑侠全书》），《雍正游侠传》、《今古义侠奇观》、《江湖剑侠》、《八剑十六侠》、《剑声花影》（原名《侠女恩仇记》）、《飞行剑侠》、《古今百侠英雄传》、《新三国义侠》、《雍正剑侠奇案》、《新梁山英雄传》、《续小剑侠》（以上为白话长篇，多由上海时还书局出版）。

这些小说中的人物，出场最多的是康熙、雍正时的八大剑侠，即路民瞻、曹仁父、周浔、吕元、白泰官、吕四娘、甘凤池和了因和尚（俗家名吴天巑），他们是南明延平王郑成功部下，明亡后，存反清复明大志，在各地行侠仗义，扶危济困，名震天下。书中由正面转为反面的人物是年羹尧和云中燕（"血滴子"暗器发明者），起初也行侠惩恶，后来却创办血滴子暗杀团，帮胤禛夺得皇位，最后被雍正卸磨杀驴，下场悲惨。陆士谔笔下这两组人物故事当时吸引了无数读者，不仅小说一再重印（《八大剑侠传》《血滴子》竟印到 21 版），而且被改编成京剧连台本戏和电影《血滴子》，红极一时。受其影响，在陆士谔原著的基础上，稍后出道的民国武侠北派五大家之一的王度庐，1948 年写出

《新血滴子》（又名《雍正和年羹尧》）。至 1950 年代，香港武侠名家梁羽生发表《江湖三女侠》，吕四娘、白泰官、甘凤池和了因的形象更为生动；台湾武侠名家成铁吾更写出 350 万字的巨著《年羹尧新传》，使原本笔法相对平实质朴的故事奏出了华彩乐章。

最后值得一提的是陆士谔 1915 年 3 月 19 日发表于《申报·自由谈》的文言笔记小说《冯婉贞》，记载了 1860 年英法联军火烧圆明园时，北京民女冯婉贞率领数十年轻村民痛击联军，杀死近百名敌军，成为近代民族英雄的杰出代表。此文 1916 年被徐珂略作修改后收入《清稗类钞》，二十世纪六十年代又被收入中学范文读本。

2014 年起，中国文史出版社陆续推出了"民国武侠小说典藏文库"和"民国通俗小说典藏文库"两大系列丛书，先后整理、重印了还珠楼主、白羽、郑证因、朱贞木、平江不肖生、徐春羽、望素楼主、顾明道、刘云若、张恨水、冯玉奇、赵焕亭、李涵秋等作家的全部或大部分小说，深受读者欢迎，并获研究者的好评，此番又将重印陆士谔的大部分武侠小说，从《八大剑侠传》到《飞行剑侠》，共 15 种，真是功德无量！望文史社编辑诸君再接再厉，将建修两大文库的宏伟工程进行到底，使这份珍贵的文学遗产永久传存于世间！

林　雨

2018 年 12 月于上海

目　录

正　编

正 编

第一回

深宫现鬼魅皇帝惊心
天语露不祥相臣疑惧

　　话说剑客侠士，清代康、雍、乾三朝最为众多，听那故老讲说，侠气豪情，须眉毕现，不觉引起了士谔的兴趣，摇唇弄舌，浪费笔墨，编撰起小说来。偏偏看官们癖有嗜痂，瞧过了《八大剑侠》，要瞧《血滴子》，偏偏士谔做了医生，要紧应酬病客，《血滴子》一书，编撰得略迟一点子，就被投机家做了一部假书来哄骗看官。这件事士谔心里头很是抱歉，所以现在于诊病之余，不敢稍自怠慢，赶紧编撰《七剑八侠》，以赎前愆。闲话已多，书归正传。

　　却说雍正帝此时内诛管蔡，外戮韩彭，敌寇既除，安闲无事，准备过那升平日子，享那富贵荣华。朝中满汉大臣，最心腹的只有三个，一个是满洲镶蓝旗人，姓西林觉罗氏，名鄂尔泰，由举人授三等侍卫出身，历迁至保和殿大学士，兼兵部尚书、军机大臣，封一等伯爵。雍正帝尝向臣下道：

　　"朕有时自信，不如信鄂尔泰之专。"

朝中事情，不论大小，总与鄂尔泰商量，鄂尔泰每天入朝，总要三更之后才得出来。每具一疏，虽请安庆贺极寻常札子，雍正帝情人眼里出西施，必嘉奖他的忠诚，颁示天下，叫大小臣工瞧他做榜样。用兵准噶尔时候，叫他督巡陕甘。经略军务，特赐黄金宝甲、尚方宝剑。回京时光，又特旨赐宅第一所，派户部尚书海望经理其事，凡屋中一切器用什物，都叫他办齐。一日，海尚书奏报办齐，雍正帝忽叫把客堂中搁几舁来验看。见搁几已经瘲败，龙颜大怒，立召海望切责。海望叩头如捣蒜，求恩准其更换，雍正方才罢了。等到鄂尔泰入朝奏事已毕，雍正帝道：

"卿不必还旧第去，可即到新第去，朕立刻写一个匾额赐你。"

随命磨墨，御笔亲书，写了四个字，却是"公忠弼亮"四大字，又写上小字一行道：

御书赐大学士一等伯鄂尔泰，雍正某年月日。

随派十名侍卫捧着，跟随鄂尔泰回家。又听说新赐宅第中没有花园，叫把雍和宫的小红桥园分一半赐鄂尔泰，其余一半即为军机处直庐，宠幸无比。

一个是文华殿大学士、一等轻车都尉、吏部尚书、军机大臣，桐城张廷玉。请假回里葬亲时光，特赐冠带衣裳及貂皮、人参等物，并颁内府书籍五十二种。临行，雍正帝又亲赐他玉如意一柄，道："朕愿你往来事事如意也。"明年还朝，特遣内大臣户部尚书海望到卢沟桥迎劳，赐予酒膳。

还有一个也是汉人，是江南溧阳人氏，姓史，名叫贻直，号称铁崖，与大将军年羹尧甲榜同年，官拜兵部尚书，当着勇健军统领。雍正帝曾命各省督抚保举村武之士，共得数千，内中最勇的，能够开弓二十石，举刀一千斤，赐名叫勇健军，叫史贻直统带了，驻扎在巴里坤，防备藏蕃。史贻直的得志，还由于年羹尧的保荐。那年，年大将军平定了青海凯旋，势焰熏天，黄缰紫骝，走得飞一般的快，王公大臣奉旨郊迎，尽都屈膝请安，大将军扬鞭而过，正眼也不觑一眼，独有史贻直长揖不拜，真是大将军的挡客。年大将军大惊道：

"这不是我同年史铁崖吗？"

急忙滚鞍下马，拱手相见，随亲手扶史贻直上了那马匹，自己别骑了一匹，两个儿并马进城。路上人民见史翰林倒骑着黄缰紫骝，大将军倒骑着寻常马匹，都很纳罕。后来，年大将军因罪伏诛，下旨追究党羽，有人告发了史贻直，雍正帝召问他：

"汝也是年羹尧所荐的吗？"

史贻直碰头道：

"荐臣者羹尧，用臣者皇上。"

雍正帝点头，就此不去罪他。

这三个人便是雍正帝心腹之臣。那史贻直原奉差在外，总理着陕西巡抚事务，自从血滴子云中鹤、邓起龙等一班人逃脱之后，严旨捕拿，步军统领衙门、五城兵马使、直隶总督、顺天府府尹，几个衙门白忙乱了几日，捕风捉影，何曾有过切实的复奏？血滴子的厉害，雍正帝是知道的，凭空脱逃了去，定然不会有好的结果，与鄂尔泰、张廷玉商量了半日，商量出一个极好的法子，把史贻直调回京来，叫他统带了勇健军，在紫禁城左右防卫。史贻直接到廷寄，不敢怠慢，统带了勇健军，星夜兼程，赶到京师。见了驾，雍正帝大大慰劳。

次日，皇帝亲临校阅，见勇健军一个个健如虎豹，不但步马箭连发连中，舞刀举石，都中程式，并且布阵变化，进退疾徐，也全都丝丝入扣，就是过不合高来高去飞行功夫罢了。雍正帝大喜，下旨犒赏，大宴军士，随命在紫禁城四周巡查防卫。史贻直见雍正欢喜，就拜上了一个本章，奏的共是三件事情，一是科道吏礼两部官员，宜用正途出身的人；一是迁擢官员，宜循照资格，禁止躁进；一是河南地方现办的开垦捐输，宜速停止。结末又说，国家理财自有正经之道，劝捐非体，不可令于下。雍正帝正用人当儿，自然无言不众，随即下旨嘉纳。又特旨命鄂尔泰的兄弟鄂尔奇以兵部尚书，兼步军统领。鄂尔泰入宫力辞，求请收回恩命。雍正帝笑道：

"你怕你的兄弟造反吗？"

鄂尔泰碰头道：

"兵权太重，非制也。皇上恩典，奴才自然感激，只求不要施恩过重，那就是皇上疼顾奴才兄弟了。"

雍正帝道：

"你怎么也这么不明白起来？我重用你们兄弟两个，难道光为你们一家子荣华富贵？现在朝廷多事当儿，靠得住的人能有几个？用人行政，朕躬自有命意，你省得吗？"

鄂尔泰才不敢再求。从此，鄂尔奇做了步军统领，广派番役，盘查九门进出人等。紫禁城外面，又有勇健军全身披挂，弓上弦，剑出鞘，昼夜梭巡，防卫得异常严密。

　　不知怎么，自七月以来，雍正帝一到夜间，总是心惊肉跳，坐卧不宁，并觉大内阴风惨惨，好似有鬼似的，才一合眼，就见允禩、允禟、允禵，并年羹尧，都披头散发了前来索命。殿阁中东声西响，宫女、太监人等又时时哗言见鬼。雍正帝原本恃强，素来不信鬼怪报应之事，到了此刻，倒也不免心虚胆怯，于是一面命雍和宫的喇嘛僧众讽经超度亡魂冤鬼，一面特旨征召江西龙虎山张真人、江南枫泾镇娄真人进京设坛，建醮禳解。无奈宫中鬼怪，依然如故。雍正帝道：

　　"这大内朕竟不要住了。"

　　命迁向圆明园中去，并叫鄂尔泰同到园中值宿，不必回家，遇事可以随时商办。就命史贻直带了勇健军，到园防卫。移居了圆明园，晚上果然安静了好些。那军机大臣，除鄂尔泰奉旨值宿，不许回家外，文华殿大学士张廷玉也每日到园办事。雍正帝见他辛勤，一日，向鄂尔泰道：

　　"朕为内阁在太和门外，当值的人又多，人多口杂，深虑泄露，遂于雍正七年，特设军机处于隆宗门内，为承旨出政的总汇。彼时你与张廷玉两个同为军机大臣，一切格式都是廷玉定出的。八年分，朕躬违和，又多亏廷玉谨慎翊赞，朕躬得以静养调摄。你们两个，忠勤谨慎，真是朕的良佐。朕躬万年后，必须你们两人配享太庙。以后，你们两人中，不论哪一个替朕写起遗诏来，务须添上这一笔，不要忘怀了。"

　　鄂尔泰口中虽然答应着，心里很是奇怪，怎么皇上好端端发这不祥之言？暂时按下。

7

却说吕四娘、陈美娘、甘凤池、路民瞻、周浔、吕元、曹仁父、白泰官、张福儿，七剑八侠，共是九人，离了飞龙岭太阳庵，径向京师进发。这日，行到杨村地方，忽见一个四十来岁的女娘跨马而来，瞧见了白泰官，忽就停缰问道：

　　"尊客不是武进白泰官的高徒吗？久违了，令师可好？"

　　白泰官忙回：

　　"多谢惦念，敝师幸尚无恙。"

　　谈了几句话，拱手作别，各自西东。众人都很纳罕，忙问：

　　"白兄，怎么你又做了白泰官的高徒了？到底你们武进共有几个白泰官？"

　　白泰官道：

　　"说起话来很长，还是二十年前的事呢！我那时专替人家保镖，专走山东、河北一带，先后十年，从没有失过一回事。那日，领镖到山西，入了太行山，下了店，忽有一个和尚投帖来拜，帖子上写着'铁肚佛'三字。我知道他一定是绿林大盗，来意必是不善，留心接待，问他来意。那和尚道：'久慕大名，专诚候教，凭你先打三拳，如果打我不倒，这两车的镖银都要叨惠了。'我听了大怒，运足了气力，望准他的要害所在，尽力一击。叵耐那和尚纹丝不动，我不觉大惊。和尚笑道：'只不过这点子本领吗？原银别动，我明日来取，今夜费神还替我看守一夜。'说罢，狂笑而去。

　　"我这一夜，翻来覆去，睡下何曾合眼？忽然想起师父的话，凡遇僧道挺身出门的，必有惊人技艺，不过能够炼气把睾丸缩入小腹的，不可轻敌。现在这和尚还累然下垂，似乎还能够设法。次

8

日，和尚驱着健骡而来，我就笑容迎接，向他道：'大和尚的神勇，弟子敬佩已极，只是昨日尊约原是三拳，我只打得一拳，还欠着两下，现在能否许我补打？'和尚道：'可以。'遂直立不动。我运气盘旋，走了十多个圈子，疾退十几步，蓄足了势，曲身猛进，但闻和尚狂叫一声，两枚睾丸已被我摘在手中了。镖车依旧安然无恙。

"隔上年余，忽有一个二十来岁的女郎到家相访。我见她弓鞋缚裤，北边样子的装束。一入门就问：'白泰官在家吗？'我度她来意不善，就问：'姑娘是何人，要见我们师父？师父替人保镖去，总要半年后才回呢！'因留她待茶。恰好庭下有几断硬木，我用指撮来烹茶，碎如刀削。那女郎道：'既然你师父不在，就烦转致一声吧，我是铁肚佛的弟子，三年后再来相访，叫他不要走开。'我送她出去之后，回瞧天井中女郎走过的地方，入石三分，宛如刀刻。就此，我收去了镖局，出门访道，幸遇着剑师，携我入山学剑，能有现在这点子小技。不意今日又与此女不期而遇。"

众人听了，都很赞叹，一路谈话，并不寂寞。

这日，辰牌时候，卢沟桥已经在望，吕四娘欢喜道：

"我今日能够报仇雪恨了。"

欲知七剑八侠如何入宫行刺，且听下回分解。

9

第二回

吕四娘飞剑刺雍正
鄂尔泰走马接乾隆

却说众侠听了吕四娘的话，都道：

"到了京中，就好想法子了。"

当下一行九人渡过卢沟桥，径向京城进发。此时雍正帝已经移居了圆明园，所以步军统领的番役倒也不很盘踞。吕四娘等下了店，就分头各向繁华街市闲逛，乘便探听宫廷消息。无奈上下等级悬殊，宫闱又极神秘，宫里头的事情民间竟然不知道的。

直至到了晚上，吕四娘约了路民瞻、张福儿两个，运动剑气，飞入紫禁城，阖宫搜索，搜了个遍，哪里有雍正帝影踪？不过这夜，值夜的侍卫太监人等瞧见三条白色电光不住地往来飞绕，连眼睛都张不开，有两个稍与白光相近，连发丝都断掉，只当是鬼怪，阖宫都哗闹起来。三位剑侠白忙了一夜，扑了个空，回到店里，曹仁父等齐问：

"大事如何？"

吕四娘摇头道：

"这辕王大致得着了消息，不知躲向哪里去了。"

甘凤池道：

"又不是鬼怪，如何会得着消息？不要到热河去了，我明儿替你打听去。"

次日，甘凤池打听回来，报告道：

"雍正移居在圆明园里，我出去恰好遇着退朝回来的百官，都打圆明园那条路来。询问旁人，都说皇上在圆明园，百官上朝退朝，每天要走过两回呢！"

吕四娘大喜。这日，三更时分，吕、路、张三侠凝神一志，放出剑光，直向圆明园来。这日是八月二十三日，三更月光初上，三条剑光映着月光，衬得愈益光亮。雍正帝正为一件什么事与鄂尔泰谈了大半天，觉着身子乏了，遂叫鄂尔泰退去，自己也想歇歇。不意鄂尔泰方才退去，就听得园中防卫的勇健军齐声怪叫起来，都喊道："白光！白光！"才待差人去瞧，只见一缕白光电一般地从窗棂中直穿进来，奔激飞绕。雍正帝头颈里才绕得一转，脑袋早已堕了下来。身旁两个小太监一见这个样子，唬得魂飞天外，魄散九霄，要喊时结住了舌，要走时钉住了脚，挣了半天，才挣得一句：

"不好了！你们快来。"

值宿的侍卫听得里面急喊，赶进来一瞧，也都唬得魂不附体。一个侍卫有主意，飞步去报知鄂尔泰。鄂尔泰已经就寝，惊得跌下地来，不及披衣，跟了侍卫就走，跑进寝宫，见了那凄惨情形，不禁抚尸大哭。哭了一会子，收泪道：

"国不可一日无君，现在变出非常，遗诏都不曾有，快取纸笔。"

就在寝宫中草起遗诏来，说的是：

> 朕婴急病，不及医治，自知不起。皇四子弘历，天
> 性纯孝，举止稳重，深肖朕躬，必能缵承大统，着继朕
> 即皇帝位。钦此。

用过了宝，一迭连声叫备马，捧着诏，就要起行。小太
监道：

"鄂中堂，你还穿着短衣呢！"

一句话提醒了鄂尔泰，急叫人取了袍套来穿了。太监回称：

"夜深了，马没处找，只找得一头运煤的驴子。"

鄂尔泰道：

"事机急迫，就驴子也好。"

当下捧着遗诏，哭着上驴，黑夜里飞奔进城而去。后人有
诗，专咏吕四娘夜刺雍正帝，其辞是：

> 重重寒气逼楼台，深锁宫门唤不开。
>
> 宝剑草囊红线女，禁城一啸御风来。

鄂尔泰狠命地鞭那煤驴，驴子受了痛，没命地向前冲撞，喊
开京城，迎到皇四子，拥入禁城即皇帝位。鄂尔泰就此宿在宫
中，保护新主，连着七日七夜，等到大事已定，方才回家。当下
太监人等见鄂尔泰左脚裤子上一大块红湿，走近细瞧，髀血浔

淙，还在淋下来呢，喊道：

"鄂中堂，你腿上血出，脱了肉呢，痛吗？"

鄂尔泰揭起自瞧，才知仓促间被驴子所撞伤。当下新皇帝命鄂尔泰与庄亲王允禄、果亲王允礼、大学士张廷玉总理事务，又把雍正帝遗衣鹅黄蟒袍、四团龙补服赐予史贻直，史贻直入宫谢恩。新皇帝道：

"这是先帝的意思，现在朕与卿君臣共事，就是先帝的事情，卿总要始终一致。"

史贻直叩头谢恩，呜咽不能成声。新皇帝也泣一个不止，竟把非常惨变一字不提。

却说吕四娘等回到店中，众侠知道大仇得复，无不拍手称快。甘凤池主张设筵庆贺，路民瞻止住道：

"这里禁城地方，哪里容得你这么张扬？何况皇帝驾崩，势必至举办国丧，国丧期内，例当停止饮宴。你我虽然不怕什么人，枝节横生，究竟也不很稳妥。"

张福儿道：

"吕师姊，谅老伯母在太阳庵必是提心吊胆，朝夕盼望，似该赶紧回飞龙岭报知这个好消息，好叫他老人家早点子安心。再者，师父总也很惦着的。"

吕四娘道：

"我也这么想呢！"

白泰官道：

"总待见了红诏白诏，我们才得动身。庆贺一节事，我看也是不能少的，待回到飞龙岭再办不迟。"

众人都说有理。次日，哀诏果然颁布，说的是急病身亡，新皇帝定了明年为乾隆元年。吕元道：

"咱们送吕侠女到了飞龙岭，开过庆贺筵之后再散吧！"

于是七剑八侠九个人依旧一同起身，向飞龙岭进发。不多几日，早已行到，见过广慈主师，报知一切。主师十分欢喜，遂道：

"四娘，去见令堂吧！"

吕四娘应着，自去母女相见。这里甘凤池发起，醵资办酒，庆贺四娘大功告成，由陈美娘转恳主师代办酒菜。这夜，八侠九人团聚一席，欢呼畅饮，直到更深始散。

次日，各人与主师告别，各奔前程而去。只有吕四娘母女无家可归，陈美娘多情，定要邀到镇江去同住，吕太太不肯。张福儿又要留师姊到宿州去，四娘因倚赖他人，终非久计，想要自立家业，又因母女茕茕，很难支撑门户。主师慧眼，已经洞烛其隐，开言道：

"四娘与吕太太还是随老衲住几时吧，还有一段姻缘呢！且待过了明年，再去自立门户。"

吕太太允下，于吕氏母女仍在飞龙岭居住。

张福儿、甘凤池、陈美娘同伴南归，到了宿州，张福儿定要凤池夫妇暂驻行踪，挽留得很是恳挚，甘凤池只得应允了。当下张福儿引甘凤池、陈美娘到家，满拟竭诚款待，哪里知道一入家门，家中又有非常祸事，乱得一团糟。

原来，张福儿的母亲病危在床已经半月，求医问卜，一天重似一天，到这会子差不多仅存一息了。福儿之妻毕氏，亲侍汤

14

药，已有六七天衣不解带。张兴德各寺许愿，各庙烧香，初时也很希望她痊愈，后来见病势日增，知道没有指望，就忍住了心痛，替她预备后事，唯日日盼望福儿归家。现在福儿留凤池、美娘到家，张兴德一见，就拖住福儿的手道：

"我的儿，你今儿才回家，我的两眼都望穿了，你娘不得了呢！"

张福儿大惊道：

"娘为甚不得了？"

张兴德道：

"你进去瞧瞧就知道了。"

福儿听说，匆匆地进去了。这里凤池、美娘就与张兴德见礼，张兴德自然竭诚招待。甘凤池道：

"府上有甚急事？瞧镖师脸色，很有忧愁的样子。"

张兴德道：

"没什么，不过内人病得很重，光景是没有指望的了。昨儿才派了个人到飞龙岭，不想今朝福儿就回来了，真是天可怜见，使他娘儿两个还会见一面。"

凤池见他家中有着病人，不便住着，略坐一会子，夫妇两个就起身告辞。张兴德也不坚留，送出大门，拱手作别，回到里面，见张老娘执住了福儿的手，气息如丝，连喘带语地讲话。福儿跪在床前，捧住了老娘干姜般的手，不住地舔。张兴德一阵心酸，不禁落下英雄泪来。瞧那媳妇毕氏，背着病人也在那里吞声暗泣，张兴德自向风炉上倒了半杯参汤，试了冷热，送到床前道：

"老娘娘，润润喉吧！"

轻轻送上。毕氏听得，赶忙取了个匙来，舀了一匙，候到老娘嘴边，呷了下去。第二匙候得稍急了点子，病人就呛了。张福儿连忙起身替娘捶着背，老娘娘摇摇头，似乎叫他不必捶的意思。父子、儿媳伺候得病人睡去了，替她下了帐子，父子两人才轻轻地退出房来，只留毕氏一个陪在房里。张兴德走到外面，问福儿道：

"你瞧你娘怎么样？妨碍不妨碍？"

福儿含泪道：

"全靠老天菩萨保佑罢了，想来都是孩儿不孝所致，但是怎么一病就会这么重？"

张兴德道：

"你娘素来很健全的，自从月初起，晚上睡下不很睡得着，日间反倒疲倦。我见她饮食如常，倒也不很介意。后来身子渐渐消瘦，饭食渐渐减了，偏又没有寒热，不过睡下常常心惊肉跳，从睡梦中惊醒。请了几个医生来，服下药去，与病总是不相干的。有一晚大哭而醒，说是梦见你被人杀死了，从此就重起来的。"

张福儿听了，愈益心痛。这夜，福儿就在天井中点了大香大烛，向天叩头，虔诚祝祷，甘愿折寿赎母。次日瞧病人时，病势非但不减，倒又添了个疲乏，话也不很肯说，水也不很要呷了。

张兴德道：

"看来不过挨日子罢了。"

父子两个正在着急，外面忽报有客来访。张兴德走出瞧时，见来客不是别个，正是在泰山上晤会的张人龙，执手道：

"人龙兄，再想不到你今儿会光降草舍。"

张人龙道：

"我因路过此间，特来瞧瞧你。"

也是张老娘命不该绝，凭空来了这么一个救星。欲知如何遇救，且听下回分解。

第三回

孝媳疗姑割股代药
名医治病着手成春

却说张人龙来了，张兴德虽然竭诚款待，谈话之间总有几句答非所问。张人龙心疑，动问兴德。兴德就把妻病垂危的话说了一遍。张人龙道：

"请过大夫没有？"

兴德道：

"邀过好多位郎中（医生北人称大夫，南人称郎中），诊了脉，开了方，服下药去，总是与病不相干，这几日索性停药了。"

张人龙道：

"我荐给一个好大夫与你，包你可以有效，就可惜不在左近。"

张兴德问是谁，张人龙道：

"此人姓徐名大椿，号灵胎，江南吴江人氏。我在南京时光，会过两面。"

张兴德道：

"徐灵胎先生，那是我久慕大名的，只是听得他不很肯瞧病，有送了重金去空身回来的，很是不少。这里离吴江又远，不知道他肯来不肯来。"

张福儿在内听得，走出来道：

"既有这么好的郎中，我随了人龙伯请去，磕头哀恳，务必把郎中请来。"

人龙道：

"福弟同去，那是最好了。我知道徐灵胎素重义气，说起是府上，再没有不来的。"

张兴德大喜，一面置酒款待，一面就叫备马。

饭毕动身，人龙跨了马，福儿就跨了兴德那匹驴子。哪里知道一到吴江，四面都是水乡泽国，驴与马非但不能代步，反倒要用船载它，累赘得很。打听旁人，知道徐灵胎住在洄溪地方，人龙、福儿乘船载马，直到洄溪，登门投帖。徐灵胎见是故人到来，急忙出接。张人龙替福儿介绍了姓名，并述来意。灵胎道：

"宿州双刀张是很有名的，自当应邀往诊。"

张福儿打恭称谢。徐灵胎道：

"这位世兄不就是万里寻亲的张孝子吗？"

张福儿道：

"惭愧得很，不敢当，先生宠奖。"

灵胎大喜，当下就与两张谈论点子拳经武艺，一个是剑侠名家，一个是血滴能手，又况都是少林嫡派正宗，自然谈得十分投机。徐灵胎是自己有船的，二张带了坐骑来，自然另雇一船。三人即日就道，离了水乡，弃船乘马，福儿把驴子让与徐灵胎坐了，自己步行跟随。

不多几日，早到宿州。哪里知道张兴德家门首挂榜烧楮，遭了变故似的，三个人都吃一惊。福儿闯入瞧时，见父亲张兴德正在那里礼佛，一见福儿，就问：

"徐先生请到了吗?"

福儿道：

"请到了。"

张兴德道：

"我出去迎接，你来拜佛。"

福儿道：

"为什么做佛事?"

张兴德道：

"算命的说你娘星宿不吉，延请了高僧，替她禳解呢!"

当下张兴德把徐灵胎接到里面，先捧出脸水，请洗过脸，然后献上好茶。灵胎接茶呷了几口，随道：

"我们去看看脉如何?"

张兴德说了"费神"两个字，就起身往里让，陪到房中，床前桌上早点上一支绛蜡。灵胎向病人招呼了一声，就床前方凳上坐了。张福儿送过一本书，权代脉枕的。徐灵胎接了，且不按脉，移过绛蜡，聚精会神地打量那病人容色，见她容颜消瘦，双眸炯然，从山根到眉心都现红赤之色，两颊均现有滞色。放过了蜡，然后凝神息气地切脉，先候右手，后候左手，按着寸关尺三部分为浮、中、沉九候，切了好一会子，再看过了舌苔，笑向张兴德道：

"我们外面去谈吧!"

陪到外面坐下,徐灵胎向张兴德道:

"尊夫人的贵恙是心阴不足,心阳有余。左寸细数,左关、左尺均细弱,右寸浮大,右关、右尺均浮弱。左寸细数者,心阳发越之征。右寸浮大者,心火刑金之象。左三部脉属血,右三部脉属气,血弱则火自浮,阴亏则气难降。脸上山根之部属于心,眉心之位属于肺,而两颐之下属于肾。现在山根、眉心均现红赤之色,而两颐肾部且现滞色。凭脉察色,尊夫人平日必是喜动恶静之人,此病之起由于思虑太过,夜卧定然多寤少寐,甚至心惊肉跳。病至心火刑金,必有忧伤哭泣。经云:'忧愁思虑则伤心。'所幸先天充足,尺脉来源俱长,病尚可治。不过症非外感,调养为宜,首当怡情悦性,草木之工不过辅佐罢了。"

张兴德佩服道:

"先生高论,洞见肺腑,说得病情宛如在咱们家中看见似的,现在全仗先生出手援救。"

徐灵胎道:

"说过病尚可治,待我开了方,服一两剂。"

看写的方是导赤散与朱砂安神丸合方,加鲜竹心、鲜茅根作引。张兴德父子大喜,立即配药煎汤,一面盛筵款待。说也奇怪,张老娘自从服了徐灵胎的药,病势就退去了小半。日日复诊,日日易方,不过十日工夫,竟然痊愈了。兴德父子喜不自胜。

这日,灵胎辞着要回去,张兴德设筵饯行,酒后耳热,徐灵胎一时兴致,卸去长衫,就场地上打了几套拳,舞了一会儿刀。

张兴德佩服道：

"原来先生也是少林嫡宗。"

一来酒后高兴，二来素性自负，灵胎不禁沾然道：

"我要与镖师比较一下子，叨教叨教可以吗？"

张兴德笑道：

"可以。"

于是兴德丢去了长衫，两个人各站了部位。兴德见徐灵胎行的格式是朝天直举、排山运动、黑虎伸腰、雁翼舒展、揖肘钓胸，倒也颇有点子功夫。兴德拱手说了个"请"字，让灵胎打进。灵胎即用《拳经》十八字诀的残字诀，举手向张兴德胸心趁势推去。张兴德并不闪避，即用援字诀自救。灵胎急忙变了个推字诀，兴德改了个牵字诀，灵胎又换了个捺字诀。两人一来一往，足有二十多个回合。张兴德放出十八罗汉手，由十八罗汉手变为七十二手法，又化至一百七十余手法，打出龙拳、虎拳、豹拳、蛇拳、鹤拳，种种架数。徐灵胎运用十八字诀，心灵手快，倒也能够应付。比较到两个时辰，不分胜负，始各住手，彼此口称"佩服！"张兴德道：

"先生的拳法真精妙，要不是我，险些不为先生所败。"

徐灵胎见张镖师这么称说，宛如荣膺九锡，心里头说不尽的快活，得意道：

"我于拳技一学，虽只学得皮毛，却也颇用过一番心思。人之一身，内而五脏六腑，外而五官四股，皆以筋为脉络。筋始于爪甲，聚于肘膝，里结于头面，其动而活泼者，全靠着气，所以练筋必须练气。气行脉外，血行脉中。血犹之乎水，百脉犹之乎百川，血循气行，发源于心，日夜十二时，周流于十二经，瞬息无间。潮水来回，百脉震动。肝主筋而藏血，脏腑经络之血皆肝之所升运，所以血气之性不可逼，血气之身尤当保。镖师，我这一番话说得错了没有？"

张兴德道：

"我们粗人，只晓得照着师父教的架数练习，哪里说得出内中的理？就知道一二也绝不能像先生说得这么畅快。"

当下各自歇息。次日，张兴德取出两柄家藏宝刀赠予灵胎，灵胎喜不自胜。又派两名徒弟护送先生回吴江。张兴德父子亲送过长江，拱手而别。回来途中，福儿问他老子道：

"徐先生拳法不见得精妙，父亲昨夜与他比较，为甚倒又打了个平手？"

张兴德笑道：

"你哪里省得？他们文人能够这么，已经可以了，又不是真个要去走江湖。再者，他远道赶来，医好了你的娘，我倒把他打伤了回去，哪有这个道理？自然该让他三四分。何况徐先生的本领并不弱，比了云家弟兄软得很有限。"

张福儿方才明白。回到家中，张人龙迎着道：

"有生意上门呢！"

镖师兴德走进门，见是两个缎子客人，是多年的老主顾。招呼过了，那客人道：

"今年有朋友合伙添办了点子苏货。想陕西去走一趟，想仍旧费老镖师的神。"

张兴德问：

"是单镖还是双镖?"

那客人道:

"卸去了货,就想办点子皮货回来,是双镖呢。我们此回想要镖师亲劳大驾,所以亲自到门商量。"

张兴德道:

"可以,我这里就是徒弟们出去,也从不曾失过一回事。"

两个客人见张兴德允了自去,不胜高兴,遂道:

"镖师收拾收拾,过了明儿,后日我们就想长行呢!"

张兴德答应了,两客起身辞去。张人龙道:

"我左右闲着,陪你陕中去逛一回吧!"

张兴德喜道:

"有了伴,途中就不寂寞了。"

此时,张老娘已经出了房,帮着媳妇毕氏整理一切,听说张兴德要出门,就替他预备带去的衣服。福儿、毕氏见老娘大病初愈,帮助搬箱检寻,福儿偶不经意碰了毕氏右膊一下,毕氏痛得直跳起来。福儿十分纳罕,问她臂膊上有什么,毕氏偏又说没什么。福儿心疑,晚上,俟她睡熟了,私自解她的衣衫瞧时,藕一般的粉嫩玉臂上,有金钱大小一块血瘀,殷红宛似赤玉。正瞧看时,毕氏已经醒了。问她这是什么,毕氏才道:

"婆婆沉重时光,没法可想,因听得人说割股可以疗病,我就偷偷地剪了一点儿肉,煎给她喝,哪里知道,非但不减,反倒增病,我疑惑自己的心总还没有虔呢!"

福儿听了,万分怜惜,万分感激,自然格外地温存慰藉。当下毕氏道:

“你我空有一身本领，婆婆的病竟不能够想一个法子。想你腾出学剑的工夫来学了医，倒于己于人不无小补呢！”

过了两日，张兴德、张人龙押护着镖车，径向陕西进发，在路的事，无非是夜宿昼行，饥餐渴饮。

这日，行抵西安，卸了装，张人龙便自去市街闲逛，逛了几处，见市面比前更觉繁盛了，顺步走入一家酒店，就靠街那个坐头上随便坐下，要了一壶酒，两样菜，喝着消遣。喝得没有几杯，忽见一个老头儿在门口经过。张人龙眼光尖锐，认得是年大将军家的心腹苍头年福，心里一动，广慈主师叫我访查年大将军后裔，这老苍头儿谅必知道一二，我何不跟他打听打听？遂走到街上，叫道：

“老人家，请回来！”

那老头儿不曾听得似的，依然走他的路。张人龙抢步上前，邀住道：

“老人家，我与你讲几句话。”

欲知此老是否是年福，且听下回分解。

第四回

西安城拜访年公子
徐州府巧遇顾肯堂

却说老苍头儿，见张人龙邀住自己说有话讲，便站住了，问：

"客官有何见教？"

张人龙道：

"且到酒店中坐坐，路上不便讲话。"

于是把老苍头儿引入店中，叫酒保拣了个幽雅座位，低声问道：

"老人家，你不是姓年吗？"

老苍头儿吃了一惊，急忙辩道：

"我不姓年，客官，你错认了人了。"

张人龙道：

"老人家，不必相疑，我认得你确确实实是年福。我与你第一次会面，却在枫树林地方，我就是张人龙。那时年老爷还只是个翰林呢，我那兄弟邓起龙的绑还是你老人家松去的。"

老苍头儿听了，脸上顿时现露出惊惶的样子，嘴里却故意说：

"什么枫树林？什么邓起龙？我一点子不明白。"

张人龙道：

"年老爷办理血滴子时光，我张人龙也是一路的队长，时常入府听令。你老人家是我常见的，哪里会错认？"

老苍头儿道：

"我姓王，不姓年，天下人面貌相似的很多，休错认了。"

张人龙道：

"你老人家还疑我是血滴子队长、朝廷的耳目吗？不瞒你说，我与朝廷的关系断绝已久。自从年大将军坏事之后，那把杀功臣的刀就挨到我们颈上。可怜我们弟兄都是粗人，中了雍正恶计，在京里头自相火并，自相残杀，蛇咬蛇，虎斗虎，一百多人只剩得十几个了。亏得飞龙岭广慈主师大发慈悲，点化了我们，使我们从迷梦中醒悟，这十几个人才得逃出了性命，遵依主师的慈谕，拆毁了血滴子，革面洗心，做了个好人。现在奉了主师的命，访寻大将军的师父顾肯堂并大将军的后代。还有几个，江浙闽粤走了个遍，问起顾肯堂，都回不知道。到宿州张镖师家中，得着消息，才知雍正的晏驾是七剑八侠干的事。大仇得报，那是极快人心的事，我们同难的人极该彼此传达。恰值张镖师保镖入陕，我想陕西是大将军建节的地方，总有点子影踪，就跟他走一回，果然就与你老人家相遇。"

当下披肝沥胆畅说了一番，老苍头儿还不肯吐露真言，经张人龙誓日指天发了一回重咒，年福才自认了是年福。张人龙问起年氏人，年福道：

"少公子年寿还在城外，王师爷家里此外别无他人了。想起大将军兴盛时光，吃闲饭的门客都常有几百人，仆从如云，现在却剩得少公子与老奴形单影只，统只两人了。"

张人龙也不胜感慨，遂问：

"这王师爷是谁？倒这么的仗义，我很愿见见他。"

年福道：

"原是大将军请来教读的，姓王字涵春，本地西安人氏。"

又谈了一会儿别的话，张人龙给了酒钱，就向年福道：

"老人家，我就随你去拜望王师爷，并要见见少爷。"

年福允诺，于是张人龙随着年福走过街，年福道：

"爷雇一头牲口吗？小老儿是跨着牲口进城的。"

张人龙雇了一头牲口，因见年福办的东西不少，遂道：

"我替你带点子吧！"

于是二人跨上牲口，出了城，加鞭快走，二十多里路一霎时就到了。年福先去叩门报知涵春，涵春惊道：

"你就引了他来，倘来客心怀不善，可怎么样？"

道言未了，张人龙已经闯入，年福忙下介绍，涵春只得接待。张人龙谈不数语，就道：

"快请年公子出来相见。"

王涵春道：

"我这里并无年公子，我这苍头儿讲的话素来是不伦不类，客人休得误信了他。"

人龙大笑道：

28

"先生，你还不信我呢?"

遂把自己的来历说了一遍，王涵春才不疑了，命年福请出少爷来。年福应着入内，一会子，就见引了一个青年公子出来。王涵春指着张人龙道：

"这位张英雄是大将军的旧友。"

年公子听说，赶忙过来作揖相见，口呼老伯。张人龙道：

"哎哟哟! 公子快不要这么称呼，折杀我了，总算我叨长一点儿，承蒙不弃，称我一声老哥就是了。"

当下细细打量，见年公子生得面如皓月，目若明星，口阔鼻高，丰颐广颡，举止谈吐宛然大将军再世。张人龙喜问：

"公子十几岁了?"

年寿回：

"十八岁了。"

张人龙道：

"学过武艺不曾?"

年寿道：

"苦于没有名师指点，不过跟着老苍头儿学几记玩玩罢了。"

张人龙道：

"请公子演一回我瞧。"

年寿应诺，卸去了长衫，就天井中试演了一回。张人龙逐一指点，如何站步，如何打出，如何收回。年寿一一谨记。人龙笑向王涵春道：

"年公子人中龙虎，有了这么一位公子，大将军虽死犹生了。"

王涵春道：

"就论文字也还可以，只是年将弱冠，还没有对亲，我为了这件事很是操心呢！"

张人龙道：

"照我的意思，公子既然具了这么的天文，这么的才具，趁这青年时光，很该从几个名师练习几种本领。不论是儒是侠，是武是文，将来可以有个用处，那出处用世，原也不必限定仕途一门。"

王涵春听了，连称有理，遂道：

"年公子性情特异，于先圣先贤的典籍倒也不过如此，独对于医学书欢喜得很。我笑他将来说不定倒是个名医呢。"

张人龙道：

"医生也是很好的事，英雄只怕病来磨。"

遂把双刀张的夫人亏了徐灵胎的话说了一遍，又道：

"彼时剑侠与镖师都是有力没处使，不遇徐先生，只好缩手待毙，可知医生当令时光，比了剑侠、拳师还要名贵，就是颜、曾、思、孟，到了人家病势垂危当儿，也只有爱莫能助，白叹几口气罢了。公子既然欢喜医学，索性从了徐灵胎读医书，倒也未始不可。"

年寿欢喜道：

"徐先生在哪里？我就从他学去。"

张人龙道：

"离了三四千里路，哪里从去？徐灵胎远在江南吴江呢！"

年寿道：

"我甘愿负笈远游到吴江去从他。"

少年人性情说做就做，说行便行，一听到徐灵胎，巴不得一步就跨到吴江去，当下立向王涵春商量，要随张人龙江南去。涵春道：

"忙不在一时，那位徐先生肯收徒弟不肯收徒弟，须得有人先容，问了个明白，再定行止。这里离江南又远，如何好鲁莽从事？"

年寿执意不从，王涵春哪里肯放心？年福道：

"公子要习业，也是件正经事，师爷不放心，待老奴跟随了去。好在张爷是先主人的老友，张兴德又是江湖上著名的镖师，恰好都在这里，咱们就同伴南下，途中也有点子照应。仗着张爷的交情，这位徐先生总也不好意思不收咱们公子。这件事总要求师爷做主。"

王涵春道：

"张兄在此，总也有几日耽搁，咱们慢慢再商量吧！"

当下就留人龙住了一宵。次日，王涵春同了人龙进省，亲访双刀张，察看真伪。接谈之下，见张兴德语言豪爽，举止磊落，果然是个英雄模样，才放下了心。回到家中，就向年寿道：

"双刀张人极纯正，与他做伴南下，我很放心。不过尔我同处多年，情逾骨肉，学业成就之后，望尔早早回来，免我悬念。"

年寿见师父允了，不胜之喜，连连答应。王涵春就替年寿主仆置备行装衣服，半个月工夫都已舒齐。这日，张人龙来关照，双刀张已定出后日动身。王涵春取出银子二千两交于年福道：

"学业不是一天两天的事，这里离江南又远，汇寄很不便，

31

你替他藏着，要什么尽办。公子年岁已长，倘有良门淑女，就替他对上了亲。银子不够，写信派人来取，交友一切，你是有年纪的人，须着实监视他，指导他。"

年福一一应诺。到了动身这一天，年寿叩别师父、师母，师母执手掩泪，叮咛了不少的话，又嘱咐苍头儿好生照管。涵春亲自送到省城，重托了两张，方才洒泪而别。

这里，张兴德、张人龙、年氏主仆并那客商，人车货车，一总三十多辆，同伴出发。一路平安无话。

这日，行到徐州，打尖吃饭。那骡夫卸装却把客店中出入的路塞断了，旅客不能走路，唤令搬开。驴夫倚仗人多势众，毫不理睬，旅客亲自动手移动，驴夫反倒出言不逊起来，顿时激动众怒，相骂开场，打架结局。驴夫大受其亏，有三五个跌倒在地，动弹不得，飞报进房。张兴德倒也平淡得很，不甚介意。张人龙直跳起来道：

"我去瞧瞧。"

阻拦不住，如飞地赶出去了。就听得人声鼎沸，一会子，驴夫入报：

"不好了！张人龙交手没有几合就被那白须老头儿用手一指，就站住不动了。"

张兴德大吃一惊，暗忖：这是神拳点穴法，谁呀？急忙赶出瞧看。年寿、年福也跟随出外。张兴德打头，见一个须眉皓白的老者，干瘦得不成个样子，站在那里干笑。兴德拱手道：

"我这伴当有何开罪地方，蒙老先生贵手高抬，点了他的穴？"

32

那老头儿道：

"贵友虎豹般咆哮而出，拳足并用地打我，让过了四五拳，还不肯住手。老汉见他太辛苦了，把他点住了，无非叫他暂时休息休息，不敢稍有损害。"

张兴德正欲回言，忽见背后奔出一人，向那老头儿道：

"师太老爷，再不料在此间相会。"

那老头儿倒也一呆，停了一会儿，才道：

"年福，你如何也在这里？"

张兴德也愣住了，问：

"年福，这是何人？"

年福道：

"那是我们老主人的师父顾师太老爷呢！"

张兴德知道就是浙江大儒顾肯堂先生，遂道：

"久慕得很，怪不得我这伴当要受亏。"

顾肯堂问：

"足下何人？"

张兴德通了姓名，顾肯堂道：

"宿州双刀张是著名的镖师，幸会得很。"

说着，遂起手把张人龙点醒。人龙还要寻仇，张兴德道：

"你要寻访的顾肯堂顾老先生就是此位，今朝见面就动手，真是不打不成相识了。"

顾肯堂道：

"实因尊处行李太多，堆得路都不能走，驴夫偏又出言不逊，遂弄出这场笑话来。"

张兴德道：

"这都是我们疏忽之故。"

于是一面叫把行李搬过，一面让顾肯堂房中坐坐。顾肯堂见有两个客商在一起不便讲话，遂道：

"我要与年管家问几句话，还是到我房中去坐吧，镖师厚情，停会子再来奉候。"

欲知后事如何，且听下回分解。

第五回

年公子奋志习岐黄
通臂猿凶淫摄妇女

却说顾肯堂唤年福进房，询问一切。年福把大将军预知不妙，密地托孤的事说了一遍。顾肯堂道：

"现在公子既然在此，请来一见。"

年福道：

"老奴就去引他来。"

一会子，引了年寿进来。年寿一见顾肯堂，行下礼去，口称：

"太师父。"

顾肯堂大喜，盘问了几句学问，年寿据实回答。顾肯堂道：

"你要吴江去从徐灵胎，很好，灵胎也是我的门人。我生平只有两个门生，都是天生异才，非常的人物，一个就是尊翁，一个便是徐灵胎。你尊翁成了个用世伟人，徐灵胎便做了个高隐君子。现在你去从徐游学，真是再好不过的事。"

遂奖励了一番。一会子，张人龙进来，先谢过了罪，然后说起广慈主师如何仰慕，叫我们一班人如何四处寻访，敢请老先生飞龙岭走一遭。顾肯堂道：

"长平公主原是女中重耳、儒门神仙，我很愿见见她。"

张人龙听了不解，还怔怔地看着。顾肯堂道：

"广慈主师那里烦你代我回复，得暇我就去访她是了。"

人龙应诺。次日动身，年寿就问：

"太师父到哪里去？小门生得暇还要给太师父请安呢！"

顾肯堂道：

"这个可以不必，我宛如闲云野鹤，行无定所，还是我来瞧你的好。此刻我要向北去，大致一两个月后再南来。"

于是一声珍重，各自分途。年氏主仆随两张到了宿州，张兴德道：

"我要到扬州卸镖，人龙兄替我好生管待着年少爷主仆，一二日里我就回来的。"

说着，便过门不入，押着镖车自去。这里张人龙自陪了年寿主仆到张兴德家卸装，福儿出来管待着。年寿性急，所以耽搁得只有一日就动身向吴江来。到得吴江，恰巧徐灵胎在家。张人龙述明来意，灵胎颇有难色，开言道：

"我自来没有收过学生，可怎么样？"

张人龙道：

"陕西到此，路有多少？这么一片诚心，大远地来了，先生请你原谅原谅吧！"

灵胎没有回言，年福抢步上前道：

"徐老爷，我们路上遇着顾肯堂师太老爷，顾师太老爷闻知

36

我们少爷到此学业，欢喜异常，说一两个月后还要亲自来瞧瞧。顾师太老爷还说，生平得意门生只有你徐老爷与我们先主人。"

徐灵胎惊道：

"你们遇见我师父的吗？"

年福道：

"遇见的。"

遂把客店相见情形约略说了一遍。灵胎恍然道：

"原来这位就是年大将军的公子，既然我师父这么说，想来咱们两人总也有点子缘分。"

年寿见灵胎应允了，随即送上门生帖子，请灵胎正了位，恭恭敬敬下了四拜，灵胎不亢不卑回了半礼。张人龙要回飞龙岭去报信，所以只住得一宵。

当下年寿拜了师，便就执经请业，徐灵胎问他瞧过点子什么书，年寿道：

"《灵枢》《素问》《难经》《伤寒论》几种，不很多。"

灵胎道：

"医书倒也不见得是要博览，只要精求。你看过，大约懂得吗？"

年寿道：

"略有一知半解。"

灵胎道：

"咱们先把《伤寒论》讨论讨论如何？须知仲景《伤寒论》是治百病的大法，不是伤寒一病的专书。百病不出乎六经，有在六经之气，有在六经之经，有在六经之腑。只消分经辨症，不必拘定伤寒一病。再须知伤寒的六经是统指手足两经而言，不是指定足经，也不是指定手经。我们做医工的人，《伤寒论》是最要紧不过的书，读《伤寒论》最不能一字轻易放过。"

年寿道：

"比了《内经》《难经》如何？"

徐灵胎道：

"我有一个譬方，《内》《难》两经，犹之秤杆，那秤杆上的星，何者为两，何者为斤，学习秤物的人果然是要紧认识的。但是成日死认着秤杆某星为两，某星为斤，究竟何能称物？《伤寒论》却是个称锤，有了称锤，才能够权衡有当。"

说着，取出一册《伤寒论》，叫年寿讲解。年寿依了注讲说一遍，徐灵胎道：

"太阳之为病，脉浮，头项强痛而恶寒，这一个而字作怎么讲？太阳主表，自然脉浮，太阳脉上连风府，自然头项强痛。但是恶寒也是表证，为什么独要加上这一个而字？"

年寿道：

"《内经》太阳病上本有头项痛腰脊强句，那恶寒是仲景加出来的，所以加上这个而字，是不是？"

徐灵胎道：

"非也。脉浮，头项强痛，为太阳必有之证，恶寒为太阳或有之证。因为太阳中风是恶风的，太阳温病是不恶寒的，所以特着一个'而'字。"

年寿应了两个"是"。徐灵胎又指一条道：

"风家表解而不了了者十二日愈，作如何讲？"

年寿道：

"风家定是中风证，中风的表证是发热，恶风的表解是已不恶风，不发热了。如果不能够痊愈，到了十二日当自愈。"

徐灵胎道：

"不了了是什么证？为甚到了十二日愈？"

年寿回答不出。徐灵胎道：

"不了了就是自汗出。因为本论上阴弱者汗自出，又发于阴者六日愈，十二日是阴数。因他十二日愈，就知他不了了是指汗自出。读《伤寒论》不必瞧各家的注释，因为各家有各家的见解，出主入奴，纷争辩论，瞧了徒乱人意。索性不去瞧它，专心涵泳白文，就以仲景之文解仲景之书，最为明白了当，直接爽快。"

年寿道：

"照这么说来，与汉儒以经解经差不多。"

徐灵胎道：

"懂得这个读法就好了。"

看官，从此年寿就在徐灵胎处觉察医，至于他们师徒医学上的谈论，作书的倘然一一照写出来，看官必要骂陆士谔做了个医生，借此卖弄学识，所以一言交代，不再说它。

张人龙在吴江只住得两日，也就告别动身，取道北上，到飞龙岭广慈主师处报信。行到泰安地界，却与云中燕不期而遇。云中燕问人龙哪里来哪里去，张人龙道：

"得广慈主师委我们的两个差事，恰被小弟都办到了。前儿主师叫我们寻访年大将军的子孙，我在陕西省城竟然访着了年公子主仆，现在送他在吴江徐灵胎那里学习医生。主师又叫我们寻访顾肯堂老先生，被我在徐州道上无意中寻着了，顾老先生已经答应飞龙岭去。"

遂把以上的事细细说了一遍，随道：

"我此刻就要飞龙岭报告去呢!"

云中燕道：

"你办事如此干练，我们同党的人都有光辉的。"

张人龙道：

"你到哪里去?"

云中燕道：

"你经历的都是得意事情，我经历的都是失意事情，现在还替人家当送信人呢!"

张人龙忙问什么失意，云中燕道：

"我也为访寻年大将军后裔，想起毕五受过大将军厚恩，定然有点子眉目。不意赶到宁夏，扑了个空，毕五已经调任汉中。我就赶到汉中，见着了毕五。人龙哥，再也想不到毕五为了一件难事正在茶饭无心，坐卧不宁呢，一见了我，宛如得着了个活宝，拖住了央我帮忙。人龙哥，你知道我生平最重的是义气，最爱的是交情，自然一口应允，哪里知道我的性命险些送在他手里呢!"

原来，毕五因是血滴子旧党，年大将军坏事时，幸喜不曾带着。现在奉旨调任汉中，毕镇台就择定日期带着上任。毕五的家庭统只夫妇两人并两位小姐。大小姐已经出阁，是嫁与宿州张福儿，《血滴子》书中已经表明。那位二小姐，现在长成一十七岁，长得比了大小姐还要美丽，真是有沉鱼落雁之容、闭月羞花之貌，毕镇台夫妇爱如珍宝，镇台并把全身武艺尽数教与他小姐，连把自己苦心孤诣偷学来的罗汉拳并他种绝技，一字不瞒，全套指授，因此二小姐的人品、技艺没一样不是加人一等。当下毕镇台同了夫人、小姐，带了亲兵弁众，即日走马到任。那汉中的军民人等，见了毕二小姐那般容貌，宛似仙子临凡，都替毕镇台暗地捏一把汗。看官，你道为何？

　　原来，汉中四面皆山，地势异常险峻，幽险之地必产异物，那山中就出了一头通臂神猿。这头神猿，不知是别处移来的，还是本来在此的，却不曾调查明白，不敢妄言。不过知道它神通广大，法力无边，团近七八百里境内，有不少俏丽女娘，不论是姑娘是少妇，只消姿容去得过，它就有本领来摄取去。凭你藏在深房大厦，护有猛将雄兵，都不中用，往来如风，瞬息千里，凭你一等飞行豪杰，总难寻它踪迹。神猿的巢窟在壁立万仞的山巅上，幽深险峻，飞鸟都不能飞到。摄来的美女有到三十多人，都藏在那里。美人要什么，哪怕是岭南的荔枝、北直的枣杏、闽地的橘子，它都能够立刻办到。神猿性子很躁，美女要是嫌腻了，立刻提去，重又摄取新人来。那三十多女子陪它睡觉，没一夜不轮流个遍。黎明起身，悄然而逝，午刻即回，自言在西湖洗了个澡。晨出午回，午出夕回，总要行到数千里外。终日吃的是水果，冬夏穿的是单衣，力大无穷，身如铁石。入夜，与众女子轮流戏耍，通宵达旦，不知疲倦，自元旦至除夕，从不曾见它睡过一会子。

　　汉中有了这么一头怪物，受累的人不知千千万万。可怜毕镇台不曾知道，贸然带眷上任，才只有三五天，一夕，听得小姐房中一声怪叫，毕镇台赶忙奔去瞧时，见只开得半扇窗儿，那如花似玉的掌中珠早不知哪里去了。毕镇台大惊失色，自己坏了双足，又不能上屋追赶，连夜点将派兵，四处找寻。候到天明，报来都是失望的消息，毕五急得只是跳。镇标将弁回道：

"这是通臂神猿，沐恩等都是凡夫俗子，如何能够搜捕？"

遂把神猿摄取妇女的事回了个明白。毕五惊得呆了，太太更哭得死去活来，饭都不能吃。毕五没法，出令道：不论军民人等，有能设法找回小姐，即把小姐配与为妻。一面挑选精壮兵丁，三十个人一队，带足干粮，入山寻访，共派出六七队，谁先得消息，立赏白银二百两。一面亲统心腹军队三百，入山打猎，都带着连弩箭、连珠弹，腰悬利剑，背负长枪，勇健剽疾，当世无两。欲知果否访寻到，且听下回分解。

第六回

云中燕奋勇战神猿
顾肯堂热心为媒妁

话说毕五统兵而前，只向山深林密之处放狗纵鹰地出哨，连着几日，只不过获了些无关的禽兽，毕五异常焦急。

这日，一个亲兵送来女鞋一只，报称在百里外丛林中搜来的。毕五接来细瞧，确是女儿之物，询问丛林在哪里，亲兵道：

"在直西百里之外，巡哨到那里，路径十分崎岖，见松树梢上挂有一物，随风飘荡，我就猱升上去，见是一只女鞋。因想荒野幽僻所在，哪里来的闺女物件？遂取了回来，呈给大人。"

毕五立即赏给了这亲兵银子二百两，就叫他做向导，自己统着步兵三百，跟踪前去。

行到那里，只见路径如线，崎岖异常，两边都是怪石，高矗如鬼。那大松树却都在怪石上欹斜横出，森森松叶遮盖得天光都不通一线，阴森幽暗，不禁身上发毛起来。那亲兵指道：

"回大人，小姐的鞋就在这树上取得的。"

毕五道：

"既在这里取得，想必离此不远了，我们再向前去。"

众人面面相觑，不作一语。毕五道：

"众位弟兄，大家辛苦点子，找着了人，我毕某愿倾家酬报。"

众人只得抖擞精神，拨路而进。两边山石，有的形同伏虎，有的势若游龙，也有如夜叉的攫人，也有如恶鬼的挡路。野藤纠结，荆棘纵横，三百多人鱼贯而入。整整走了一天，才到一所稍为广阔的地方。天色已经乌黑，只得结帐休息，各吃了些干粮，胡乱睡下。

次日天明，再向前走。忽见山溪环绕，溪湖的西面一座小山，很是葱秀可爱。毕五道：

"这地方别有洞天，咱们涉过溪湖去瞧瞧。"

哪里知道溪流虽清，其深没顶，竟然不能飞渡。众兵丁于是伐木编筏，分次渡兵，往返了十余次，方才渡完。毕五在第一次渡筏上，早已得登彼岸，见绝岩翠竹，异卉嘉花，比了溪东的凶恶山岩，竟然别一世界。于是扪萝攀缘，寻径而上。好容易爬到岭巅，向后一瞧，见是笔竖的石壁，下临不知几万仞呢，铲平矗竖，宛似人力做就的一般。暗忖：此山极小，何以山后偏这么的深？其实他们走的松径一线，怪石峥嵘所在，已经是山地，不过缭曲迂回，渐渐地高起来，走着不曾觉着是了。渡过山溪，已是峰尖所在，并非别有一山。现在山后形势陡峭而下，铲成一片，深至无际，自然见了要奇怪了。

毕五正在诧怪，一阵风来，忽然闻得女子笑语的声音。毕五循声找去，向南走了一里多路，见地平如镜，草软如茵，翠竹丛

44

中，有几个女子在那里歌唱呢。那几个女子见了毕五，都很惊愕，忙问：

"你这个人从哪里来的？快去！快去！这里是停留不得的，被神猿瞧见了，定然没有性命。"

毕五道：

"我是汉中镇台毕某，带兵在此。你们说的神猿，可就是那通臂猿？"

众女道：

"是的。"

毕五道：

"我问你一件事，十日前可曾摄取一个姓毕的女子来？"

众女子道：

"这姓毕的妹妹，不是会得武艺的吗？"

毕五道：

"是的，现在哪里？我要去见见，她就是我的女儿呢！"

众女子道：

"这位妹妹真好本领，神猿那般天生神力，她还能够支撑到一二十个回合，你想她厉害不厉害？不错，她到了这里已有十多天了，现在神猿将她活宝贝似的疼爱，她正病着呢！"

毕五道：

"竟病了吗？烦你快引我去瞧瞧。"

内有一女道：

"要瞧就随我来，瞧了就出去。"

毕五跟着此女走到一间石洞里，见叠石为床，床上铺着很厚

45

的锦褥，最刺目惊心的就是石床上卧的那个病容憔悴的女子秋波盈盈，泪痕满面，不是女儿是谁呢？不禁哭叫道：

"女儿，你老父来了！"

毕二小姐见是父亲，哭道：

"父亲，你还来探望苦命女儿吗？"

说着，泪如断线珍珠扑簌簌滚下。毕五就忍着心痛，把家中人焦急出赏访查，并自己率兵千艰万苦的情形从头到底说了一遍。毕二小姐道：

"累我父母这么的忧急、这么的辛苦，不孝之罪，上通于天了。"

随道：

"这神猿全身刀枪不入，力大无穷，被它碰见了，定有性命之虞，父亲，你赶快退去吧！别说这三四百兵，就你调了千军万马来，也奈何它不得。快去！快去！前儿有一个采药的人，被此畜瞧见，立刻提起手中，撕为两片。危险得很，快去！快去！"

毕五道：

"我难道忍心听你在此受苦吗？"

毕二小姐道：

"父亲要救我出去，只消把姊夫请来，姊夫是剑侠，他的神剑是本身精气炼成的，削铁如泥，或者能够除掉此畜。兵将是没中用的，白送掉性命。时已不早，恐怕此畜回来，快去！快去！"

毕五没法，只得依言退出。临走，向女儿道：

"无论如何，我总设法救你出来。"

当下就率同带来的兵鸣角而退。回到衙中，报说有客，还是昨日来的，急忙请见，却就是血滴子首领云中燕。毕五道：

"云大哥，就是你吧，你想个法子，救救我，我现在不得了呢！"

云中燕忙问什么事，毕五就把神猿摄取妇女，女儿被摄的事说了一遍。云中燕道：

"侄女也不是无能之辈，可见神猿厉害，自问技术，怕也未必能够制伏它。"

毕五道：

"我已经去探过，就为两脚不便利，路途又太崎岖，不然也不至恳求大哥了。"

云中燕道：

"既是这么说，你就挑二十名精壮兵弁，陪我去走一遭。"

毕五大喜，遂道：

"我亲自统兵三百来接应你。"

当下，三更出发，云中燕率了二十名精壮做先锋，毕五率大队三百人为后应。行到那里，恰值夕阳西下。云中燕才渡过山溪，听得山顶上一声怪啸，一道白光闪电一般飞将来。云中燕叫兵丁伏在溪边，满张了连弩箭，听他口号，立即放箭。自己横刀腾身，直迎上去。此时，神猿已经蹿到面前，云中燕挥刀直斫过去，神猿并不避让，举臂迎来，咔的一声，云中燕虎口已经震开。神猿伸臂来抓，云中燕急忙躲避，迎拒躲闪，战了三十多合，神猿虽只徒手，轻灵便疾，云中燕竟然难以招架，跳出圈来，飞步奔逃。神猿急急追赶，赶到山溪，云中燕一声口令，二十名伏兵连弩箭一齐放出，箭如飞蝗，瞧神猿时，箭着在身，宛如冒了几点雨点，毫不在意。云中燕大惊，急忙跳向木筏逃走。有两个兵丁逃走得迟了一步，被神猿抓住了，撕作两片，五脏六腑，血淋淋地落下地来。那神猿怪啸了两声，风一般回山去了。云中燕见不来追赶，才率了十八名残兵，找径而回。毕五接着，问怎么样，云中燕道：

"险些断送了性命。"

遂把对战情形说了一遍。毕五道：

"看来总要请剑侠来了。"

云中燕道：

"不错，只有剑侠制得它住。想起我从前与年大将军在山西路上遇见了个夜叉，彼时幸亏了剑侠曹仁父。现在你能够请到剑侠，令爱再无救不出之理。"

毕五道：

"倒辛苦大哥了，且回去再讲。"

当下，回到衙门，把两名死事兵丁从重抚恤。一面置酒与云中燕压惊，并与他商量，请他宿州去一回，请张福儿来办理此事，写了一封很恳切的信。云中燕允下了，次日动身。

这日，在泰安地方，恰与张人龙不期而遇，于是就把神猿摄取妇女的事从头至尾讲了一遍。张人龙也觉骇然，遂道：

"这神猿有多大小？"

云中燕道：

"倒也不很大，通只四尺不到长短。只那两条臂很长，力气很大，身子很灵，纯钢的倭刀斫在它身上，震得我虎口都裂了，它却毫毛不损一根。没法子，现在替他送信宿州去，请张福儿来

48

办理。"

又谈了几句别的话，随即执手分别。这云中燕自向宿州一路而去，暂行按下。

却说张人龙洒开大臣步，一路向北，不多几天，早已到了飞龙岭，见过主师，才待报告，只见主师笑吟吟地开言道：

"张护法，辛苦你了，密访年公子，巧遇顾先生，都是你的大功，我都已知道。"

人龙大惊道：

"主师慧眼，竟能照见千里以外的事情吗？"

主师道：

"我哪里有这么的本领？顾肯堂先生到此，已有三日，所以你的事情我都知道。我算着你这几天总该到来。你今儿来了，很好，停一天，我还要叫你吴江去呢！"

张人龙道：

"顾先生年纪这么大，路走得偏这么快！"

主师道：

"就在西厅呢，你去陪陪他。"

张人龙应着出来，踏进西厅，见顾肯堂正在那里瞧金鱼玩呢。张人龙急忙见过了礼，顾肯堂也有讲有笑，非常和气，不似客店中那种难亲近样子了。

原来，顾肯堂到了飞龙岭，广慈主师因久慕大名，万分优待，吕四娘母女因顾肯堂高年硕德，也不避忌，时常同席共话。顾肯堂一见吕四娘，就十分夸赞。广慈主师就把她手刃父仇的事讲了一遍，肯堂很是赞叹，因问：

"给了婆婆家没有?"

吕太太回:

"尚没有呢!"

广慈主师道:

"敢是顾先生要做媒吗?"

顾肯堂道:

"人倒有一家,人品性情都还合得上,只是我生平从不曾做过媒。"

吕太太道:

"先生讲来,谅必不错的,不知是哪一家?"

顾肯堂道:

"就是我的小门生年寿,年羹尧的儿子。人我是见过的,比了他老子好似纯粹点子,现在奋志习医,在吴江徐灵胎那里。"

广慈主师道:

"很好,他们两家都是雍正的对头冤家,都有杀父之仇、破家之恨,都是覆巢之下漏出来的遗卵,一个是孤子,一个是孤女。论到家势,一个是名将之子,一个是名儒之女。论到两人的本身,一个是已成的剑侠,一个是未来的名医,我看真是好极。顾先生这一个媒,你就做定了吧!"

顾肯堂道:

"旁的倒不打紧,只是男女两家距离得太远,要老汉奔波这数千里路,如何能够?"

广慈主师道:

"这个可以叫人代替的,待张人龙来了,就叫他任这跋涉

50

之劳。"

当下，吕太太也很欢喜，就亲笔写了一个年庚。顾肯堂双手接来，藏在书房里。吕太太道：

"年少爷好不过是隐姓埋名的，我呢却要靠我们丫头过活的。这件事倘然成功，我还有几句话要年少爷依从我。"

不知讲出何话，且听下回分解。

第七回

通臂猿徒手斗剑侠
张孝子乞救入飞龙

却说顾肯堂就问还有何话，吕太太道：

"却要年少爷入继我们吕氏，同招赘差不多样子。"

顾肯堂道：

"这件事想来可以办得到，因他现在本来冒着王姓呢！"

吕太太喜不自胜。到第三日，恰好张人龙到了，于是广慈主师就把代媒的事向他说知。人龙满口应允，耽搁了两日，就起身吴江去。年寿听说是剑侠吕四娘，知道是女中豪杰，欢喜异常，便也亲笔写了一个年庚，交与张人龙，又写了一封信与太师父请安。徐灵胎另外写了一封信，并亲手合就的天王补心丹一斤，一并交与人龙，叫他代呈顾肯堂。张人龙接了，笑道：

"南北路途，离得太远，行聘文定如何办理，倒要请请少爷的示。"

年寿与师父商议，偏是徐灵胎于俗务上也不很明白的，还是老苍头儿年福有主意，说道：

"照老奴看来，不如择好了日子，把银两、聘金、帖子一并托张爷带了去，索性托顾师太老爷代为主持一切，岂不便利？"

年寿道：

"这么很好。"

于是重新写信，叙明一切。年福又取出三百两银子，是聘金一百两、代饰一百两、代衣六十两、代茶二十两、犒使二十两。取回了那封请安的信，一并点交与人龙。人龙道：

"这么一来，省了我两回的跋涉。"

当下取道北回。哪里知道，一到飞龙岭，见张福儿、云中燕都在那里，正在商量什么事呢。张人龙招呼过了，便自去叩见主师，禀知一切。主师道：

"你去见顾先生吧！"

张人龙退出，恰与顾肯堂相遇。顾肯堂笑问：

"回来了？恁地快？偏劳了张兄。"

张人龙道：

"不过跑两趟路罢了，算什么劳？老先生比我正要劳心呢！"

说着时，已经走入顾肯堂卧室，就把银两、药物、信函，并年公子的年庚都送上。顾肯堂瞧过信，笑道：

"老夫竟被这小孩子作弄起来了，自己找来的烦恼，推卸不得，只好替他干一下子。"

遂道：

"今见是初二，他择的文定吉期恰就是明日，倒就要去知照吕太太了。"

遂把银两等物收藏好了，双手捧了年寿的庚帖，送到吕太太那里，关照明日就要文定的话。吕太太道：

"真也巧不过，后日我们丫头就要陪了她师父出门去，恰好过了她的好日子。不瞒老先生说，我们遭难之后，还是第一回喜事呢！"

顾肯堂道：

"主师也要出山去吗？"

吕太太道：

"听说也要去的。"

顾肯堂谈了几句就回来，预备礼帖各物了。张人龙此时已找了云中燕，讲说别后情形。

看官，你道张福儿来此何事？原来云中燕自从那日与人龙分别之后，星夜兼程，赶到宿州，恰好张兴德父子都在家中。云中燕诉知一切，送上毕五书信。兴德、福儿都各愣了半天，福儿眼看着兴德候示。兴德道：

"你丈人这么着急，骨肉至亲，自然不能坐视。你进去回过了你娘，赶紧收拾收拾动身吧！"

张福儿应了一声是，入内去了。老娘娘也不阻止，不过嘱他早去早回。毕氏得着此信，便要同去劝慰劝慰父母，张兴德也允下了。于是张福儿夫妇与云中燕结了伴，取道入陕，直向汉中进发。行抵汉中，毕五接着，见女婿、女儿都到，忧愁早已解去一半。张福儿问起情形，也觉愤然，遂道：

"今儿是初到，不必说，明日岳父派十个人陪小婿去瞧瞧，倘有机会，趁势就除掉了它，也为地方上去害。"

毕五道：

"此猿天生神力，铜筋铁骨，刀斧不能入。偏又灵捷如鬼怪，去来如电，不是你来，千军万马也奈何它不得。云大哥吃它的亏，大概他总讲给你听过。"

张福儿谈了几句，遂入内叩谒岳母。毕太太一见女婿，就问长问短，大谈起来，谈到神猿摄女，二小姐失踪的事，免不得淌眼抹泪起来。张福儿道：

"岳母不必烦心，这件事包在小婿身上，好歹总要把妹妹救出。今儿休息一天，明日就去干办。"

毕太太道：

"只得全仗姑爷了。"

一宵易过，又是明朝。毕五派了十个眼明手快的亲兵、两员步将，云中燕也愿同去。一行十四个人，取道向山中进发，行到那里，已经是次日辰牌时候了。

福儿见地势那般险峻，又是一道很阔的山溪弯弯绕着，众人早把木筏结好，渡过溪湖，众兵丁攀萝而上。云中燕放出飞行本领，腾身飞到半山，拉住了山藤，再行飞腾。这么高的石壁，飞腾得四五次，早已到了峰巅，瞧那攀萝爬山的兵丁，还未及一半呢。张福儿默坐静观，只顾凝神运气。云中燕腾身跃上了山峰，只见翠竹成林，山花如锦，斜坡上满生着绿草，棉软如茵。那神猿正在那边大树上猱升着玩，树下有十多个女子，坐地瞧看，看得很是出神呢。云中燕知道神猿的厉害，不敢鲁莽。不意神猿在树上早已瞧见，一声怪啸，如风地扑来。云中燕急忙闪避，猿子臂长，偏又迅疾如电，险些被它抓住。云中燕虽然执着倭刀，不敢奋斫，一味地躲避闪伏。

斗有十多个回合，忽见一道青光电一般射来，直向神猿飞绕将去。云中燕知道张福儿的神剑到了，急忙跳出圈子，避在一旁观看。只见神猿灵捷如鬼，剑光飞到，一闪就避过了，剑光激射如蛇，神猿翻腾跳跃，总不能够近它的身。

此时，张福儿已经跳上了山巅，这神猿真似通了灵似的，见张福儿的神剑只能行远激射，它就扬开长臂，直向福儿蹿来，福儿只得蹿避。彼此进退，战得非常厉害。十名亲兵、两员步将此时也都爬上，齐声发喊，助张福儿的威。云中燕发出连弩助战，神猿除闪避剑光之外，其余兵器并不躲避。那弩箭射在它身上，宛如射了山石，全都不觉。福儿见如此浪战，断然难于取胜，用一巧法，一口气收回了神剑，腾身空际，身剑合一，觑得真切，向神猿顶门直扑下来。哪里知道，才扑近身，神猿一个腾身，早蹿开了四五丈，依然扑了个空。神剑虽利，绕它不着身子。

战了大半日，张福儿觉着疲倦，收回神剑，稍事休息。偏偏神猿的精神宛如龙马，竟然不厌不倦，你让了它，它就如风地飞扑过来。云中燕等寻常兵器偏又是全不惧怕的，弄得张福儿欲胜不得，欲罢不能，只得率众下山。

下山的时候，又须运动神剑绊住了神猿，等众人扪萝引藤，退了个尽，才收剑下山。到了天晚，福儿独自上山，哪里知道神猿的眼球子到了夜里更是明亮，战了半夜，依然得不着半些便宜。

次日上山，又战，仍是不分胜负。连战三日，都是如此。带来的干粮将次要尽，只得回来。回到半路，毕五恐怕有失，已经率着部队亲自接应来了，张福儿于是同着回城。谈起战斗情形，张福儿摇头道：

"这东西果然厉害，小婿竟然不能制其死命。"

毕五道：

"神剑竟斩它不掉吗？"

张福儿道：

"不是斩不掉，这猿子灵捷不过，没一回不被它避掉。我发得快，它躲得更快。我不解它如何会知道神剑是厉害的，别的兵器都不避，只避的是神剑。"

回到衙门，毕太太即派人来请。毕五陪福儿到里面，把战斗的情形说了一遍。毕太太问：

"瞧见你妹妹没有？"

张福儿道：

"要紧战斗，不曾细瞧。"

毕氏道：

"你与神猿连日地战，很该差一个人家来报个信，累得家中人人提心吊胆。"

福儿道：

"是我一时疏忽之咎，但是一心在猿子身上，竟然顾不到别的。"

毕太太道：

"你妹妹看来是不会回来的了。"

张福儿道：

"待小婿再想想法子，无论如何，总要把她救出来。"

毕五道：

"慢慢再想法子吧！"

忽报筵席已经摆好，于是毕五、张福儿都到外面。云中燕、张福儿、毕五并两个步将坐了一桌，谈谈说说，无非是如何入山、如何战斗的话。席散之后，因这几日辛苦极了，就去睡觉歇息。

次日，张福儿想出一个法子，告知毕五道：

"神猿不过是灵捷，多几个人就可以制伏它。"

毕五道：

"这个容易，你要几多人就调几多人去。"

张福儿道：

"兵将是没中用的，想起当日七剑八侠曾经结盟立誓，有事彼此扶助。现在别个呢散处四方，一时很难邀请，吕四娘是我的师姊，她却住在飞龙岭，我想就去邀她，她总不见得会推却，女子最肯救护女子。从前凤池嫂子被了因的徒弟掳了去，她也很出过一回力。现在神猿的凶淫过于了因，掠了有好几十个女子，何况又有同学、同盟两重情义，知道她一定肯来的。再者，师父有降龙伏虎的法力、慈悲渡世的宏愿，或者高兴，法驾亲临，也说不定呢！"

毕五喜道：

"能够如此，是好极了，究竟吾婿心思周到。只是飞龙岭离此路很不少，几时动身呢？"

张福儿道：

"事不宜迟，我想今天就走。"

云中燕道：

"我陪你去走遭。"

毕五大喜，亲自去挑了两匹好马。云中燕、张福儿跨上马，立刻动身。

一路无话，到了太阳庵，见了广慈主师，回明一切。主师道：

"孽畜祸人，秦民受害不浅矣！"

遂唤了四娘来，把此事细说了一遍。四娘怒道：

"一头众生，也敢这么猖獗！师弟，我立刻同你去除掉它。"

主师道：

"忙不在一时，这么的孽畜，老衲也不曾瞧见过，我陪你们去走遭。我佛有灵，总能够除掉它。"

张福儿喜道：

"师父肯启动法驾，好极了！弟子初意，原是如此，只是不敢启请。师父慈悲，好极了，不但弟子感激，弟子的岳父感激，汉中一府的人没一个不沐师父宏恩，也没一个不感激呢！"

主师道：

"这原是我们分内应为的事，不值什么。你且在此住一两天，你师姊好日子近了。我估量这一两天里，吴江总有消息到，也许就行文定礼呢！你来得恰巧，自然吃了你师姊喜茶再去。"

张福儿道：

"原来师姊许了婆婆家了，我还不曾知道呢！"

主师道：

"现在还没有定，大致不差什么了，顾肯堂老先生大远地来此做媒。"遂把张人龙往吴江的话说了一遍，四娘怕臊，早退了出去了。欲知后事如何，且听下回分解。

第八回

云中燕送回难妇
广慈师剑斫神猿

却说张福儿听了四娘受茶之信，也很欢喜，依言住下。恰巧次日张人龙回来，偏是四娘害臊，催逼着主师赶早动身。主师回她：

"日子已择定初四日，你去预备吧！"

四娘告知吕太太，因此顾肯堂知照文定吉期，吕太太就这么地讲。次日，便是四娘受聘吉辰，干宅一应典礼，都是大媒顾老先生代办的。似这种家庭，寻常喜庆，不过是留送进退周旋，我也没暇去表它。

却说初四这日，广慈主师把庵中事务托了一个大徒弟经管，又叫张人龙陪着顾肯堂近地游玩，无论如何，老衲不回来总不能够谈到"他去"两个字。顾肯堂只得留下。于是，广慈同了吕四娘、张福儿两个徒弟，连云中燕共是四人，都跨上了马，直向汉中进发。

有事即长，无话即短，不则一日，早来到汉中镇署。张福儿

61

先进去，通报师父、师姊都来了。毕五赶忙出接，接到里面，毕太太也出来相见，竭诚款待，知道主师茹素，特地把内厨房作为素厨，荤腥一概不准带入。张福儿又引毕太太与师姊吕四娘相见。广慈主师讯问途径形势，张福儿演形说法地述了一遍。主师道：

"照你说来，竟与我们飞龙岭差不多险要。"

遂向毕五道：

"请镇台预备竹兜一二十个，麻索百数十丈，还挑选四五十个精壮兵丁，明日随我们去办事。"

毕五大喜，立刻遵命去办。到次日辰刻，都已备齐，张福儿请师父的示，主师道：

"齐备了，我们就出发吧！"

毕五备了几匹马，请主师等都骑上了，叫兵丁等引路。行到山径狭隘的地方，才下骑步行，一路平安，直抵山溪，依旧是结筏渡湖。到了绝岩之下，张福儿当仁不让，奋身而上，鹰鹜似的一掠，早登上了山峰。吕四娘运剑飞身，也上了危坡。广慈主师才一凝神，匹练似的一道白光也上去了，众兵丁都惊得目瞪口呆。此时，云中燕忙着攀藤飞跃，跃到上面，见吕四娘正与两个女子讲话呢。只见一个女子道：

"神猿午后出去，总要临晚才归，此刻正是未初，早得很呢！"

吕四娘道：

"你们一总有几多人？"

那女子道：

"连新来的，共有三十四人。"

吕四娘道：

"你几时掳来的？"

那女子道：

"是去年九月到，今已有半年了。"

张福儿接问道：

"上月从汉中掳来的一个姓毕的女子，有没有？"

那女子道：

"有的，这位毕小姐，据她自己说，是镇台千金。果然不到半个月，她老子就带兵到来，也不过白见了一面，没法施救。"

张福儿道：

"这个我都已知道，现在毕小姐在哪里？烦你引我们去瞧瞧。"

那女子道：

"病着呢，睡卧在床。"

于是，张福儿、吕四娘、广慈主师都随了那女子走入石窟。毕二小姐见了张福儿，又是害臊，又是感激，只不过叫了一声：

"姊夫，你来救我吗？"

张福儿道：

"师父、师姊都请在此。"

吕四娘道：

"趁神猿不在，咱们先救人吧！"

毕二小姐听了张福儿的话，知道进来的老尼就是广慈，穿素的少女就是吕四娘，挣着起身叩谢。主师向吕四娘道：

"我有个计较在此，你先去知照山中被掳各女子，叫她们赶速齐集在一处，不要走开。"

又向张福儿道：

"你去知照云中燕，叫他把兵丁唤上来二十个，把竹兜绳索都拿了来。"

吕、张两人应着去了。不多一会子，吕四娘、张福儿都回，女子都已齐集，兵丁也已唤上。主师道：

"四娘，你去照管她们，将毕小姐与众难女用竹兜救下山去。全数救下之后，就叫云施主带兵丁好好地护送回汉中去。你我三个却守在此间，候那神猿回来。"

吕四娘应了一声，随向毕二小姐道：

"妹妹，我先扶你出去。"

毕二小姐道：

"不用扶的，我跟着姊姊走是了。"

说着，随了吕四娘走出石窟，见同难的妇女都站在那里。吕四娘道：

"你们要回家去的，快随我来，我叫人送你们回去。"

众妇女听了这一句，一窝蜂都跟了来，直到山坡尽头。云中燕早把绳索、竹兜齐备好多时了，吕四娘叫先救毕二小姐下去，坐在竹兜中，兜上拴有绳索，众兵丁一齐动手，慢慢地放下去，下面另有人在接应。人多手快，不多会子，三十四个妇女尽都救出，云中燕率同兵丁保护着，自去了。

这里主师在石窟中合目打坐，张福儿、吕四娘在旁侍立，宛如观世音身旁的善才龙女一般，守到天色将晚，听得外面一声怪啸，接着又是四五声。主师道：

"神猿回来了，我们出去瞧瞧。"

三个人齐行举步。原来神猿每日将回的时光，众妇女都在广坡上等候。有时散在别处，发声一啸，众妇女也就闻声奔集。这日神猿从岭南采了十余枚新会橙回来，原要给毕二小姐吃的，走到山坡，不见一人，发了一声怪啸，也不见有人奔出，心下奇怪，连啸了六七声，却见石岩中出来了一个美貌少女，穿着浑身素服。神猿奇怪道：

"此女面生得很，敢是慕我大名，自愿上门的吗？只是如何会来的呢？"

正在不解，见少女后面，又有两个人，一个是和尚模样，一个就是与自己斗过两回的。神猿知道来意不善，一声怪啸，旋风似的横扫过来。张福儿飞剑迎击，天静无云，夕阳斜照，电光似的剑锋飞舞激射，直向神猿刺来。神猿腾跃闪避，竟如鬼怪精灵，一剑都刺它不着。吕四娘奋起助战，两剑侠的剑东西夹击，两道剑光把神猿渐渐逼入了一丛树林，剑锋所及，树枝树叶簌簌下落。神猿被逼不过，从横里蹿出，一声怪啸，直向四娘攫来。臂长爪利，几乎被它攫住。四娘向后疾退，急忙收剑击刺，却又被它如风扬去。师姊弟两个直战到深夜，依旧是不分胜负，就为神猿的进退腾跃实是灵捷，远非人类所能比拟。主师瞧够多时，遂喝道：

"两个徒弟少歇，待老衲亲自取它。"

福儿、四娘都住了手，神猿用老手段，你守我攻，你进我退，见四娘是个青年美女，更是不肯放松，横跳竖纵，左右不离地扑将来。不防主师神剑匹练似的飞来，急忙闪避，剑锋已及肩际，断去了一大撮毫毛。那主师的神剑不比吕、张两人，剑锋未至，先有一阵寒惨惨的冷风吹到身，令人毛骨悚然，倘然在人呢，吹到冷风，闪避已经不及。神猿两脚飞快，得着冷风，知道剑锋就要斫到，反倒能够闪避，所以主师神剑虽然厉害，竟然斫它不掉。

战至天色黎明，依然不能取胜。吕、张两人重又助战，主师、吕四娘、张福儿三个人各据一面，成了个三角形，把神猿困在垓心，三道电光宛似三条白龙，只向神猿顶门上盘旋飞舞。神猿想要逃走，围住了走不掉，知道不妙，怪叫如鬼，只不过在剑光中飞腾跳跃。战到辰牌时候，叫得愈益哀惨，发出来的声音又是哀，又是号，好似冤魂啼哭似的。主师见它这么惨苦，不禁大发慈悲，运足了元神，把慧剑望准了神猿背脊哧然击下，神猿只叫得一声，跌倒死了。主师收回慧剑，合上目，替它念了几遍往生咒。吕四娘、张福儿都各收回了剑，把猿尸细细瞧看，见瘦得全身只剩筋骨与皮毛，却也有童子般长短，双眼灼灼，还像活的一般。吕四娘道：

"师父，咱们把它带回去，曝干了玩，是很好的。"

主师点头。张福儿剥了一个新会橙吃着解渴，主师问是哪里来的，张福儿道：

"总是这神猿采来的，师父可要尝尝？"

主师道：

"战了一周时，渴了。"

于是张福儿敬了两枚与师父，又敬了两枚与师姊。剥吃完毕，吕、张两人反身入石窟，搜了一遍，搜着了不少的珍宝，还有麝香、牛黄、马宝、猴枣、犀角、琥珀、珍珠等贵重物品，主师叫都收拾了。大家又吃了点子干果，主师道：

"咱们先回去吧！"

于是张福儿背了死猿，并把虎皮将珍宝贵重药品都包成了一包，吕四娘也包了一大包，那余下的衣服、皮件等物，毕五自派兵丁来取。三人下了山坡，渡过山溪，取着原路回来，走尽狭径，三匹马还在那里放青，有两个兵丁在那里看守，是云中燕临去时留下的。于是主师等三人都跨上了马，把两个大包交给兵丁背了，死猿横在马背上，奏凯而回。

一进汉中城，路上行人尽都停步观看。到得镇台衙门，毕五大开正门出接，接到里面，毕五再四称谢。毕太太率了二小姐要叩头拜谢，主师执意不要，只得罢了。主师问起：

"救出的那班难妇怎么样了？"

毕子道：

"都已问明地址，派人送了回去，近的已有回信，远的还没有回信呢！"

主师道：

"办得很好，使拆散的骨肉重得团圆，毕镇台，你的功德真不小。"

毕五道：

"都是主师的功德。"

主师道：

"杀命救命，我心很觉歉然呢！"

毕五道：

"除去一方大害，万万生灵都沐主师大德，不必歉疚。"

张福儿道：

"石窟中还有许多东西，派几个兵去取了来，白搁在那里也可惜。"

毕五听了，立派步兵三十名，前往搬取东西。当下仍旧特办素菜盛筵，款待主师。主师就要回山，毕五夫妇竭诚挽留，才又留了两日。到动身这日，毕五特派兵弁四员护送出陕西地界。张福儿要送到飞龙岭，主师道：

"不必了，你赶紧回宿州去吧！我有事时，自当派人来知照你。"

张福儿把石窟中得来的珍宝赠予主师，主师道：

"我也要不了这许多，大家分点子。"

张福儿依言，取了一小半，于是云中燕、吕四娘护了广慈主师，一行三人取路回飞龙岭。那死猿是云中燕取来横于马上，行到飞龙岭却早曝得干了。欲知回山之后有何事故，且听下回分解。

第九回

顾肯堂飞马渡吴江
徐灵胎奇方疗断臂

上回说到广慈主师同了吕四娘、云中燕取道回了飞龙岭去，如今暂不能提了。

却说张福儿送了师父出城，回到镇署。毕五道：

"此番亏了吾婿请了主师来，要不是她老人家法驾亲临，恁是万马千军，也奈何它不得。"

言下不胜感激。张福儿夫妇住了几日，也就告辞而去。在路，夫妻并队讲话。张福儿道：

"此猿真已通神，这么灵捷的东西，我生平还是第一回遇着呢，飞得似鹰鹘，走得如犬兔，跳跃得像猿猴。在师父那里习技的当儿，不知被我伤掉几多，偏这神猿竟然制它不住。师姊助了我，还是没用，你想此物厉害不厉害？"

毕氏道：

"看来也是天数，要不然，就师父的本领也不见得济事。"

张福儿问：

"你怎么知道是天数？怎么知道师父也不济事？"

毕氏欲言又止。福儿心疑，问得更紧。毕氏道：

"我也不过听我妹妹说呢。你知道我妹妹病了，她害的是什么病？"

张福儿道：

"没有知道，是什么病？"

毕氏道：

"哪里是病？她竟受了孕呢！她说此猿时常嗟叹，自言一千多年，摄取的妇女不知千千万万，从不曾留过一回种。现在偏留了种子，看来是大限到了。现在果然被你除掉，那不是天数吗？"

福儿笑道：

"再不料妹妹没有出阁倒先得抱外甥，比了你我能干多了。"

二人谈谈说说，旅行并不寂寞，平安抵家，别无他故，暂时按下。

却说广慈主师回到飞龙岭，顾肯堂、张人龙等接着，讲说了一回斫猿新闻。顾肯堂瞧过了死猿，开言道：

"猿不过是猕猴之一种，不料它竟恁地淫恶。"

张人龙道：

"猴子也有好多种吗？"

顾肯堂道：

"然也。考《本草》上，猴处处山中有之，状如人，眼如愁胡，而颊陷有嗛嗛，就是藏食处所。腹无脾以行消食，尻无毛而尾短，手足如人亦能竖行。其声嗝嗝若欤，其孕五月而生，生子多浴于涧。其性躁动害物。畜之者使坐杙上，鞭搭旬月乃驯也。

其类有数种，小而短尾者猴也，似猴而多髯者狙也，似猴而大者玃也，大而尾长赤目者禺也，小而尾长仰鼻者狖也，似猴而长臂者猿也，似猿而金尾者狨也，似猿而大能食猿猴者独也。内中唯玃这一种是纯牡无牝的，所以叫作玃父，很善顾盼，又善玃持人物，每摄人妇女为偶以生子。"

张人龙道：

"这么看来，这神猿是玃之一类了？"

顾肯堂道：

"瞧它两臂这么的长，绝非玃类，猿善猿引，所以叫作猿，其臂甚长，能引气故多寿。"

张人龙道：

"听了老先生一席话，不知要长到多少知识呢！"

当下顾肯堂要到吴江去瞧瞧徐灵胎、年寿，张人龙愿做伴同去。吕太太就把回盘礼物托人龙带去。主师把猿窟中得的贵重药品分赠了一小半与徐灵胎，以备合药济世。

顾肯堂、张人龙别过了广慈主师，取路望江南进发。陆路骑马，水程坐船，不则一日，早来到吴江地界，行抵徐宅，徐灵胎听说师父到来，率了年寿直接出大门来，接到里面，张人龙把吕宅回盘礼物先行点交清楚，老苍头儿年福向顾肯堂叩头称谢，口称：

"先主人九泉有灵，也总感激师太老爷大恩的。"

顾肯堂夸赞年福有义气，也是圣域贤关中人物，遂把各种贵重药品点交于灵胎，却是犀角两支、羚羊角三支、牛黄两枚、狗宝一枚、马宝一枚、猴枣三枚、野术二斤、野茯苓二斤、琥珀二

两、珍珠一两。灵胎道:

"老师何必这么厚赐?"

顾肯堂道:

"这些东西并不是出钱买来的,也不是我赠你的。那赠送的人,你还不曾会过面呢!"

遂把广慈主师入山捕猿的事仔细说了一遍,徐灵胎道:

"这广慈主师不就是先朝的公主吗?一条臂听说是被思宗皇帝斫断了的。"

顾肯堂道:

"如何不是?"

徐灵胎道:

"弟子受了她这么的厚赠,想亲自前去谢谢,一来瞧瞧飞龙岭的形势,二来瞧瞧她的断臂是否还能够医治。"

顾肯堂笑了,断了已经几十年,还即想法子吗?徐灵胎道:

"弟子近来得着几卷秘籍,所载的方很是奇妙,医愈了好多个奇症。"

顾肯堂道:

"有否医案留出,给我瞧瞧。"

徐灵胎道:

"记出的很不多。"

遂叫年寿把那本医案取来,呈于顾肯堂。顾肯堂揭开,恰是沈维德烂去阳物服药重生一案,只见写着的是:

濮院沈维德患下疳,前连根烂尽,溺从骨缝中出,沥灌肾囊中，哀号痛楚。肛门亦复烂深半寸。载至余家，止求得生为幸。余亦从未见此病，姑勉为治之，内服不过解毒养血之剂，而敷药则每用必痛，屡易其方，至不痛而后已。两月后结痂能行，唯阴茎仅留根耳。

余偶阅秘本，有再长灵根一方，内用胎狗一个。适余家狗生三子，取其一，泥裹煨燥，合药付之，逾二年，忽生一子。举族大哗，谓人道已无，焉能生子？盖维德颇有家资，应继者怀觊觎之心也。其岳徐君密询之，沈曰："我服药阳道已长，生子何疑？"徐君乃集其族人共验之，阳道果全，但累生如有节而无忌皮。

再期，又生一子，众始寂然，远近传之以为奇事。

顾肯堂道：

"医术如此，能夺天地造化之功了。再长灵根方，给我瞧瞧。"

徐灵胎取过一本手抄的秘方，翻出了，递与顾肯堂。肯堂接来，见是：

再长灵根方（五十日复生效）

煅乳石（三钱半）、琥珀（七分）、朱砂（六分）、人参（一钱）、珍珠（七分）、牛黄（四分）、真水粉（五分）、胎狗（一个）、雄黄（六分），用灵仙、首乌、大力子、蒺草汁煮一昼夜，炒如银色。右为末，每服三厘，日进四服，卧又二服。俱以土茯苓半斤，阴阳水十二碗，煎五碗，连送五服，七日验。

顾肯堂道：

"真是奇方，主师的断臂想来也必能够痊愈的了。但是你没有见过，怎么倒有把握了呢？"

徐灵胎道：

"把握呢，也不敢说是有。不过我想，主师是个贞女，不曾经过孕育之劳，先天谅必是充实的。她又是个剑侠家，性定气静，血脉的流行定然没甚窒滞。终身茹素，后天常得保养。照她的本体，或者有可愈之机。所难得的就是主药，现在恰好得了这么一头神猿，真是天赐灵丹，所以弟子陡然技痒呢！"

顾肯堂道：

"猿是医臂妙药吗？"

徐灵胎道：

"猿之多寿，即因臂长能够引气。况此猿狂淫无度，每夜御女多至三十余人，而日间仍能飞行千里，力敌万夫，其所禀之厚可知。大凡精有余则必求泄，不得泄，必至发狂，必至胀死。此猿日淫数十女，精神弥见健旺，真是殊品异药。"

顾肯堂道：

"主师是天下第一奇人，偏得了天下第一奇药，遇了天下第一奇医，三奇相会，我知道她这条臂必然会好了。"

顾肯堂在吴江住上了六七日，别了灵胎，自回绍兴去了。

这里徐灵胎央张人龙做伴，带了年寿，取道望飞龙岭进发。年寿念老苍头儿年福年纪大了，不宜千里跋涉，让他住在吴江守

74

家。徐、年、张三人一路游山玩水，说说谈谈，并不寂寞。

这日，进了一线天山径，徐灵胎不禁连声喝彩。一会子，走上斜坡，张人龙先进去报信，主师吩咐快请。徐、年两人跟随入内，见过了主师。主师道：

"先生怜老衲的残废，披星戴月，数千里地赶来，老衲由衷感激。先生的医术，本来是旷世无俦，先生的热心，更是今古无两。老衲这一条臂，今回合当好了。"

徐灵胎道：

"僻性好奇，听顾老师说起宝刹新获神猿，触动僻性，顿萌奇想，不过试试罢了。治好了不敢居功，治不好却不能辞咎。"

当下，徐灵胎请主师解开那条断臂，仔细瞧看，见皮肉红润，温暖如常，知道脉络筋肉都是不相干的，就不过断了臂骨，因此不能屈伸，不能举动。瞧那两手的指爪，一般油润，候过了脉，断臂的脉不过弱一点子。女子右脉常盛，断的恰是左臂，不相干的。又问了几句起居情形，胸中已有成竹，开言道：

"我且立一膏方，服百日当见小效。"

遂索取了那神猿去。年寿当下叩见主师，主师细细端详，不禁点头称许道：

"顾肯堂的媒做得不错。"问了几句话，年寿退出，见师父已经开好了方子，写的是：

通臂神猿（一头全）、甘菊花、白术、鹿茸、嫩桑枝（三十斤）、五加皮、人参、肉苁蓉、菟丝子（酒浸一宿）、柏子仁、金钗石斛、巴戟（以上各四两），右十二味先煎桑枝汤，去滓，以汤代水煎诸药，浓煮四次，去滓，滤净，收膏。膏将成，麝香八钱、朱砂一两，另研调入搅匀，贮瓷器中，勿令泄气。朝晚淡盐汤冲服二匙。

年寿瞧了不解，徐灵胎道：

"神猿的功用，我与顾师父讲过，你大概已经明白了。那桑枝最能透达四肢之气，所以把它煎汤代水煎药，使诸药皆借桑枝的力，透达到四肢呢。菟丝子是人精，甘菊花是月精，五加皮是草精，柏子仁是木精，白术是日精，人参是药精，石斛是山精，鹿茸是血精，肉苁蓉是地精，巴戟是天精。引以麝香，以钻筋透骨。这么制配，使肾气足而骨髓自生，断臂或可复续。"

年寿连声称是。徐灵胎先进药方，主师立刻派人出山去购配，不过三日，药料配齐。徐灵胎与年寿两个监视煎熬，整日守候炉火。煎成之后，徐灵胎动手把主师的断臂对准了骨节，用软绸扎缚定当，知照她一百日里不要碰动，并要时时心想断臂，我这断骨已服了药，药性到了，即将完续如旧，屈伸自如。一日至少想他个十余遍。照我的话，一百天里，包可以见效。欲知断臂果否能够医愈，且听下回分解。

第十回

甘凤池飞行报警
岳钟琪奉旨出征

却说广慈主师留徐灵胎师徒在山，日日依法服药，到两个月之后，果觉断臂大有生意，到了三个月，已经能够屈伸自如。徐灵胎却禁止她运动，说道：

"这是一篑之功，无论如何，总要忍耐。"

倏忽之间，百日已满，屈伸自如，上下便捷。主师欢喜道：

"先生真是神医，此臂已几十年不能如此灵便了。"

徐灵胎也异常得意。年寿问灵胎：

"师父叫主师心存断臂，时时作欲愈之想，臂便能愈。今竟如师言，是什么缘故？"

徐灵胎道：

"心为君主之官，神明尽由心出，五脏六腑，四肢百节，无不钦承君主的旨意。心存痊意，药石自易见功。"

徐灵胎见主师断臂已愈，便带了年寿自回吴江去了。太阳各护法得着了此信，便就发起了一个庆贺会，醵资到飞龙岭开筵庆贺。那神弩手李琴客，法名静莲的，并杜、陈、王三庄主等，没一个人不到。只七剑八侠中除了吕四娘住在本山外，只来了张福儿与周浔两个。众人因主师茹素，置办的都是素筵。开怀畅饮，热闹了足有三日。到第四天，这日是主师答席，才是荤肴。宾主正在畅谈，忽见风飘落叶，一个人飞进门来，大声报称：

"大祸临头，主师快想想法子。"

众人都吃一惊，急忙瞧时，见来的不是别个，正是八侠中的甘凤池。只见甘凤池道：

"大祸到了，乾隆帝已经知道主师的声势，现在调兵遣将，不日就要来此征剿，请主师赶快想法子抵御。"

广慈主师忙问：

"何处得的消息？"

甘凤池把始末缘由备细说了一遍，合山的人无不目瞪口呆。

原来，甘凤池自从吕四娘复仇之后，八侠作别各散，甘凤池、陈美娘回到镇江，舅舅谢品山已经去世，表兄谢良甫因凤池流荡江湖，惧为所累，待遇情形便不似先前那么亲热。凤池夫妇见寄人篱下，终非久计，别了表兄，自去安身立命。两口子一叶扁舟，泛宅浮家，随流漂荡。一日浮到松江地方，凤池爱它民风淳朴，境地清幽，就在西门外高家弄里头筑了一所宅子，作为永久侨居之所。直到如今，松江人还传说甘凤池是在高家弄里出世的。其实凤池何尝在高家弄出世？不过在高家弄中住过罢了。当下凤池迁入新屋，不多几日，松江人就认识了不少。

一日，有本城大绅刑部尚书张照奉旨钦召进京，因惧途中不靖，慕凤池威名，备礼具帖，恳请保镖北行。这张照搜罗着四件无价奇珍，要进贡于当今皇上，所以请求得十分恳挚。凤池允下了，即日做伴北上，留美娘在家看守门户。行到京师，张照立即报到，入朝面圣，却留凤池在京盘桓几天。一日，张照退朝回家，偶然谈起，今日圣上钦派专使，飞召岳大将军进京，看来飞龙岭不免要用兵呢。凤池听得"飞龙岭"三字，不觉暗吃一惊，故意问：

"什么飞龙岭？"

张照道：

"钦天监奏称，保定地方出现了个逆星，地方怕要遭难。皇上派使密查，果然查得了是飞龙岭地方，有前明遗孽，据为巢穴，就在那里立会结盟，煽惑愚民，潜谋不轨。那逆酋的伪号叫作广慈主师。皇上很是震怒，今天特旨飞召岳大将军。这件事不是就要动手了吗？"

甘凤池听了，记在心中，想一个法子，辞了张照，赶忙到飞龙岭报信。行到山中，恰值太阳庵中开筵庆贺。当下，广慈主师询问情形，凤池据实说明。主师道：

"大概是不会差的了，咱们趁大众都在，大家商量商量，有甚好的法子。"

静莲和尚道：

"本山地势险要，一夫当关，万夫莫开，凭他千军万马，只要守住了，不必理他。"

主师道：

"本山通只几多人？抗敌自然是不能的。但是官兵围攻半年三月是说不定的，粮食油盐倒都不能不多为预备，备足了粮再讲别的。"

众人都称愿任办粮之职。于是主师分派诸人到各城镇去办粮，轮流转运，约有一个月开来，早屯了一年的粮，米、麦、油、盐、糖、醋、酱、酒，以及笋干、腊肉、风鱼、蚕豆、扁豆、枣、栗、茶叶等物，无不具备。云中燕献计道：

"山势虽险，防御不能不周。我愿竭尽心思，制造出几种削器来，置于要害所在，防备官兵偷路袭击。"

主师大喜，云中燕就动手制造各种削器，按着地图，一一布置，一面把飞龙岭阳面石壁上的藤萝尽都铲除，以防官兵攀缘而上，那阴面一线天等要道都安上了削器，并派人把守，又在团近一二百里要道出入地方，派人驻守，侦探官兵。飞龙岭筹备战守，暂时按下。如今却要提那大将军岳钟琪了。

这岳钟琪，字东美，号容斋，先代本居汤阴，是大宋精忠武穆王岳飞的二十一世孙。他的祖父岳镇邦才迁到临洮来，岳镇邦在清朝以从征吴三桂有功，官至大同镇总兵，加左都督。他的父亲叫岳升龙，因征噶尔丹有功，官至四川提督，奉旨入籍四川。生有四子，岳钟琪排行居第二。这岳钟琪天生异相，魁奇沉雄，两肋都是骈肋，双目炯炯四射。自幼就喜布石做阵，指挥群儿无不暗合兵法。雍正征青海，年羹尧为大将军，岳钟琪为奋威将军，青海即平，封为三等公爵，赐黄带。年羹尧坏事之后，就命岳钟琪为川陕总督，加太子太傅，赐四团龙服，并甲第一区，内监二人，再加兵部尚书，恩宠无比。后来，为了改土归流的功，晋少保，赐双眼花翎，绘像留岁内府。雍正六年，征讨准噶尔，钦派兵部尚书查郎阿到关中筑坛拜将，特拜岳钟琪为宁远大将军，统兵出征。这时候，岳家一门五帅，贵幸无比。岳钟琪是宁远大将军、川陕总督，岳钟琪的叔父岳超龙，是湖广总督，岳钟琪的兄弟岳钟璜是广西提督，岳钟琪的儿子岳浚是山东巡抚，岳钟琪的侄儿岳含奇是兖州镇总兵。

乾隆帝登了基，见岳家一门五帅，兵权太重，把岳钟琪罢职放归。岳钟琪回到成都，就在百花潭之北建一座小小花园，手执一编，吟啸自适，得暇即与邻家父老闲话农桑，徜徉山水，瞧见的人几乎忘记掉他是做过大将军的。

看官，岳钟琪是这么一个有勇有谋、能伸能屈的大豪杰，乾隆帝现在巴巴地召他进京，就可见十分重视，广慈不敢轻易忽略了。

当下，岳大将军奉到旨意，不敢怠慢，星夜兼程地赶路，赶到北京，立即召见。乾隆帝就把飞龙岭广慈主帅立盟结会的事说了一遍，问他有何良策扑灭此孽，岳钟琪道：

"臣初到京师，于该地情形尚未熟悉，不敢骤对。"

乾隆帝道：

"卿是先朝宿将，声威所至，妖魔遁形。此种遗孽，幽栖穷谷，不异釜底游魂。朕知道，以卿办贼，必然游刃有余。现在即把勇健军交卿带去，务望好好地替我办，大约两个月内，总可以办妥了。凯旋回京，朕自加恩封赏。"

岳钟琪道：

"臣愿竭尽智能，把飞龙岭遗孽全数剿灭，踏平太阳庵，铲除贼巢穴，只求宽限日期。"

乾隆道：

"宽几日可以，只愿你实心办事。粮饷兵器朕叫户工两部源源接济，绝不使你稍有间断。爬山越岭需用什么东西，你具奏上来，朕立饬他们照办。"

岳钟琪叩头谢恩。当下乾隆下旨叫史贻直把勇健军移交于岳钟琪，把史贻直升了文渊阁大学士、兵部尚书。岳钟琪接统了兵，按册点过，随即挑选了三十六名做亲兵。这三十六人不但体力精壮，都能够轻身跳跃，爬山越岭，行走如飞。为首的姓冶叫冶大雄。后来，这三十六个人个个都官高爵显，职至封疆，恩邀世爵，这都是后话。

岳大将军具奏，请造云梯、竹兜、麻索、火炮、硝药、毒药箭等各处应用物件，不多几日，都已齐备。

岳大将军祭旗出发，六千勇健军分作左、右、中三路，威风凛凛，杀气腾腾，步队、马队、火炮队、长枪队、藤牌队、云梯队，一队人整齐严肃。大将军除全副鸾驾之外，更有许多执画衔牌，是少保、三等公、兵部尚书、川陕总督、钦赐四团龙服、钦赐甲第、钦赐双眼孔雀翎、钦赐黄带、钦赏内监二人、奉旨图形大内、钦赏珍币、钦赏御纂书籍、宁远大将军、勇健军统领。执事鸾驾之后，就是三十六个亲兵，簇拥着岳大将军。大将军跨着龙驹骏马，说不尽的威武荣耀。军行所至，军令森严，是奸淫掳掠者斩，强赊硬买者斩，临阵脱逃者斩，走漏军机者斩，奉令退缩者斩，闻鼓不进者斩，闻金不退者斩，共是三十六斩、七十二鞭、一百四十四杖责，不及细表。

那流星探马如飞地探报军情，这日，探马报称，离一线天只有三十里左右。岳大将军问：

"有否逆党把守？"

探子回：

"入探三里多路，不过山径崎岖，未见一人一卒。"

大将军传下将令，步兵先进，马队下骑继进，鱼贯而行，休得参差错乱，致遭暗算。将士得令，鱼贯入山，路径崎岖，山势险峻，众将士呼喝着走路，山鸣谷应，不异万马千军。走了半天，才到转折处，一声怪响，也不知是哪里发出来的箭，密似飞蝗，锋利无比，前排二三十人已都中箭射倒，后面的人赶忙往后退去，却把条很狭的山路挤塞断了。岳大将军闻报，急令鸣金，后队作前队，好半天才把兵队退出。那受伤的军士都抬到后营将息，叫随营的伤科医生细心诊治。岳大将军亲自入营，向各伤兵一一慰问，伤兵无不感激。岳大将军道：

"飞龙岭地势险峻，不亚于陕西的斜谷，勇力无所施，刀枪无所用。我生平行军最喜集思广益，可有好计策，大家想想，不论兵丁将弁，谁能献计破了飞龙岭，我就专折保奏他个头品顶戴，不愿顶戴的，立赏他纹银五千两。"

出了这个重赏，不到三天，果然就有五七个人来见大将军献策。欲知有何奇策得破飞龙岭，且听下回分解。

第十一回

岳将军三攻一线天
甘侠士独扼飞龙岭

　　话说岳大将军悬赏征谋，就有五七个将弁兵丁求见上策。岳大将军起初倒很欢喜，立刻传见，虚心听受，无奈所上的策，不是怪诞不经，就是迂阔无补，大将军也就懒怠理会了。派了十几个人，在飞龙岭四周探寻路径，也没有探得。

　　这日，岳大将军正在焦急，忽见亲兵冶大雄进来跪下道：

　　"小的有条妙计上献。"

　　大将军不耐烦道：

　　"你也来献计了。这几天阖营中差不多都是军师谋士献出来的计策，不是说木遁土遁，就是说驾雾腾云，那献计的人偏是不会行，只会说，抄袭了些《西游》《封神》的谰语来搪塞本帅。本帅昨儿已有告示贴出，你瞧过了不曾？"

　　冶大雄道：

　　"见过的。"

　　岳大将军道：

"上面讲点子什么话?"

冶大雄道:

"告示上说,倘有腾天遁地、唤雨呼风等异说,本帅即令献计之人亲身试验,如果献计之人自不能行,即照谣言惑众,军法处治。本帅言出法随,尔等切勿意存尝试。"

岳大将军道:

"你都已明白了?"

冶大雄碰头道:

"明白了,小的献的计是实地可行的。"

岳大将军道:

"那么你起来讲。"

冶大雄站起身道:

"逆众发出来的箭都是毒药箭,着了就要烂,所以大家见它怕,前回那班弟兄至今还没有痊愈。小的现在想出一个避箭的法子,可以一往直前,不忧发射。"

岳大将军道:

"避箭的法子很好,如何避法呢?"

冶大雄道:

"大将军只消叫藤牌兵做先锋,执牌而进,怎他坚矢毒箭,如何射得着?"

一句话提醒了岳大将军,点头道:

"你这话真不错,我马上依计而行。"

随即下令,藤牌兵前进,步兵弓箭手继进。岳大将军亲自守在隘口督战。藤牌兵雀步猴行而入,暂时按下。

却说广慈主师自从甘凤池报警之后，忙着赶办守御各事，堪堪完备，岳大将军的大兵就到了。主师亲到各处察看一周，此时甘凤池、云中燕、静莲和尚并杜、王、陈三位庄主等都愿出山迎敌，决一死战。主师不许道：

"兵法知己知彼，百战百胜。官兵人多，咱们人少，这是第一件当知的。官兵都是长枪大戟，擅长的就是对阵开仗，咱们都是暗器短刀，擅长的是蹑足腾空，这是第二件当知的。隘外地形平阳，人多的便宜，隘内山势陡绝，人少的便宜，这是第三件当知的。战争的要诀，不过是避敌之长，藏我之短。现在你们要出隘迎敌，恰是拿着自己的短去抵抗人家的长了，哪里会胜呢？"

众人道：

"我们哪里想得到？静候主师将令是了。"

广慈道：

"本山后路是飞龙岭的阳面，野藤虽已割断，山势虽都陡绝，也不能不防，就烦杜庄主往来巡逻，防备官兵暗袭。给你黑白两旗，作为表记，有官兵来，急扯黑旗，没有官兵，常扯白旗。"

云中燕道：

"后面我已安置上不少的利器，不要说官兵都在前面，就是从后偷进，已有削器对付他们，似不必再行派人逻察。"

广慈道：

"邓艾入蜀，也为蜀人恃险不备的缘故。备着不来最好，来咱们也不怕。"

杜庄主应着自去，广慈道：

"隘口不必守，口外地势宽展，他们兵多，咱们人少，越是狭路相逢，人少的越得便宜。那一线天中腰曲折处，云施主已安置上三十架连弩削器，就烦云施主与静莲师兄两个前往那里，守住那削器，添放弩箭，移动激射。那处地狭，官兵人多不能旋转，中了箭必然自相践踏。"

又命甘凤池同了陈、王两庄主把守第二道转折处，专司启闭木栅，万一连弩激射不退，即把木栅紧闭，即用石炮从栅阙处连环飞打。广慈主师亲率着吕四娘等一众女将把守着内隘口。那一线天石壁中又备了三道千斤石闸，都派有能员把守。倘然官兵奋勇进攻，本山势难守拒时光，但看山中红旗为号，立把三道千斤石闸一齐放下，把官兵闸为三断，关闭在一线天中，任他饿死。众人依令防守。果然官兵如潮而来，到第一个转折处，云中燕、静莲两个人藏在暗处，一阵连弩就把官兵射退，从此一连四五日，官兵都不来攻打，出隘哨探，又见大营并不移动。广慈道：

"岳钟琪是著名大将，绝不会就此罢手的，不来攻打，定有别谋，说不定打从后面来呢！"

回望后山，偏偏是白旗高扯，随风飘荡，确实没有官兵的影子。一到晚上，一线天中就下了三道千斤闸，只留一两个人在那里瞭望，见有官兵到来，鸣号报警。

这日，藤牌兵雀步猴行而入，行到第一曲折处，云中燕即放连弩，静莲和尚帮同激射。霎时间箭如飞蝗，官兵冒着藤牌，雀跃而入，射出去的箭都着在藤牌上，一滑就滑脱了，丝毫不能损伤，依然前进不已。云中燕大惊，知道连弩是不中用了，向静莲道：

"我们两人挡一阵吧！"

静莲答应一声很好，瞧官兵时，已如蚁阵似的涌将来，云中燕横刀在手，大喝道：

"狗官兵！云中燕在此，谁敢与我斗五十合来？"

勇健军都是四方的豪杰，那兵丁不同凡卒，都有将弁之能，当下瞧见了云中燕，就挥刀舞牌，直杀上来。云中燕舞动倭刀，一退一进，相杀起来。路径狭隘，为首的军士与云中燕杀成一团，后面的人只好止住步不能上前助战胜。云中燕究竟身子便捷，战到十多合，那人的肩膊上早着了一刀，后面的人急忙抢救，便更换了一个上来接战。话休絮烦，当下云中燕连败三人，静莲和尚叫一声：

"云大爷少歇，出家人来挡一阵吧！"

静莲与藤牌兵战了半日，也斫伤了两个，又换上云中燕。两个人轮流接战，共伤掉二三十个藤牌兵。无奈官兵多，不过蚁附而上，云、静两人哪里杀得退？只得退入第二道防线，把木栅闭上。官兵攻打木栅，刀斧并下，甘凤池早把连环炮轰发出去，石子宛似冰雹，打中的不是青肿紫块，就是肉绽皮开，官兵吃不住，只得退了出去。广慈主师道：

"官兵两次进攻，虽然都被杀退却，不曾大大创惩。今晚却要费众位的神，前往偷营劫舍。因为上次胜了他，并不曾有别种举动，今回定然是不防的。"

随叫甘凤池、云中燕、静莲三人各授与锦囊妙计，三人应了一声，各自去依计行事。

却说岳大将军收兵回营，唱名检点，重伤四十七名，轻伤一百二十九名，心中很是愁闷。这夜，正在中军帐秉烛观书，忽报后营火起，岳大将军出帐瞧时，见火光通红，闹成一片，急忙传令不许扰乱。这一个令方才传出，左右两营也都起了火。岳大将军道：

"定有奸细了。"

传令诸将各守本营，不准轻自离，凡起火之处，不必扑救，只把火场四周围住了，见有口号不符的人立即拿住。这一个军令果然厉害。甘凤池等所奉的锦囊上写着："放了火，官兵倘来扑救，即往他处放火，连放六七处，见官兵已经惊扰，急藏身暗处，大声呼杀，使官兵自相残杀。倘然起火之后，全不扰乱，官兵中确有能人，赶速回山，不必留顿。"当下见官兵秩序井然，甘凤池知道不妙，急忙找路而回。回到隘口，恰巧云中燕、静莲也来了，报知主师。主师道：

"岳钟琪真是良将，倒不能够轻视。"

众人应诺。次日，忽报岳钟琪差人来此下书，主师叫把来人带进。来人呈上书信，主师拆开一瞧，不过是招安的话，笑了一笑，遂亲自作书回复。其辞是：

大将军麾下：

衲世外之人也，寂处穷山，蒲团钟鼓了，此余生自谓与人无患，与世无争。不意将军尚未肯忘情于衲，提师深入，必欲毁我寺院，鸡犬不宁，松柏震撼。徒辈无知，误伤贵族，衲自惭德薄，未能涵化抚衷，未免歉疚。年已逾百，尚复何来？张仲坚已以中国让太原公子，周武王犹不舍西山片壤，为夷齐薇蕨之所，一何示

天下之不广也。世原无事，庸人自扰，贤明如将军，当
能解此。

×年×月×日
太阳庵住持广慈合十

即押。复书交于来人，来人持回，呈上岳大将军，拆开细
瞧，毫无要领。

岳大将军命军士持了铁钩、麻索再往进攻，依旧是藤牌兵开
路。哪里知道，第一个转折处也新立下了木栅，连弩箭都从木栅
里射出，藤牌兵奋勇而前，把铁钩套上，几十人拽着麻索狠命地
拉。云中燕见木栅岌岌欲倒，急抽倭刀把麻索割断，拉拽的几十
个人全部倒坐跌扑下地。岳大将军见一线天地险，三次攻打不
入，变更战略，只留兵一千在隘口守候，自己亲统大队别绕飞龙
岭阳面，从太阳庵后路杀来。五千勇健军分队抄山，势如飞虎。
山的阳面，路途平坦，行军十分便利，一到山坡尽头，岳大将军
亲自察看形势，见石壁倒削而下，势甚陡绝，太阳庵石屋历历在
目，山风隐隐，树木森森，略现蜿蜒之势，光景就是一线天。传
令用麻索、竹兜把兵士荡下石壁去。那石壁约有三十多丈深，众
兵士把麻索接长了，共是五条，缚了五个竹兜，就有二三十个争
先要下去。大将军道：

"尔等如此踊跃，何愁此山不破呢？"

当下挑选了五人坐在竹兜中，钓鱼似的荡下去。哪里知道，
山中扯起黑旗，甘凤池、青莲、云中燕等一班人早已来此预备守

90

候多时了，见荡下五个竹兜，甘凤池等各把连弩上了箭，等他离地只有三五丈高低，估量弩射得及，觑得真切，三弩并发，连弩宛如飞蛾扑火，五个军士每人早都着了二三支弩箭，只得急收上去，设法援救。岳大将军叫多备藤索，三五十个竹兜，都坐了人，齐都放下。又命兵士投石发炮，奋勇攻击。无奈山中男女个个都身冒矢石，竭力抵抗，竹兜虽多，竟难平安及地。岳大将军传下军令，叫一线天的将士合力会攻，前后并进。这一来非同小可，声震山谷，亏得甘凤池独立扼住一线天，官兵不曾得着便宜。欲知后事如何，且听下回分解。

第十二回

盗帅印岳钟琪罢职
征飞龙傅尔丹失机

话说岳大将军百计进攻，广慈主师百计守御，究竟攻的兵多，守的人少，连着半月，太阳庵中僧俗男女都各疲乏得很，广慈主师也束手无策。正在危急当儿，忽地来了一个救星。你道这救星是谁？却就是浙东大儒顾肯堂顾老先生。

原来顾肯堂回到绍兴，清闲无事，日唯翻阅经史消磨岁月，一日偶阅邸报，忽见岳钟琪出征飞龙岭陛辞一折，惊道：

"广慈主师要不保了太阳庵，通只一百不到的人，哪里挡得住六千勇健军？岳钟琪偏又不是无能之辈，广慈倘然有个差池，世界上哪里还有什么纲常名教？"

当下老先生万分焦灼，转了一夜念头，忽地想出一条妙计。次日即从水路起身，一帆风顺，不过七八日工夫，早到了宿州，径投张兴德家来。兴德父子恰好都在家中，福儿是本来认得，兴德却还是初次会面。顾肯堂不及寒暄，即向福儿道：

"令师广慈主师在难，遭难不得了！"

兴德父子都诧异道：

"主师那么高的道行，那么大的本领，如何再会遭难？她的对头又是谁呢？"

顾肯堂道：

"她的对头来历很大，就是当今皇帝。"

兴德道：

"皇上怎么与主师作对起来？主师很本分，又不犯法。"

顾肯堂道：

"你们道主师是何等人物？你们还没有知道她的来历呢！"

遂把主师原是大明皇帝亲生女儿长平公主，如何断臂，如何守贞，如何出家的话，细细说了一遍，父子两人方始恍然。顾肯堂又把邸报上岳钟琪出征的事说了个明白。张福儿奋然道：

"我愿立刻前去救她，救得出果然是如天之福，救不出，我愿与我师父一块儿死呢！"

顾肯堂脱口道：

"好个义气的徒弟，像你们这个样子，才不愧是师徒义合。"

张兴德道：

"你一个去，我很不放心，我同了你一起去。"

顾肯堂道：

"贤乔梓同去更好，不枉我跋涉之劳。只是你们去，是为救广慈？救太阳庵？我问你是如何救法？是从何处入手救呢？"

这一问，把父子两人都问住了，愣了一双。张福儿道：

"听得师父受难，巴不得赶去与她同死，这原是一时义愤所激，哪里有详细的计划？"

顾肯堂道：

"这是割肉喂饿虎，白送掉你们父子两人的性命，于主师毫无益处，又何苦呢？"

父子二人齐声请教道：

"老先生总有妙计。"

顾肯堂道：

"法子呢，果然有一个，待你们动身时光再说吧！"

于是张兴德父子入内，收拾行李，张老娘与毕氏问到哪里去，父子二人只推说是出门保镖。到动身时光，顾肯堂给与锦囊两个，道：

"一个到了飞龙岭开拆，另一个开拆日期就在第一个里头。"

又道：

"你们北去，我要南行，我们就此分手吧！你计成之后要瞧我，可到吴江徐灵胎家来。"

兴德父子应诺向北去了，顾肯堂却跨了张兴德的健骡，按辔徐行，向吴江进发。你道张兴德自己为甚倒不跨骡，倒把健骡让给顾肯堂跨坐？原来，这也是顾肯堂的神机妙算。张兴德跨骡欲行，顾肯堂道：

"镖师的乔装改扮，果然没得批评。但是你这头骡子，没一个不认识是双刀张坐骑，从前你跨骡寻仇，不知你的失败正在此跨骡上，所以被华镇台防备下了。"

张兴德道：

"老先生心思真周到。"

就解骡相假，所以顾肯堂倒跨着健骡向吴江而去。暂时按下。

却说张兴德父子星夜兼程赶到飞龙岭，只见旌旗蔽日，营帐如云。福儿道：

"父亲，顾先生给的第一个锦囊可以拆开了。"

父子二人拆封同瞧，只见上写着：

福儿可速入岳帅大营，窃取大将军印信，并空白文书纸一束。取得后，再拆第二个锦囊，依计行事。

镖师即为乃郎把风接应，三更行事。不误。

张兴德道：

"这里虽有营垒，声势并不大，看来大将军大营在飞龙岭阳面呢！"

福儿道：

"咱们绕向山阳那边去瞧瞧。"

此时兴德父子都扮作樵夫模样，行到飞龙岭阳面，不见鼓角声喧，戈矛耀日，正是声势骇然。两人悄悄地择树荫处歇息，但等更深行事。

且说岳大将军岳钟琪聚集将士道：

"小小遗孽，这么旷日持久，不早扫荡，不但有损本帅威名，勇健军的'勇健'两个字也扫了地了！"

众将都道：

"我们自从奉令分队进攻，轮流迭战之后，山中逆众已累得茶饭无心，坐卧不宁了。据某等下见，还是休息一二日，逆众多天没有安睡，见大军停止进攻，势必睡熟如死，我们却乘他不备，百道齐攻，一下子就可以攻掉。"

岳大将军道：

"你们此话不为无见，就这么行吧！"

所以，这一夜百营休息，刁斗不惊，哪里知道，次日岳大将军升帐发令，要盖用印信时，开启印箱，却是一块废铁，那大将军的黄金印早不知哪里去了。岳大将军大惊失色，立刻聚集心腹各将，开了一个秘密会议。众人有主张闭营点名，逐一搜查的，有主张悬赏缉拿的。岳大将军摇头道：

"都不好，失印是何等重要的事？万万不能张扬开去，悬赏一层是万不能举办的。营里将士都与我一心一意的，绝不会干此事，何必闭营搜查？这件事我知道定是外边人所干，不过事极重要，倘然朝廷知道了，与本帅前程大有不利。为今之计，只有秘密侦察，大家留意，随处随时探访。"

众人应诺。不意才只半月，天津、济南两处都出了事。山东巡抚、直隶总督先后移文到营责问，并言都已奏达九重。

原来，天津、济南都有岳营委员持文催饷，责备地方官供应不周，咆哮殴打。天津地方殴毙知县一员，殴伤道台一员。济南地方殴毙知府一员，事关伤毙。现在道府大员，各该省省抚未敢壅于上闻，业已具折奏明。这两个岳营委员，济南的就是张兴德乔装的，天津的就是张福儿改扮的，都照着顾肯堂锦囊妙计而行。当下岳大将军接到东直两省公文，惊道：

"此贼计真恶毒，我的前程就此断送在他手中了。"

不多几天，果然廷寄到来，着他明白复奏，旨意很是严厉。

岳大将军没法，只得把战争情形及失印始末据实奏报上去。乾隆帝大怒，下旨召岳钟琪进京，派傅尔丹前往接任。那岳大将军到京之后，是否革职，是否议罪，作书的没暇细表他，如今要说新元帅傅大将军。

这位傅大将军生有万夫不当之勇，善使一柄大刀，出入百万军中，往来扫荡，如入无人之境。又能飞槊刺人，百步外百发百中。就可惜勇而无谋，征准噶尔之役，康熙帝拜岳钟琪为宁远大将军，专征西路，拜傅尔丹为靖边大将军，专征北路。

一日，岳大将军偶然为了件什么事亲到傅帅大营，瞧见壁上刀槊森然，岳帅问故，傅大将军道：

"这都是我精练纯熟的，所以悬在营中，勉励勉励将士。"

岳帅点头微笑，回到本营，向诸将道：

"做了大将军，不恃谋而恃勇，何能不败？"

后来，傅尔丹果然大败，就此罢职闲住。现在乾隆帝因岳钟琪出兵日久，毫无成绩，偏又出了这么一个大乱子，遂把他起复原官，来接岳大将军的任。傅尔丹接任之后，把岳钟琪的战略大大变更，将一线天外的守军全数调来。众将再四谏阻，傅尔丹道：

"兵分则力弱，岳帅师久无功，就为把兵分散之故。我总要三天里打破此山，踏平巢穴，本帅自有妙计。"

诸将不敢再谏。于是一线天外官兵全数调开，太阳庵人众遂得出入自如了。张兴德父子才得闯入飞龙岭，与主师相见，回明顾肯堂出计派救的事。主师很是感激，遂道：

"你们且在此间助我一臂之力。"

二人应诺。正在讲话，忽闻庵后炮声震天，喊呐如潮。主师急同兴德父子出瞧，见石壁尽头山坡上，官兵列阵如蚁，旌旗戈戟，耀目争辉，有百数十个竹兜，都坐着人，悬绳而下。山坡上的官兵却都摇旗呐喊助威，千百飞将军从天而下，真是厉害。不过下面云中燕，甘凤池，静莲，吕四娘及杜、陈、王三庄主，男女僧俗人员，都忙着发射连弩抵抗。官兵虽多，幸喜一个都不曾着地，因为不及到地，射伤的射伤，射死的射死，都已失去了战斗力呢。傅尔丹大怒，叫把云梯接长了，军士蚁附而下，奋不顾身，连弩再也射不住。张福儿见情势危急，放出神剑一道，白光只一绕，云梯截为两断，梯上军士纷纷下坠，折肢断胫，脑浆迸裂，一个个死于非命。傅大将军怒极，连着接成数十座云梯，一齐放下。广慈主师叫把油浸蒿苇取出，点上了火，将云梯全部烧毁。攻到天晚方才收兵。主师道：

"傅尔丹有勇无谋，今日猛攻了一整日，料官兵必然疲乏异常，今晚必然无备。我们可去劫营。"

众人都说好极。主师就派甘凤池、云中燕为第一队，杜、陈、王三庄主为第二队，张兴德、张福儿为第三队，吕四娘率同女将三人为游击队，第一队取左，第二队取右，第三队直取中军，都各放火劫营，游击队往来袭击。又派静莲专烧官兵粮草。主师自己守山防敌。

这夜，月暗无星，满天乌黑，傅大将军因为辛苦了一日，乏力异常，熟睡在营，鼾声呼呼，不意半夜里，四面火起，喊声大起，不知有几许贼兵杀入。官兵都从睡梦中惊醒，自相残杀，自相践踏，伤掉性命的不计其数。傅大将军睡眼迷蒙，出帐奔逃，文书令箭全都失掉，直扰到天明方定。检点将士，损失一千有余，器械粮饷失去无算。傅大将军没作道理处，只得据实陈奏，自请交部严议。不多几日，旨意下来，傅尔丹拿问进京。朝廷又派了个大臣来，广慈主师道：

"一蟹去了，又来一蟹，缠到何日始了？"

忽报顾肯堂来了，广慈大喜。欲知后事如何，且听下回分解。

第十三回

亲王府巧娘赠墨
干清宫虢姨承恩

话说广慈主师听说顾肯堂到，欢喜异常，接到里头，开言道：

"老先生真是本庵的大护法，倘然没有先生妙计，本庵此刻早变成瓦砾堆了。"

顾肯堂谦逊了几句，问起战争情形，主师把大破官兵，朝廷易帅的事说了一遍。顾肯堂道：

"以山中百数十人，抵抗天下之众，终是可暂不可长的。"

主师道：

"用什么法子可使朝廷不来作对？"

顾肯堂道：

"现在督师大臣是谁？"

主师道：

"是个满洲人，叫什么傅恒，官为兵部尚书。"

顾肯堂道：

"傅恒我知道的，跟皇帝是连襟，是个公子哥儿。咱们飞龙岭倒仗在他身上保全呢！"

看官，你道顾老先生为甚发这议论？原来，傅恒之妻察富夫人是乾隆皇后的同胞妹子，窈窕艳丽，绝世无双。皇后在宫中推为第一国色，与察富夫人比较，皇后宛似孔雀，夫人宛如鸾凤，差得多呢。乾隆皇帝做宝亲王时光，奉旨指婚，娶皇后为福金，撤烛之夕，乾隆瞧见皇后盛鬓丰容，花明玉净，欢喜得什么相似，开言道：

"像你这么美丽，可称得旷世无俦，真是神仙中人。"

皇后笑道：

"妾何足道？妾家巧儿才真是国色，狂郎瞧见了，又不知颠倒到怎样呢！"

巧儿就是夫人的闺名。乾隆听了，很是企慕。因为后父挈眷在南省做官，不得往见，但是梦寐之间，时时意存想念。

隔了一年，后父任满回旗，在京中闲住。乾隆一得着消息，快活得跳跃不止，自语道：

"我当往岳家与父母请安，并与巧妹会面。"

立刻套车驰往，后父迎入，乾隆执礼极恭，并请后父引至中堂，拜见岳母。后父连说：

"王爷重礼，实不敢当。"

乾隆执意不肯，于是依照子婿礼拜见岳母，又请过了安。后母命人唤儿子明儿出拜姊夫，又叫丫头去唤巧儿来。停了好一会子，丫头附着后母耳朵低低不知说了两句什么话，后母怒道：

"偏是这么巧，又梳妆了，王爷不是外客，出见也不要紧。"

乾隆道：

"巧儿妹有事，等一会子不要紧。"

后母笑道：

"才浴罢理妆呢！"

命丫头再去催促。又好一会子，丫头报说巧姑娘来了。只见巧儿从东阁子中冉冉走出，只有十三四年龄，双鬟绾绿，色夺画图中人，脂粉未施，却生得天然殊莹，明秀得竟不能模拟，只觉得一室之中，宛如皓月明星，互相照耀。乾隆瞧见了，不觉如有所失。叙礼既毕，巧儿就站身母侧。乾隆凝睇注视，目摇心荡，竟难自制。后母笑道：

"王爷鞍马劳顿，就在舍间歇息两天吧！"

于是引乾隆入西园闲庭，邃宇帘幕，甚为华丽。后父因贵客乍至，款待得十分殷勤。乾隆也借此住下，好与巧儿乘间亲近。在岳家一住三日，方才回家，笑向皇后道：

"你那妹子真是妙人，我倘然一朝富贵，必把她设法弄进宫中，使飞燕、合德并主宫政呢！"

皇后笑道：

"痴郎，得了陇还望蜀吗？"

从此，乾隆常到外家去，往来亲热，不异家人骨肉。默察巧儿言笑举止，似乎有猜疑不足之状，知道她赋性如此，打算渐渐开导她的情关，偏又没有机会。

一日，巧儿慵绣小坐，倚栏闲视庭花，久不移目。乾隆恰好走到，悄声轻步站身在巧儿背后，一点都不曾觉着。巧儿不禁浩然长叹，一似很幽怨的样子。乾隆悄声问道：

"妹妹，这么长叹，想什么呢？"

巧儿听了，一个没意思，半晌才道：

"王爷从哪里来呢？太阳下山了，春寒逼人，王爷觉得吗？"

乾隆知道巧儿故意讲说开去，随意问道：

"春寒谁不觉得呢？"

瞧巧儿时，低鬟默默，红潮晕颊，色如映雪朝霞，更增娇艳了，随即逡巡引去。乾隆出入岳家，既同家人骨肉，便与巧儿常共笑语，但是言辞稍涉于邪，巧儿就要严容正色，凛乎若不可犯。乾隆以为巧儿年轻，未谙情事，不很介意。

有一日，后家为了一桩什么喜庆事开宴，乾隆也在座中。酒至半酣，后母斟酒劝客，劝到乾隆，乾隆回称：

"不能喝了。"

后母道：

"素来晓得王爷是湖海之量，为甚不肯畅饮？总是我的敬意不诚了。"

乾隆道：

"小病才好，不敢多饮，请岳母原谅。"

后母未及回答，巧儿搀言道：

"母亲罢了，王爷真似不胜酒力了。"

后母听说，方才罢了。乾隆座前那支绛蜡，烛烬又长又暗，巧儿移步过来，手取银剪轻轻剪去烛烬，因流波盼着乾隆，低语道：

"没有我，王爷要醉死了。"

乾隆道：

"妹妹此恩，当铭肺腑。"

巧儿微笑道：

"这个就算恩吗？"

话言未了，后母呼巧儿回席，巧儿遂走了去。乾隆从此愈加迷惑。无奈言语相挑，有时回答，有时不理，乍昵乍违，忽远忽近，竟难猜测她的意思。

七月里，皇后生日，后母同了巧儿来邸庆祝。这一日，宗室懿亲到的很是不少，韶颜稚齿，类都一时之秀。饭后，花园散步，诸美人夸妍斗艳，服饰丽都，光映花木。一会子，巧儿淡妆艳服，姗然而来，行步如轻云出岫，衣角都不曾飘动一点。乾隆注视道：

"说她是神仙中人，其实还是冤屈，神仙中哪里有这么的人？我敢断定，她定在神仙之上。"

众美人见了，也都目眩神驰，孔雀朝凤，不禁自惭形秽矣。这一夜，天朗气清，月明如昼，乾隆酒后耳热，因移步后庭，被襟当风，醒醒酒气。瞧见巧儿还在凭栏玩月，因问道：

"妹妹还没有睡吗？"

巧儿向乾隆道：

"月行至此，夜几许？"

乾隆仰望星汉道：

"织女将斜，夜深了。"

随道：

"月白风清，如此良夜何？"

巧儿道：

"东坡先生钟情到这个样子。古人说得好，太上忘情，我独

104

独不懂这个，我敢怕就是太上吗？"

乾隆道：

"妹妹，你休得自矜，那一天对花长叹做什么？"

两个人讲得十分亲热，巧儿移步下阶，逼近乾隆道：

"所谓织女银河在哪里？王爷指给我瞧瞧。"

乾隆见巧儿骤然走近，不禁恍然自失，未及即答，忽闻室中有人询问巧儿睡了没有，乃是后母的声音。巧儿急忙遁去。

次日晨起，乾隆到后园子给岳母请安，行及门口，闻得室中窸然有声，就门隙向内瞧时，见巧儿正兀坐在那里挥扇呢，手如柔荑，美白不可名状。一会子起身徐步，只见有风肃然，所穿的衫裤都是极薄的明纱做成的，日光穿漏，雪肤映现，全体毕露。乾隆的心不觉大动，推门而入道：

"妹妹起身何早，夜来安吗？"

巧儿道：

"王爷，举步这么轻，吓我一跳。"

乾隆道：

"岳母起身了没有？"

巧儿道：

"早往福金那里去了。"

乾隆随意坐下，见案头置有奁具，随手翻弄道：

"像妹妹这么风姿，玉质脂粉，反要污了颜色。为甚妹妹还未能免俗？"

巧儿道：

"王爷不要轻视，这不是市品，黛墨脂膏，都是我亲手制成的。这一些些东西，不知费了我多少心思呢。"

乾隆见脂膏赤如红玉，青黛墨润若青云，不禁道：

"这黛墨好得很，是兰煤，是灯烬，还是烛花？"

巧儿笑道：

"是灯花呢，我用意积成的。"

乾隆走近道：

"妹妹给我一半儿。"

巧儿道：

"王爷要此何用？"

乾隆道：

"用代松烟。"

巧儿就叫乾隆自己取。乾隆道：

"我的手指已被油污，妹妹，劳动你分一点子给我，免得我再污手。"

巧儿道：

"我既允了，王爷何惜此手？"

遂劈煤一半赠予乾隆，因拖住乾隆的衣角揩拭手指污处，随道：

"为了王爷，累得我污指，不能爱惜此衣了。"

乾隆笑道：

"我当留此为质，这是妹妹的手泽呢！"

巧儿变色道：

"王爷，这是什么话？我是别无他意。"

乾隆未及回言，后母已经进来。乾隆略与周旋而出，从此心愈颠倒，私向皇后道：

"巧妹妹的美，端重者逊其淑丽，妍媚者让其庄严，明艳者无其窈窕，就是古时的王嫱、西子，恐怕也只各具一体罢了。"

一日，乾隆到岳家，见庭菊开得很是茂盛，随手攀折了数枝，入见后母，问：

"巧妹妹在哪里？"

后母道：

"这丫头很怯寒，独坐在东院拥炉呢！"

乾隆走入，巧儿含笑起迎。乾隆把折来的花掷在地上，乾隆道：

"花泪盈晕，不知道它意思属在哪里，所以丢掉它。"

说罢，长吁叹息。巧儿道：

"黄花本来有主，不过香清一室，色秀三秋，供一时玩好罢了，王爷为甚这么深求呢？"

乾隆喜道：

"已荷重诺，万勿悔赖。"

巧儿笑问：

"诺了你什么？"

乾隆道：

"妹妹总想得起的。"

巧儿听了，半晌才道：

"天寒风劲，还是坐在这里共同向火吧！"

乾隆欣然坐下，两个并肩坐着，只离得尺许，脂香粉气，馥馥袭人。乾隆此时身子虚飘飘的，宛如在云雾之中，连心里都痒将起来，说不尽的自在。巧儿手抚乾隆的背道：

"寒威这么逼人，王爷衣裳穿得这么薄，不冷吗？"

乾隆道：

"妹妹肯念我冷寒，偏不肯念我断肠吗？"

巧儿笑问：

"为了什么事断肠？我当替王爷谋划。"

乾隆正色道：

"妹妹万勿戏言，我自从遇见了妹妹，我心中目中便常常留有妹妹的小影，我的魂我的魄便不能存在我自己身上，常存在妹妹身上，弄得我睡不能寐，坐不能安，妹妹偏又以我为戏。我察妹妹言语态度，不是无情之辈，偏偏我的话稍及情味，妹妹就变色拒我，岂是我鄙拙庸愚，生得蠢笨，不能上妹妹眼界？请妹妹给我一句真心话，断我的妄念。这会子室无他人，只妹妹与我两个，言出子口，入于我耳。"

说到这里，乾隆又喟然道：

"巧妹妹，我很望你的话能够惬我的心呢！"

巧儿听了，慨然良久，回答道：

"人非草木，王爷的见慕，我岂有不知？无奈使君有妇，罗敷有夫，此身已字他人，何敢再承恩泽？感王多情，愧我无福，这一世罢了，唯求来世结为缘耳！"

乾隆惊道：

"妹妹已经给了婆婆家吗？我怎么还没有知道呢？"

巧儿道：

"是父亲在南省做官时光，订下此姻的。那人叫傅恒，也是本旗人氏。"

乾隆听了，半晌不作声，巧儿也默默无语。乾隆道：

"妹妹，我们想一个法子，只顾目前如何？"

巧儿腼然不答。乾隆再三央求，巧儿道：

"过几天再商量。"

乾隆道：

"那是索我于枯鱼之肆矣！"

巧儿才欲答话，恰巧后母进来，两个人都停住了。等到后母去后，乾隆又申前请，情辞哀婉，意极恳挚。巧儿不能无动，因悄语道：

"感王爷厚爱，此身何忍复恤。虽然这么说，这里人多，很不便呢！"

乾隆道：

"我那边很多幽房曲室，得便向岳父说一声儿，接妹妹我家来住几天就好了。"

巧儿无言。大凡妇女不言，就是默许的符号，因为此种事情很难形诸口舌呢。乾隆这时候喜悦交并，自以为画檐春燕，洛浦双鸳，相依相傍，指顾间，事情从此柳梢月上，划袜步阶，不怕贾午墙高，洛川波隔了。

哪里知道妒花风雨，偏偏蓦地吹来一场绮梦，竟致化作轻烟淡雾。你道为何？

原来，九重恩诏已返，后父补了热河都统，朝旨严急，即日促装赴任，乾隆怅婉不已，没法奈何。等到乾隆入承大统，巧儿嫁与傅恒已经四年，绿叶成荫子满枝，生了二三个儿子了。

乾隆立擢傅恒为尚书，傅夫人便时被宠召，流连宫禁，恩泽常承。皇后偏又贤惠，情深同气，毫不妒忌，因此傅恒也愈被贵幸。这会子特承恩命，来接傅尔丹之任。欲知后事如何，且听下回分解。

第十四回

傅尚书受惊报虚捷
云中燕奇祸遭灭门

却说顾肯堂说了飞龙岭全仗他保全，众人都不解何故，顾肯堂就把傅恒与乾隆的特别关系说了出来。广慈道：

"那么不过是不办事罢了，也未见得能保全我们呢！"

顾肯堂道：

"这厮仗着他老婆弄功名，定然是个没志气不长进的。大凡没志气不长进的东西，定然没有见识，没有胆气的，咱们只消吓他一吓就完了。"

广慈主师问：

"如何吓法？"

顾肯堂道：

"派两个人夜里飞身入营，装作行刺的样子，扰得他夜不能睡，连着几夜，总有效见。"

广慈主师点头称妙计，遂派了甘凤池、张福儿入营去行刺恐吓。

却说兵部尚书傅恒到营之后，聚集各将商议。傅恒道：

"从前诸葛亮一生谨慎，他的行军全仗集思广益，我现在学诸葛亮的法子，你们有意见，大家说说，不必拘你们是标下我是主帅，我只拣好的法子行，打破了飞龙岭，皇上自有非常恩典。"

众人不过应了几声是，并不有什么奇谋异计上献。

军府一到天夜，传尚书亲自出来查营，又命中军，大帐之外建起三丈多高的网城，城上满挂着铜铃，地上满铺着蒺藜，营门口兵士都手执着刀枪，交叉守着。敌人碰着网城，铜铃振动，守兵就好出去瞧看。地上蒺藜戳脚，又不能够着地。这都是傅尚书的新战略，为飞龙岭人善于盗印劫营，所以防得比众紧急。当下查察一过，见坚固得如铜墙铁壁相似，心下方才安适。不意三更过后，中军帐忽然有风飒然，两道黑影风一般飞入营来，进来两个人，浑身一黑如墨，手中都执着钢刀，刀光剑气，耀眼争光。傅尚书见了，唬得浑身乱抖，要喊时舌头贴住了，再也不由你做主。只见一个穿黑的把刀向自己一指道：

"你要嚷，我就把你杀死。"

一个道：

"不必跟他讲话，这种软囊的官员，斫掉就完了。"

一个道：

"姑且加恩，饶他多活几日。"

遂道：

"傅恒听了，限你五天里赶把官兵退去，倘过了我的限，定来取你首级！此刻把你的头颅权寄存在你颈上。"

说毕，一声怪啸，早不知哪儿去了。傅恒才敢发下军令，派了十多员大将，各营严搜，闹到天明，一点儿没有影踪。

次日，加紧严防，中军大帐之外，派遣马队，络绎围跑。营门口又添派骁将，顶盔着甲，全身披挂，站立防守，差不多是天罗地网。不意一到三更，又有两个黑衣人飞身入营，持刀行刺。这两个人比了第一夜派来的更为厉害，竟在傅尚书面前，对站着打对子，那刀光霍霍，时时掠向傅尚书身上来。傅尚书见雪亮的钢刀，呼呼呼，只在眼前鼻际耳边往来飞掠，吓得魂飞天外，魄散九霄。幸得刀下留情，不曾伤掉性命。

到第三夜，这一夜，中军帐中，军卫稠密，剑戟如林，捧凤凰似的把傅恒簇拥着。哪里知道白光绕来，只一响，傅尚书纬帽上的珊瑚顶早成了粉碎，阖营将士尽都失色，傅恒更吓得魂不附体。次日，就商议退兵。诸将都道：

"飞龙岭形势天险，攻打是万万攻打不进，但是就这么退兵，如何奏复呢？"

傅恒道：

"说不得欺君，我想只好从权办理，烦你们各自带队，就这数十里内捕几个小贼，来充当飞龙岭遗孽就完了。"

众将接到军令，诺声如雷，各点本部人马掉枪上马而去。夕阳西下，角声吹动时，已各奏凯而回，各个缴上首级。这些首级也不知真是土匪小贼，还是无辜良民，作书的没有仔细调查，不敢妄说。只不过傅尚书连夜具本，奏报肃清，傅恒也就择日班师。乾隆帝深居九重，只道傅恒劳苦功高，把岳、傅两大将军办了好多时办不了的事，不到十日就好了，傅恒的本领真不弱，特颁恩旨，升为领侍卫内大臣、协办大学士，暂时按下。

却说广慈主师见官兵果然退去，不胜之喜，遂大办筵席，宴请出力人员，请顾肯堂坐了首席，云中燕等依次列坐。广慈道：

"荷蒙顾老先生高情厚谊，三次援救本山。倘不是老先生神机妙算，小庵早成了覆巢。"

众人齐声称颂。顾肯堂笑道：

"哪里是我的本领？官兵将领委实不济，自然如摧枯拉朽了。"

当下席散之后，各人都各告辞出山，广慈主师各有所赠。众人离了飞龙岭，各寻各路，分头而去。

内中单表云中燕，他是山西大同府怀仁县锦屏山云家庄人氏，当下便就取路回家。此时，云家庄上只有云中鹤、云中鹞兄弟两个在家。云中燕闯入家门，哪里知道家中已遭了塌天大祸？但见尸横遍地，血溅庭阶。

看官，你道为何？原来，陕西人极善经商，乾隆年间，中国各省的金融都操在陕西人手中，各处都会、省会各繁盛地方，都有西帮开设的银号，各处的钱庄、当铺等大铺子都向银号拆借银子，汇款解送的银子，动辄盈千累万。那解款往来，总请有镖师。那各银号的号东家里头，总铸有"没奈何"，因此社会中十分信用。这"没奈何"就是银山的别名，用好多十万银子熔铸成一大块，藏贮在地窖中，重逾千斤，大过磐石，窃贼不能偷，强盗不能抢，恁你刀兵大乱，斧斫刀斩，总不能根本动摇。因为三日里总要出示安民，安了民就不能够抢掠，所以欧人未进中华，银行未曾创立以前，银号是中国最大的金融机关。山西原与陕西是邻省，银款往来也较他省为繁。

这一年，有一家大同分号，解一注银子到陕西去，偏偏请来的镖师路上得了急病死了。这一注银子足有九千多两，两个解银伙友很是焦争。偏偏遇着了一伙强盗，一路蹑着，不前不后，你走他也走，你住他也住，两个伙友万分惊惶，万分着急，小路上不敢行走，只拣官塘大路而行。这日，行到锦屏山，恰值正午，行人众多，强徒未便下手。渡过了岭，强盗左右不离地跟随着。两人急中生智，喝令车夫直向云家庄来，推进了庄门，求见云中鹤、云中鹍。云氏弟兄询问来意，两人齐道：

"我们是大同分银号，解送银子到陕西总银号去的。不幸在路上遇见了一伙强人，我们走他也走，我们住他也住，已经蹑了我们二三站路了。前途很是危险，客店中不敢打尖，所以特投宝庄来，恳求通融借宿一宵。"

说罢，再三打恭。云中鹤道：

"我们这里又不是客店，素来不招留过客，这件事很难从命。"

两伙友又再三央求，说：

"这并不是借宿，实是府上慈悲，救了我们两条性命。"

云中鹍道：

"你们行装这么的重，怎么不请一个镖师？你们真是大胆。"

两伙友道：

"镖师原是请的，半途中害了急病死了，此刻正要请呢！"

云中鹤道："你们既然要镖师，我们弟兄两人就陪你陕西去走一遭。"

两伙友大喜，当下就把行李卸了。云中鹤弟兄竭诚款待，把两伙友安置在东厢房。哪里知道，一到三更，大门外就有大声喧闹。云中鹞走出，从门隙中瞧时，见大门外一伙人，约有十一二个，明火执仗，一个个奋勇异常。那为首的大声呼喝道：

"我们并不惊动府上，只找两个西帮客人讲话，快把银号朋友送了出来。倘然不懂交情，休怪我们动粗。"

众人都和着喊道：

"省事的，快把西帮朋友献出，万事全休。"

细细瞧看，共是十二个人，都是头扎布帕，手执钢刀，跳跃声喊，奋勇异常。云中鹞回身入内，告知云中鹤。云中鹤道：

"他们说把客人献出就没事了吗？"

云中鹞点头称是。此时，两个西帮朋友只道云氏弟兄要把他们献送出去，吓得魂不附体，不住地叩头哀求。云中鹤笑道：

"要把你们献送与强人，也就不招留你们了。既到了我们这里，身家性命便都是我们的，使你略有损伤就坏了我们姓云的名气。"

两伙友叩头称谢。云中鹤、云中鹞商议道：

"我们不如开门延客，俟他们进来，抢刀大矿，狠狠杀他一杀。"

于是，开门延客，强盗闯入，云中鹤抢刀就矿，强盗还刀相迎。战有十来个回合，为首的那强盗肩膊上早中了一刀，栽倒在地，接着对心窝一刀，结果了性命。第二个强盗手执钢叉，向云中鹤顶门叉来。云中鹤接住，对杀一会子，也送了性命。弟兄两人轮流厮杀，不到天明，早伤掉了八个强盗。云氏弟兄追杀出去，那其余四盗早都望影而逃。云中鹤回来，大笑道：

"这一起毛强盗，这么不济事，还要出来献丑！"

云中鹞道：

"一地的尸骸，天明了叫人来收拾。"

那两个伙计感云氏弟兄救命之恩，称谢不已。哪里知道，天才黎明，就有本县差役协同地保一进门，就问云中鹤、云中鹞在家吗，不问情由，一条铁链把云氏弟兄捕了就走。欲知何事，且听下回分解。

第十五回

用奇谋强盗告事主
究横祸絮果溯兰因

话说云中鹤、云中鹞见怀仁县差役同了保正进来，问他何事，差役拿出朱签，说：

"县太爷要你们两人进衙问话。"

云中鹤问：

"是何事？"

差役道：

"我们不知道，你自己见官去说。"

取出铁链，把云中鹤、云中鹞套了就走。云氏弟兄无奈，只得跟着就走。你道云中鹤、云中鹞为什么被捉将官里去？

原是这一伙强人，昨夜遭了大败，内中却有一个足智多谋的，绰号叫作智多星，想出了一计，赶到怀仁县击鼓喊冤。知县官传进询问，智多星道：

"我们都是银号解银人员，投宿在治下锦屏山前云家庄。不意该庄庄主云中鹤、云中鹞兄弟两人见财起意，竟于半夜持刀谋命，同伴十二人伤掉八命，我们四人亏得走得快，逃了性命，恳求大老爷申冤。"

怀仁县听说本县出了杀毙八命谋财大案，大惊失色，立命传差役上来，标出朱签，叫把云中鹤、云中鹞拿进衙门问罪。差役应了两个"是"，接了朱签出来，商议道：

"云家弟兄是著名的拳师，我们几个人不是他的对手，还是跟马步两快班商议，借几个眼明手快的弟兄帮帮忙。"

一个道：

"要是动手，我们哪里打得过？仗的就是朱签，谅他们未必敢抗捕呢！"

于是差役执了朱签，到云家庄，先找着了保正，走进云姓家门，把云中鹤、云中鹞一条铁链锁了就走，带进城。在云氏弟兄，自以为理直气壮，不怕什么。县官立刻升堂，二云一到，马上提上询问，先问了姓名，然后问道：

"你们既是安分良民，为甚谋财害命杀死八命？"

云中鹤道：

"大老爷，这是冤枉的。小的虽然杀死八命，却不是谋财起见。"

县官道：

"既不谋财，如何杀死八命？"

云中鹤道：

"这八个都是强盗。"

遂把昨夜的事，银号伙友如何投宿，如何招留，强盗如何打劫，弟兄两个如何御盗，今日如何被捕的话，一是从头说了个仔细。县官道：

"照你说来，你们弟兄不但无罪，反倒有功了？"

云中鹤道：

"小的句句是真言。"

县官道：

"就是你句句真言，本县也难凭你一面之词，把这杀死八人大案就此不究。"

当下怀仁县知县就打道下乡验尸，验毕回城，已经夕阳西下，叫把云中鹤、云中鹞收禁牢中，定期审问。云氏弟兄虽然英雄盖世，经此官法如炉，也只好俯首听命。不意这一伙强盗所怕的就是云中鹤、云中鹞弟兄两个，现在两弟兄都捉了官里去，更怕谁来？当下就纠合了大队强盗，杀入云家庄，不问男女老幼良贱，见人即杀，见物即抢，杀到天明，尸横遍地，血溅庭阶。次日，地保赶进城禀报，怀仁县知县闻报，大惊，急传昨日告发谋财害命杀毙八命的四个原告问话时，早不知哪里去了。知县惊道：

"如此看来，云中鹤、云中鹞的话倒是真实不虚的了，这便怎么处？"

一时急得没作道理处。还是刑名老夫子有识见，想出了一个法子，叫知县监中提出云中鹤、云中鹞带同下乡验尸，验过了尸，然后行文缉捕。知县依言，才待起行，只见一个大汉从外面如飞地奔进来，大喊道：

"偿我一家子命来！你这瘟官！"

势如奔马，声若巨雷，大有拼命之势。两旁差役都认得那人，齐称："云大庄主来了！"知县知道来的不是别人，就是云中燕。

原来，云中燕从飞龙岭回来，踏进家门，就见尸横遍地，血溅庭阶。这一惊非同小可，询问邻人，邻人就把银客投庄借宿，强盗指名索人，鹤、鹗拒盗，强盗诬告，官差下乡捕人，群盗二次进庄的话，从头至尾说了个仔细。云中燕大怒，立刻赶进城来，与知县官拼命，所以踏进衙门，就虎吼而前。知县官见势不佳，往后倒退，云中燕已经踏上大堂。差役赶忙阻拦，都道：

"云大庄主，不要如此，有话好说的。"

云中燕道：

"不干你们事，冤有头，债有主，我只向瘟官算账！"

众差役齐声劝阻，云中燕哪里肯听？正这当儿，忽见一个六十开外的老者急步而出，向云中燕打躬作揖，口里连说：

"不必动怒，有话我们总好商量。"

连笑带劝，把云中燕让了进去。英雄只怕礼让，只得权把愤气压住了，回问老者，才知就是本县的刑名老夫子。那老夫子开言道：

"这件事情，论理敝东原有三分不是。但是你大庄主是极明亮的，试设身处地替他想想，有人来告谋财害命杀毙八命重案，做知县的好不准他吗？既然不能不准，那缉拿凶手，勘问验尸，自然不能不行了。强盗纠众反攻，那是再也料不到的事，如何好怪他？大庄主，你是极明亮的，你听我的话说得错了没有？"

云中燕道：

"勘案缉凶，我也并不怪他。但是事关八命的大案，为甚不提问四邻？姓云的为人，平日本分不本分，这八个人到底是不是银号伙友，问明之后再办也未晚。"

刑名老夫子道：

"大庄主的话有理，所以我说敝东有三错呢。现在事已成事，咱们总要商量一个极妥当的办法。"

云中燕道：

"有甚办法？我只向瘟官拼命，为甚把我弄到一个灭门之祸？"

那老夫子道：

"这都是气愤的话，不是老夫帮助敝东，原情定罪，敝东也不过是个无心之过。究竟他不是安心跟你作对，逼得急了，敝东也不过到大同府去自行检举，至多坏掉一官，于庄主此事究竟有何益处？我替庄主打算，不但不能跟敝东作对，还该跟敝东要好，官绅联络一气，明暗访缉强盗，才能够报仇雪恨。好在敝东为了此事，对于庄主已觉万分抱歉，自然格外出力补报。"

刑名老夫子这一席话把个暴跳如雷的云中燕说得头渐渐低了，气渐渐平了，歇了半晌，开言道：

"先生既然这么相劝，我倒也未便十分为难。但是，要县大老爷须依我两件事。第一，此回丧事须大老爷亲来叩灵，拈香上祭，出殡时须步行送丧。第二，这一伙大盗须立刻行文缉补，邻县邻省都要咨出通缉公文，并给我海捕文书一角，可以随时随处拿捕盗犯。这两件事情都依了我，我就瞧老先生分上，和平了结。"

刑名老夫子一口应允，随道：

"大庄主请坐坐，我去回了敝东再来报名。"

那老夫子走进签押房，见只有一个稿案家丁在那里，就问：

"老爷呢?"

回说：

"躲入上房去了。"

老夫子道：

"人家舌敝唇焦，替他做说客，他倒陪太太开心。"

叫人快去请，一时请到，知县问：

"怎么样了?"

老夫子道：

"姓云的很难讲话，定要与东家拼命。"

知县道：

"这可完了。"

老夫子道：

"亏了我会说，舌敝唇焦，好容易劝了过来。"

遂把所谈的事从头至尾说了一遍。知县大喜，连说：

"费心！费心！"

老夫子出来告知云中燕，敝东现已悉遵台命，海捕文书备好了送过来。云中燕道：

"我那两个兄弟何时释放?"

老夫子道：

"就请两位令弟跟随庄主回庄，好在敝东还要到宝庄来勘案呢！"

云中燕道：

"就此随我回庄，天下哪有这么轻易的事？"

老夫子道：

"庄主的意思怎么样？敝东能够从命之处，总无有不依从。"

云中燕道：

"鹤、鹞两人无辜被捕，他来的时候用着朱签铁链，四邻全都瞧见，明明是个谋命重犯。现在就这么悄悄放回家去，又谁知他俩是冤枉的呢？一辈子的话柄。我也不为己甚，只要县大老爷亲身入监解去他俩的锁链，请到大堂，当着大众给他兄弟两人置酒压惊。然后用大老爷自己的轿子把他俩抬送回家。轿子出衙门时，须点放高升鞭炮，出城门时，也点放高升鞭炮。"

老夫子告知知县，知县没法子，也只得允下了，于是一一照办。先办了一席酒，知县亲身到监中向云中鹤、云中鹞道：

"本县一时疏忽，误捕了你们，万分抱惭。现在亲来替你们开去锁链，用本县的轿送你们回家。"

云中鹤、云中鹞见知县这么客气，倒也异常纳罕。当下开去了锁链，引到大堂，筵席早已摆就。知县请云中鹤坐了首位，云中鹞坐了第二位，自己主位相陪，执壶敬酒。酒过三巡，随送两人登轿。一乘是知县自己的，一乘原是太太的，换去了轿顶，请云氏弟兄坐了，开锣喝道，鞭炮高升大作，抬出头门，瞧热闹的早已人山人海。抬出城门，又是鞭炮高升大作。一路鸣锣喝道，好不风光荣耀。到庄门下轿，一进家门，见满地都是尸骸，血腥扑鼻。云中燕早已候在那里，兄弟相见，说起恶盗乘虚打劫，杀死一门老幼的话，鹤、鹞两人又痛又恨，立誓捕盗复仇。检视尸骸，那两个银号伙计也在里头。屋中翻箱倒箧，所有细软全都没有了。一时知县来庄勘验，一一填明尸格。云氏弟兄少不得开报失单，具禀请缉凶手。知县立刻备文通咨邻县邻省，一体缉拿大盗。又高悬赏格，出示拿捕。一面严比马步快班，限日破案。云氏弟兄忙着购办棺材，办理丧事，大小棺材共购办了二十七具，连两个银号伙计都殡殓了。

出殡这日，知县备了盛席祭菜，亲来上祭。叩灵出殡时光，大小棺材鱼贯而出，差不多排了个一字长蛇阵。知县大老爷执了香，步行相送。丧事完毕之后，县里的海捕文书也已备就，差人送来。

云中燕见门庭这么萧条，心下很是愁闷叹息，想：我云中燕惨遭灭门之祸，究为何故？回念生平，光明磊落，什么事情不可告人，遭祸如此，老天何尝有眼？云中鹤道：

"我们弟兄行侠仗义，锄恶除奸，从不曾自私自利，竟会遭这么的大祸，看来天道原是不可凭的。"

其实，云氏弟兄遭此大祸，虽属偶然，实系因果至理。你想：云中燕发明出刁钻刻毒的暗器血滴子，不知伤掉过几多人性命，酿出过几多起乱子，所有关涉这血滴子的人没一个得好结果的。年羹尧是云端赐死，雍正帝是被人刺死，血滴子团众是自相残杀而死。现在发明家云中燕又遭灭门之祸，才见得天道无私，有赏即罚呢。欲知后事如何，且听下回分解。

第十六回

成全母子云毕联姻
侦探贼盗主宾缉捕

却说云中燕、云中鹤、云中鹂兄弟三人，接到怀仁县海捕文书，商议了一番，分头出外缉访。云中鹤走山东、湖北一带，云中鹂走河南、直隶一带，云中燕走陕西、四川一带。兄弟三人分作三路出发。

花开两朵，各表一枝，如今单表云中燕，戴月披星，一路上明察暗访，哪里有个影踪？这日，查到汉中府地方，便到镇台衙门探望老友毕五。他乡遇故知，自然格外欢喜。及至谈到别后情形，都各唉声叹气。

原来，毕五在汉中官声极好，上峰也很看得起。无奈他的令爱千金毕二小姐，自从神猿那里救了回来之后，那肚子便就一天一天胀大起来，初时泛恶作呕，还当是病，后来腹内竟自震动，知道不是病是喜了。毕二小姐尚未攀亲，声名是最要紧不过的。毕五夫妇便暗里购办了许多堕胎的药，叫她服下去。偏偏这个胎生得异常坚固，服了许多药，再也攻他不动。熬到十月满足，一阵腰酸，居然产下一个孩子来。毕五叫丢掉，毕二小姐偏又不肯，抚养到今，已有一岁。这孩子偏又精健，病痛毫无。但是一个未出阁的小姐，先做了妈，那对亲一层自然难上加难了。毕五夫妇几次劝女儿丢掉这孩子，毕二小姐偏又是母子性命。毕五因此烦心，提及了就要唉声叹气，这就叫儿女情长，英雄气短。云中燕也把自己阖门遭祸的事说了一遍，毕五也很扼腕。云中燕道：

"既然为了那儿孩子，令爱千金碍难对亲，我此刻人口很是稀少，不如把那孩子给了我，我当雇乳母抚育他，即作为我的孩子。我则无儿而有儿，令爱也可以择配成家，岂不是一举两得？"

毕五大喜，入内与夫人商议。夫人也很欢喜，连称：

"云中燕真是我们家极大的大恩人，从前咱们二丫头被神猿摄了去，他竟舍命地往救，奔走了好多趟长路，这会子知道她碍难对亲，又肯抱去那孩子，真是二丫头的大恩人。"

毕五道：

"夫人的话不错，你就去向女儿说，女儿总也快活。"

毕太太走入女儿房中，见毕二小姐正在逗小孩子玩呢，瞧见母亲入房，毕二小姐站起身迎接。毕太太随即坐下，随道：

"今儿你云叔叔来了，想你从前受难，云叔叔很出过一回大力。今回他来，恰巧又是救你。"

毕二小姐诧道：

"此刻我并不遭什么难，救我什么呢？"

毕太太道：

"你的终身还没有定当，年纪偏又一年一年大起来，做爷妈的哪里能够安心？这个孩子你偏活宝似的不肯舍掉，无论大小人家又谁愿娶一个带花的老婆呢？现在你云叔叔大发慈悲，他愿抱这孩子去抚育。没了这个孩子，你依然可以充小姐出庚帖对亲。这件事情我知道你总也愿意的。"

毕二小姐半晌不回答。毕太太倒很纳罕，问道：

"女儿，你敢是不愿意吗？"

毕二小姐道：

"爷妈为了女儿的事这么操心，女儿岂有不知感激？但是爷妈凭如何疼顾女儿，总要女儿心安，爷妈才不枉疼了呢。这个孩子虽然算不得光明正大，总是女儿亲生的。爷妈疼顾女儿，女儿也疼顾这孩子。若说丢掉这孩子，女儿终身就能妥当，甘愿不丢掉这孩子，终身一辈没有妥当。我知道有缘的人愿意娶女儿时，绝不会嫌这孩子。"

毕太太见她意志坚决，只得退了出来，告知毕五。毕五长叹而已。云中燕不知就里，询问毕五。毕五未语先叹，云中燕道：

"毕五哥为甚叹息？"

毕五道：

"真是不能够告诉你。"

遂把女儿坚执不从的话说了一遍。云中燕听了，心中颇有所感，停了半晌，开言道：

"我有一句话，不好意思开口，总要你恕了我不恭，我才敢说。"

毕五道：

"老云又捣鬼了，你我这么的交情，何语不可言？有话尽说。

就是说差了，我也绝不怪你。"

云中燕道：

"论理，你我是平辈，我绝不敢萌此妄想。但是令爱千金偏又母子同命，偏又不肯割爱，带着这个孩子，偏又碍难对亲。终不然为这个孩子，使令爱千金一辈子孤单不成？我云中燕现在新遭灭门大祸，赶紧要重振家业，势不得不急谋续娶。令爱的才貌，令爱的武艺，我是素来久慕的。只是我已四十开外的人，你我又是旧交，那求婳这句话要说出口来，终觉有点子惭愧。如果恕我狂妄，应允了我的请求，自当请大媒到府恭请庚帖。"

毕五再不料云中燕说出就是他自己求亲的话，遂道：

"这个事情关系着女儿终身，一时间万难回答，容我跟内人商议商议，明日再回复你。"

毕五入内，告知妻子。毕太太倒很赞成，说：

"像云中燕那般名气武艺家势，女儿配了他，一辈子有倚靠，就是年纪上差一点，续娶究竟不比花烛，就差几岁也不妨。"

毕五道：

"女儿心中究竟怎样，也该问她一声。"

毕太太道：

"这个自然。"

当下毕太太问了毕二小姐，毕二小姐果然并无异议。于是云中燕立刻央恳毕镇台标下中军参将做了大媒，即日问名纳采，朋友成了翁婿，云、毕结为婚姻。云中燕无意中结了这一门亲，心下自是欢喜，云中燕就要改口称岳父。毕五执意不许，说目下只做朋友，娶亲后再改口不迟。云中燕只得罢了，然从此就不敢称兄道弟，称到毕五总是镇台长、镇台短。

这日，毕五谈起汉中府孙太守到任之后，城中迭出大窃案，失窃的都是大户，赃物的数总是盈千累万。县里几个捕快，三日一比，五日一追，家眷都捕进了监，真叫可怜呢！云中燕心中一动道：

"孙太守未到任以前，大窃案不曾出过吗？"

毕五道：

"不曾出过。"

云中燕道：

"这位孙太守从前哪里做官？"

毕五回：

"不知道。"

云中燕道：

"那么这大窃案很有玩味。"

毕五道：

"你又动了什么念头？"

云中燕道：

"此刻我还不敢武断，须出去调查一会子再定。"

当下云中燕一个儿出了镇台衙门，只向闹市街头行去。游览了一会儿，走过一家茶馆，忽见茶馆中一人走出，叫道：

"云大爷，你老人家几时到的？"

云中燕一瞧，见是旧部血滴子队员，叫王得标的，喜道：

"不意在这里遇见了你，你在这里做什么？"

王得标道：

"我原是汉中人呢，自从那年分别回来之后，闲着没事，帮助邻人破获了几许窃案。我那邻人原在县里充当快班头儿的，恰巧快班中缺了一个，邻人就把我的名字补了上去。"

　　云中燕道：

　　"你在这里当快班，很好，我正要向你打听一件事。"

　　说着，走进茶馆，泡茶坐下。王得标道：

　　"云大爷，你几时来的呢?"

　　云中燕道：

　　"也不多几天，我是探望镇台毕大人，没什么事。我问你，这里城中听说屡出大窃案，始终不曾破案过，是不是?"

　　王得标道：

　　"是的。"

　　云中燕道：

　　"天天晚上出大案吗?"

　　王得标道：

　　"起初一个月中两三次，现在只有一两次了。"

　　云中燕道：

　　"他作案，前一案与后一案隔有几多日子?"

　　王得标道：

　　"十日八日，半月二十天，说不定。"

　　云中燕道：

　　"这种大窃案，第一回发现在几时?"

　　王得标道：

　　"有三个月之久了。"

云中燕道：

"新知府到任几时了？"

王得标道：

"约有三个多月。"

云中燕道：

"大窃案竟然毫无影迹吗？"

王得标道：

"寺院客店都已抄了个遍，竟无影迹可疑之人，那衣物、首饰典当中也未见当过。"

云中燕道：

"这几天没有出过案吗？"

王得标道：

"没有。"

云中燕道：

"我来助你一臂力，这几天晚上，暗地里查一查。今晚你约了几个伙计仍在这里会面，我自有妙计给你，总可以破这大案。"

王得标大喜。云中燕吃过夜饭之后，仍到茶楼，王得标同了四个伙计已经等候多时了，一见云中燕，就问：

"我们往哪里查去？"

云燕道：

"我们只向府衙门去。"

于是大众六人向府衙门出发，一会子到了。云中燕叫向府后抄去，行到府后园墙外，云中燕道：

"大家在此静候，衙门里有人越墙而出，我们瞧见了只作瞧不见，任他出去，却派一个人暗暗跟随着，只不准声张，使那人觉着。”

王得标等尽都应诺。守到天明，不见有人出入，次日又守了一夜。话休絮烦，一连守着，守到第四夜，三更时分，才见墙内一条黑影如飞而出。云中燕低声道：

“今夜守着了。”

那条黑影飞出粉墙，呼呼呼，一阵风似的向西飞去。云中燕道：

“你们守在此间，不可离开，等会子，此人回来，你们可齐心迎敌，把他围住，千万不可放走了。我此刻跟他去瞧瞧。”

众人应诺。云中燕施展出夜行本领，跟着那黑影如飞追去。只见那黑影在前，相离只十余家门面，云中燕放轻了脚步，紧紧追赶，见那到一家高大墙门外面，站住了脚，一翻身就跳进了墙去。云中燕紧步上前，打量了一会子，只在墙外守候。候了一个更次，只听得别扑一声怪响，一件很大的东西从墙内抛出，堕落到地，接连就是一个黑影，却是人了。星光之下，只见那人背起包裹，雀步而行。云中燕紧紧踱着，将抵府署后墙，云中燕大声喊：

“捉贼！”

那人见背后有人追来，回身一扬手，一个暗器流星似的飞扑将来。云中燕见来势迅疾，躲避已经不及，举起左手一接，接在手中，却是一支钢镖，礼无不答，右手还敬一袖箭。那人一闪身，也避过了。云中燕又发一袖箭，那人已经行近粉墙，腾身而起，一来是背了一个很大的大包裹，本领总要打个七折，二来归心似箭，无心抵抗，左肩上早着了一袖箭。不意后有追兵，前有伏卒，王得标等五人喊声齐起，铁尺短棍，一齐并举，那人的脚骨上早着了两下，一声啊呀，跌倒在地。六人服侍一人，早已揪住，用绳子捆缚起来。欲知贼人是谁，且听下回分解。

第十七回

旧案重提知府做贼
新翻花样术士召仙

却说云中燕、王得标等六人在汉中府后墙外，把历久不破的大窃案人赃并获。王得标捆缚了贼子，取火一照，大惊道：

"哎呀！这不是本府太爷吗？如何倒做起贼子来？"

云中燕道：

"原来贼子就是汉中府知府太爷，可见我所料不差了。"

王得标道：

"云大爷怎么料得到？"

云中燕道：

"大窃案从前不曾出过，恰恰新知府到了任，汉中府就闹起大窃案来，这是一桩可疑处。寺院客店绝无可疑之人形迹，典当首饰铺都没有赃证，可见这个贼是有钱的，这是第二桩可疑处。所以，我叫你们到这里来守候，果然就获住了。现在咱们提到他家，审他一审。"

王得标道：

"就我们家去问问吧！"

于是众人把汉中府府太爷绑成馄饨样子，提到王得标家。王得标喊起妻子蒸热了几肴菜，热出酒来，请云中燕等喝着。云中燕叫提过府太爷，问道：

"府太老爷，今天屈尊，亵渎得很。我要问你，本城的案都是你作的吗？"

那知府道：

"不错，都是我作的。"

云中燕道：

"作这许多大案，你就一个儿独作，没有帮手吗？"

知府道：

"没有帮手。"

云中燕道：

"共作了几件案？"

知府道：

"连这一回，共是七案。"

云中燕道：

"你做了官，为甚还要做贼？"

知府道：

"贼是我的本业，这也是君子不忘其旧。"

云中燕道：

"你原是哪里人氏？"

知府道：

"我本来是湖北人，姓乌名叫小竹，同辈中因我多谋多智，

136

送我一个绰叫，叫作智多星。"

云中燕听了"智多星"三字，心中一动，问道：

"你在山西怀仁县作过云家庄案子不曾？"

乌小竹道：

"是的，作这案时，我们同伴伤掉有八人之多。这云家庄上两个庄主都很厉害，我们十多个人却也杀不进，后经我出了一条奇计，到县里申冤，反说云家庄主人谋财害命，伤毙八命，求官申冤。可笑这县官竟然准了我的状，出差把两个庄主都捉了去。我知道云家庄上已经无人防守，就这夜里杀入庄中，大杀一阵，不论老幼，一命都不留，把现银珠宝珍饰等尽数劫了，满载而归。哪知行到半途，怀仁县已有咨文赏格到处拿捕，我们不能存身，正在没法奈何之际，恰遇着新任汉中府乌世仁带眷上省，我就用计半途截杀，把乌知府并知府的三岁孩子杀死，威吓他的妻妾，叫她们都从了我。我就冒上他的名氏，持着官照，带眷上省，上辕报到。同伴都说我危险，一到西安，都与我分手作别。因乌知府带来的家人靠不住，给了他些银子都发放了，另用了一班人。我有的是钱，抚台、藩台那里都花了几个钱，立刻走马到任，冠冕堂皇，居然成知府太爷了。但是，我虽然做强盗做贼，那害百姓的昧心钱我却一文也不愿意用，所以我的官声倒很好，汉中百姓个个称我乌青天。那府衙门的开支又是没一件可省，上司偏又要我孝敬，没奈何，我只好复理旧业，做我的窃贼了。似我这种清官，真是清官，办事办清，公事孝敬，上司应酬，一切都从做贼想法子。要不是这个样子，再不会真清的。"

云中燕道：

137

"你原来就是我的灭门大仇人，我找得你好久了，正是踏破铁鞋无觅处，得来全不费工夫。"

当下云中燕向府太爷道：

"你道我是谁？"

乌小竹道：

"不认识。"

云中燕道：

"你今后可以认识我了，我就是山西大同府怀仁县云家庄的大庄主云中燕的便是。你把我全家杀死，今日可撞在我手里了。我候你这里的案子结了，再把你提回山西去，慢慢处治。"

府太爷听了，低了头，一声儿不言语。云中燕向王得标道：

"这厮是我的大仇人，老弟，你先把他解到县中，完了本地的大窃案，我还要提回去细细办理。"

王得标应诺。此时天色已明，王得标即把乌太爷押入县衙，云中燕跟去瞧热闹儿。那知县听得人赃并获，欢喜得什么相似，立刻坐堂审问。带上犯人，打一瞧时，不禁呆了。见这个犯人不是别个，正是自己的嫡亲上司本府府太爷。知县惊问：

"你们从哪里拿来的？别拿错了人吗？"

王得标道：

"一些儿不错，有赃有证。回大老爷，这个贼不是别人，就是本府汉中府府太爷呢！"

知县道：

"所以我疑惑你们弄差了人，我也认得他是本府府尊。"

王得标道：

138

"回老爷，本府做了贼，小人才敢拿，小人拿的是窃贼，不是府尊。"

知县问：

"你们在哪里拿住他的？拿捕时候是如何一个情形？"

王得标就把如何遇见云中燕，如何守候，如何捕拿的情形细细说了一遍，知县才敢询问贼子。这乌小竹倒也是个英雄，一字不瞒，从头至尾说了一遍。知县录了口供，立把汉中府知府钉镣收禁。此时知府太太也坐轿来衙喊冤，告的是杀官冒官劫财奸占一案。云中燕也呈上怀仁县公事，请提回山西办理，那失窃人家却也来县具禀报失。知县应酬了这里，又要招呼那处，忙到个不得开交。一面又坐轿到汉中道那边去请示，一面备文书申详上宪。不多几天，上宪公事下来，差即分头按律办理，先审结了窃案，把赃物吊出，叫各识主到衙认领，然后审理杀官冒官一案。审了两三堂，按律定了个枭首示众。那山西云家庄杀死事主全家一案，因杀官冒官案情重大，未便移解山西，就此并案办理，只咨了一角公文去。刑部钉封一到，立把乌小竹从监中提出，大堂之上，五花大绑，捆缚个结实，抬到校场，一斩完结。云中燕不过同到校场，瞧了个爽快。

云中燕与毕五商议，因秦晋路途遥远，迎娶很多周折，想出一个简便办法，就在汉中借镇台衙门完婚，结过了婚，夫妇同回大同。毕五一口应允，于是择了个黄道吉日，就在汉中镇台衙门举行婚礼，交拜结烛，撒帐坐床，自然是张灯结彩，贺客盈门，何容细表。到了满月，云中燕夫妇便拜辞了毕镇台，取道东归。毕小姐生的那孩子，精悍活泼，云中燕疼爱得不异己出，替他取名就叫云杰。毕小姐见云中燕这么爱屋及乌，心下很是欢喜，夫妇之间自然异常恩爱。

回到云家庄，适值云中鹤、云中鹍也先后回家，弟兄相见，自是欢喜。各谈起别后情形，云中鹍在河南地方也除掉一个伙盗，听说乌小竹正法的事，自然人心大快。云中鹤、云中鹍重又拜见了新嫂子，一门团聚。

这日，夫妻兄弟正在畅叙天伦，忽接飞龙岭讣告，说广慈主师殁了，择于九月二十七日合龛葬山。云中燕道：

"广慈主师是太阳派的宗主，天下英雄义侠都要前往送葬，咱们理该阖家子同往。"

云中鹤道：

"自然该同去。想我们在北京时光，中了雍正的计，互相寻仇，互相残杀，倘不是主师派你来点醒，早都化为异物了，真是我们的大恩人。"

云中鹤说到这里，眼瞧着云中燕。云中燕道：

"就是你嫂子也应当去。她在汉中时光，倘不是主师亲身往救，哪里能够出险？"

于是，兄弟三人、夫妻两口，一共男女四人，收拾行李，一同起身。此时云杰已逾周岁，断掉了乳，另雇老妈子抚领着。一入了河南地界，各路英雄赴飞龙岭的遇见了三五起。一日，遇见白泰官、曹仁父两人，彼此招呼。白泰官问：

"见过张福儿不曾？"

云中燕回说没有。曹仁父道：

"甘凤池说到云家庄约你们同往，也没有来吗？"

云中燕道：

"没有来。"

白泰官指道：

"那边马驶如风，不是凤池吗？"

众人随他所指望去，果见两骑如风，前面一骑是路民瞻，后面一骑是甘凤池。云中燕等迎上招呼。甘凤池道：

"我此回几乎不能来，亏得破了案，恰好师父来说日子还远，赶得着呢，我就同了师父一起来。"

原来，甘凤池卜宅在松江高家弄里，陈美娘倒生了一个儿子，接着又生一女，男名虎儿，女名小蝶，虎儿现已六岁，小蝶也已五龄，凤池急忙延请一个先生教儿子、女儿念书。这先生姓孙，嘉兴人氏，在嘉兴地方为仇家所陷，遭了一场屈官司，经甘凤池援救出狱，同到松江，遂成了宾主。一日，松江地方忽然来了一个术士，张贴招纸，自称奇门遁甲，善知过去未来，善治疑难杂症，并能靖宅驱邪。松江人素来好奇，竟然趋之若鹜，不过半个月风头，往求的人见不很灵验，也渐渐不去顾问了。不意那术士异想天开，又贴出一种新招纸来，说有术能够招致天女与人间结香火缘，有缘的速来求拜。于是少年游荡之徒听见这个异术，又都来求教。术士向一个衣服华美的少年道：

"你要我行符飞召天女，酬谢我点子什么？"

少年道：

"只要术灵验，酬仪我是不算的，随你吩咐是了。"

术士道：

"酬我银子十两够了，你愿意吗？"

少年连声道：

"愿意愿意！"

术士道：

"你回到家去，备一间净室，再用布幔遮了个密，切不可稍透一点子光亮。但是天女的装束不类常人，停会子见面，怕你要扫兴呢！你可预备钗钏数事，衣服数袭，都要华贵雅洁，切不可混入假首饰，才可免亵渎天女之罪。晚上，我当到府来，替你作法。"

少年应诺回家，依了术士的言，一一预备。等到初更时分，术士果然头戴道巾，身披鹤氅，打扮作道士模样，摇摇摆摆走到少年家里，问：

"都齐备了不曾？"

少年回称已齐备。术士走入净室察视一会儿，点头道：

"还可以将就。"

随即点起香烛，叩了头，仗剑作法，口中念念有词，作了好一会子的法，依然毫无动静。术士叫少年避开，并且坚嘱不能私窥，怕有污秽触犯了神明，神明一怒，就有性命之忧。少年依言退出，室中只剩术士一人。欲知天女能否召来，且听下回分解。

第十八回

行大礼夫妻好合
发伟论运气推原

话说那少年屏息静候，到了三更时候，只见那术士反身扃而出。少年问：

"怎么样了？"

术士道：

"天女已经召来，你进去就是了。但是不要多言乱语，也不要久恋。天色未明，我即与你作法退去。"

那少年答应了，走入室去，瞧见天仙女静坐在那里，默默不语，宛如新嫁娘一般，姿容绝世，装束却与凡人差不多。少年忙与作揖，天仙女并不答礼。少年道：

"小子荷蒙天女下降，不胜欢喜。"

天女也不答话。少年因是天女，心中存几分敬畏，不敢动手动脚。未及鸡鸣，双烛忽然无风自灭，少年正在惊诧，忽听得术士唤道：

"时候已到，我送天女上天去了。"

少年只得走出。术士入室作法，天色将明，即向少年索取酬谢而去。少年进去一瞧，香云缭绕，仿佛天女犹在，但是预备的衣饰都不知哪里去了，料想同了天女升了天上去了，综计所费约近百金。左右从此求见仙女的人异常踊跃，术士大发其财。甘凤池知道他内中必定有诈，但是天女如何而来，如何而去，总测度不出这道理。偏偏孙先生有兴要去见见天女，就为了这十两银子踌躇。凤池知道了，就慨然取出十两银子，交与孙先生道：

"先生见了天女，第一你先要捏捏她的手，究竟是不是真的人，我怕的是西洋皮人儿呢！吹得大，放得瘪。"

孙先生允诺。往见术士，说明来意。术士见生意上门，自然欢喜。哪知道孙先生走进净室，一见天仙女，大惊道：

"哎呀！这不是我妹子吗？你怎么会在这里？"

那天仙女也惊道：

"你不是我哥哥吗？"

于是，抱头痛哭。原来，孙先生的妹子本是个青年孀妇，被人家拐卖在苏州堂子里，良家妇女不善应酬，时被鸨母鞭责，乘隙逃走世外，恰遇着这个术士。术士道：

"我新断弦，情愿娶你为妻，你肯跟我，不愁没饭吃。"

孙氏跟了术士。术士就叫她扮作天女哄人。他的法子是先把妇人打扮作天女模样，复取食盐少许置在灯心中，燃到那里，灯火自然熄灭。妇人即趁灯灭时光，取了衣饰出外。术士候妇人出来后，在外高呼时候已到，那人惊惶出外，术士又入室，假作作法，遮人耳目。当下孙先生戳破奸谋，告知东家甘凤池。凤池唤术士来家，叫他迁善改过，不可再干这骗人勾当。术士应允。

正这当儿，路民瞻恰好从浙江来此，问凤池飞龙岭何日去，凤池回：

"怕赶不及，想不去了。"

路民瞻道：

"日子还远，要九月下旬呢，很赶得及。"

于是凤池跟了路民瞻同伴起行。当下云中燕兄弟夫妇四人，白泰官、曹仁父、路民瞻、甘凤池四侠，一总男女八人，同伴到飞龙岭。见山中到之人已经不少，周浔、吕元、张福儿已经来了三日。吕四娘是原在本山的，接着静莲与张人龙也到。张兴德是与乃郎一起来的，因适保镖在外，迟了一步。云中燕、张福儿认了亲，亲热异常。到九月二十五日，宁波的王瑞伯、吴江的徐灵胎带了学生子年寿也到了。本山从众见徐灵胎师徒一到，立刻取出广慈主师的遗笔书信呈上，徐灵胎折开一瞧，见说的是求他作一篇墓志铭，并叫他代为主持，即与年寿、吕四娘办理结婚事宜。徐灵胎瞧毕，道：

"主师遗命，我果然义不容辞，但是我师父顾肯堂老先生，今回总也要到，墓志铭一事，我看还是候师父来了再议吧！"

众人都道：

"主师临终吩咐，定要仰求先生的，她言顾老先生已经入山高隐，再不肯管理人间俗务了。"

徐灵胎没得说，当下就精心结构撰了一篇墓志铭，立刻上石刊刻。广慈主师是无疾而终的，交代徒众不用棺木，用两口大号的窑缸，把尸体跌坐在里头，两口缸对合着，封了口，压上墓志铭，随即封土。到了九月二十七这日，庵中徒众排齐了讽经，合缸对口，大众帮助对土。辰初动手，到申正已经合龛。葬事完毕，众英雄、众侠义又住了三两日，各自散去，各奔前程，且暂按下。

只有徐灵胎照着主师遗书，与吕太太商议，要迎吕太太母女同到吴江，预备与年寿举行婚礼。吕太太十分感激，自然满口应允。于是吕太太、吕四娘就随了徐灵胎一同起身，到了吴江。徐灵胎此时已在洞溪地方筑了一所别墅，把吕氏母女就安顿在别墅中。年寿仍住在老宅里，一面择定了吉日，就在洞溪别墅中举行结婚典礼。年寿与吕四娘双双交拜，年寿依照条件，改姓吕氏，年寿从此改称吕寿了。却写了一封信，备了几色土产，特派能干家人一名送到陕西王涵春家去。

吕寿此时学业已成，便欲自立门户，徐灵胎许他悬牌行道。临别，徐灵胎问他：

"你于仲景《伤寒论》可曾都懂？"

吕寿道：

"不过略知一二，未敢说全懂。即如小柴胡汤的条文，有一段是得病六七日脉迟浮弱，恶风寒，手足温。医二三下之不能食，而肋下满痛，面目及身黄，颈项强，小便难者，与柴胡汤后必下重。本渴而饮水呛者，柴胡汤不中与也，食谷者哕。弟子就不很明白，仲景说过伤寒中风有柴胡症，但见一证便是，不必悉具。现在得病六七日，虽然不曾说明是什么病，但是脉既浮弱，人又恶风，其为中风不问可知。中风经二三误下，致现不能食，肋下满痛，面目及身黄，颈项强，小便难，这许多症，哪一症不是小柴胡？怎么与了柴胡汤后必下重呢？查伤寒四五日，身热恶

146

风，颈项强，肋下满，手足温而渴者，小柴胡汤主之。则恶风与颈项强、手足温渴，何一非柴胡症？又阳明中风，脉弦浮大而短气，腹都满，肋下及心痛，久按之气不通，鼻干不得汗，嗜卧，一身面目悉黄，小便难，有潮热耳，前后肿刺之小差外不解。病过十日，脉续浮者与小柴胡汤，脉但浮无余症者与麻黄汤。若不尿，腹满加哕者不治，则面目及身黄，小便难也，何一非小柴胡症？并且仲景又言，凡柴胡汤病证而下之，若柴胡证不罢者，复与柴胡汤，怎么此症倒又不能服柴胡呢？"

徐灵胎道：

"此症当是湿病。《伤寒论》湿家之为病，一身尽疼，发热，身色如熏黄，湿家下之，其人但头汗出，背强，欲得被覆向火。若下之早则哕，胸懑，小便不利，舌上如胎者，以丹田有热，胸中有寒，渴欲得水而不能饮，则口躁烦也。此病脉迟浮弱，恶风寒，明明是湿症。忌下《经》二三误下，湿经下而遗及中下二进，遗及中焦而不能食，肋下满。遗及下焦，而小便难，一身面目悉黄矣。所以投柴胡汤后必下重。柴胡透泄半表之气，身半以上自然轻，身半以下自然重矣。至本渴而食水呕者，此名水逆，乃中风发热六七日不解所致，当投五苓散，柴胡汤，自然不中与。凡读《伤寒论》，必须全书贯通，以《经》解《经》，不能拘泥某章指何病，某篇指何《经》也。从前名家注伤寒者，有一百三十余家，得当者鲜，就是犯了这拘泥之病。"

吕寿应了几声是，又问道：

"弟子于运气一学，如甲己合化为土，乙庚合化为金，丙辛合化为水，丁壬合化为木，戊癸合化为火，及子午属于少阴，丑未属于太阴，寅申属于少阳，卯西属于阳明，辰戌属于太阳，已亥属于厥阴，还不很明白。"

徐灵胎道：

"我有一篇《运气推原论》，没有给你瞧过。你一瞧，就明白了。"

遂向抽屉中取出。吕寿接来瞧时，只见上写着：

《内经》论运气，详言天人相应之理，极精极微。有司天在泉间气之分，有主岁主时太过不及之别，有南政北政地位之相反，有天府岁会三合之不齐。名目既繁，文又简奥，遂使后人聚讼纷纷，信疑参半。信之者为某气主岁，必有某病，治当用某法。准此说也，则只消悬拟六气主方，分配于日历之下，令病家按岁时以觅方，自服可也。必无是理，故信者之说，类乎刻舟求剑。疑之者则谓司天在泉，为必无之事，运气不过是圣人诊脉之一法。此则心粗气浮，类乎坐井观天，以蠡测海矣。《经》曰在天为气，在地成形，形气相感而化万物。又曰地为人之下，太虚之中者也，凭乎大气举之也。又曰升已而降，降者谓天。降已，而升，升者谓地。又曰显明之右，君火之位也。君火之右，退行一步，相火治之。复行一步，土气治之。复行一步，金气治之。复行一步，水气治之。复行一步，木气治之。复行一步，君火治之。相火之下，水气治之。水位之下，土气承之。土位之下，风气承之。风位之下，金气承

148

之。金位之下，火气承之。君火之下，阴精承之。亢则害，承乃制。视此则知地在太虚之中，所以能载华岳而不重，振河海而不泄者，全赖乎大气主之也。大气何物？何以能举如许之大地，轻若鸿毛？则以大地自能旋转，健行不息也。阴靖阳动，大地向右旋转，即感君火相火之气，则太虚中必有纯阳之巨物能吸运，此大地也。可知向之者为昼，背之者为夜，将向将背之顷为朝暮。知此而信天文家大地绕日阳说之非诞妄矣。环绕有定时，而一岁二十四节气成。升降有定位，而六气主岁太过不及应，迩于日阳则为暑，远于日阳则为寒。将迩之时为春，将远之时为秋也。春夏阳升阴降，秋冬阳降阴升，一则阳出自阴，一则阳潜于阴也。故吾人知一岁二十四节气，即可悟子午卯酉为一日之二分二，至昼夜朝暮为一日之春夏秋冬也。吾人知一岁有主时之六气，即可悟每年有主岁之司天在泉也。盖一岁之所以有节气，每年之所以有司天在泉，全在此大地转旋之力。知迩于日了之为在，即知迩于日阳之为君火、相火、司天矣。知远于日阳之为寒，即知远于日阳之为寒水、湿土、司天矣。推之于风木，推之于燥金，无不皆然。且天机活泼，大地之健行，非必于天文家所逆测，有呆板轨道，丝毫不误也。故气候亦有时而不齐，则主时之二十四节气，主岁之司天在泉，虽循行不忒，而寒暖未必尽符矣。司天在泉间气，有时极验，有时或不应者此也。此《经》所以有南政北政，反其位天符岁会三合不

149

齐之说也。昧者不知推测，漫以司天运气为欺人之学，抑何陋也。风寒暑湿燥火施之者天也，受之者地也，一施一受，万物以成。此犹是所当然语也。吾人当甚进一步，求其所以然之故，则知此六气之所以能感悟大地，仍在大地自身之健行，迩于日阳，远于日阳，其迩其远，相差之程几许也。明乎此，而司天在泉间气，与吾人息息相关之理可知矣。奈何疑之者类乎坐井观天，信之者近于刻舟求剑，正学失传，甚可痛也。

寿读毕，欢喜道：

"五运六气，司天在泉，从古到今，不曾有过真确的注解，经师父这么说，不但弟子顿开茅塞也，可辟千载之愚蒙了。"

欲知后事如何，且听下回再解。

第十九回

神偷巧计盗衮物
大令朱签拘发妻

却说吕寿辞别了徐灵胎，率同家眷自往外府他州行道，照吕四娘意思是要浙江去，年福究竟有了年纪，心思周到，说吕氏浙中多亲戚故旧，年大将军也曾做过杭州将军，怕有认识的人，不当稳便，还是苏州去的好。吕太太极称年福有识见。上有天堂，下有苏杭，苏州与杭州是一个样子。于是夫妻主仆一家子都到苏州来，赁了一所宅子住下，悬牌行医。究竟学有渊源，其道大行。不多几时，陕西王涵春复信到来，徐灵胎派人转送到苏州，吕寿拆开，见说的是我弟学业已成，结婚有日，很是欢喜。末言风烛余年，日就衰弱，知去死不远，南望云天，会晤无期，不胜惘惘等语。吕寿慨然道：

"此后唯小心谨慎，才不负我师教养宏恩。"

此时，苏州地方出了一个神偷吕二，案积如山，从没有一桩破获过。凡是江湖流窃，到苏州的，须先来拜访吕二，总要吕二应允了，才敢在苏州地方行窃。吕二倘然不允，一草一木也不敢

151

擅动。这神偷吕二约束群窃也有法令，行窃时光，虽然携带器械，不准抗拒事主。当破获时光，无论如何危急，只需用计自脱，不准稍用强力。倘然失误伤人，即非窃之门径，就是没有本领，所以苏州的窃贼都有神出鬼没之能。

一日，吕寿的房东家嫁女，吕寿也送了一个人情，前往贺喜。只见挂灯结彩，热闹异常，奁具衣饰都陈设在客堂中，宾客聚观，无不啧啧称美。正这当儿，只见一个人背了一个很大的包裹从里面挤出来，即有人大呼："捉贼！"那人见有人呼捉贼，走得飞一般快，后面的人呼道：

"前面拦住，别放走了这个贼！"

那人走得更快，客堂中众人听见这么说，争着起追，直追过半条巷，才扭住了。那人偏偏辩称不是贼子，众人问他，你既然不是贼子，为甚奔逃？搜他的衣包，解开瞧时，却是十几件破烂衣服，才知他真不是贼，放他自去。哪知回来一瞧，只得叫苦连珠的，客堂中铺设的美丽奁具失掉了不知多少。原来，背包的那人是吕二所派，大呼捉贼的人也是吕二所派，吕二俟众人追赶出门之后，急忙搬取贵重奁具，藏在客人坐来的轿中，飞抬而去。众人追贼回来，不见了东西，赶紧找寻，哪里还有踪迹？等到轿夫来接客时，轿子都不知哪里去了，方知中了神偷的恶计。吕寿宴罢回家，告知四娘，随道：

"你的神剑能够飞斩妖魔，这神偷吕二也能够除掉他吗？"

吕四娘笑道：

"鼠窃狗偷都要污起我的神剑来，我也太忙了。"

此时，吕寿声名日震，应诊日忙，外县他州倒也时来邀请。

一日，出诊常熟，回来笑向四娘道：

"常熟县知县汪大令，我竟猜不透他是个什么人。你比我聪明，试猜一猜。"

吕四娘道：

"你替人家治病，治病就是了，怎么无端要我猜起知县来？"

吕寿道：

"今回诊的症，究起根源，都为了这知县，所以提到知县这人。"

吕四娘究问渊源，吕寿便从头至尾讲说出来。

原来，常熟地方赌风极盛，上自绅衿，下及商民，无不以赌博为寻常酬酢。这一年却来了一位新任知县汪大令，年纪既轻，为人偏又风流跌宕，十分和气，待县丞、主簿宛如朋友兄弟，并不以上司自居。一日与县丞、主簿闲谈，谈到民风习俗，汪知县道：

"听得此间赌风很盛，闺阁都不能免，有这件事吗？"

县丞道：

"堂翁所见不差，此间闺阁赌风盛于男子呢！"

汪知县道：

"何以见得？"

县丞笑道：

"卑职的内人也未能免俗，兴之所至，间与绅眷们手谈呢！"

汪知县道：

"拙荆也很欢喜此道，闭置在内宅，很是困苦，尊夫人倘然得暇，尚望带了女伴，到内宅来逛逛。彼此有伴，便能破此岑

153

寂呢!"

县丞道：

"堂翁见招，自当遵命。但是县衙地位尊崇，绅眷辈恐不敢轻造。据卑职下见，最好请县太太鱼轩枉临敝衙，卑职的内子便能尽心伺候。"

汪知县道：

"很好，老兄心思周到，兄弟即叫拙荆到贵衙来拜尊夫人是了。"

县丞道：

"拜是断断不敢当，卑职夫妇当即虔心治筵，专诚来恭请县太太是了。"

次日，县丞太太坐轿来拜，一见县太太，就照着下属之礼叩见。县太太万分谦逊，只叫平行。县丞太太口称：

"一席粗肴，三杯水酒，原算不得什么孝敬，不过请县太太赏一个脸，借此叙叙是了。"

这位县太太通只二十多岁，花朵儿一般的人，有说有笑，语言很是来得，笑道：

"既蒙太太大远地诚心亲自来邀，我倒不好推却，只好老着脸前来叨扰了。"

于是县太太、县丞太太并轿而出，一到县丞衙，陪客的绅眷都已到齐，一一见礼，无非是些举贡生监之家、木客盐商之眷。先点茶果，次坐酒席。众人见县太太明眸修态，气若芳兰，已经是欢喜了，并且有说有笑，和气异常，谈到赌钱、斗牌猜宝，无一不精，众绅眷无不相见恨晚，于是县太太与众绅眷遂订为闺中密友。从此之后，时常相叙，不在县丞衙门，就在众绅家里，几乎无时不叙，无叙不赌。县太太偏又无赌不胜，兴致好起来，往往夜以继日，更深而归。各绅眷输钱虽多，以为县太太下临，深为蓬荜之光，毫不吝惜。

一日，天长大雪，汪知县太太在一家姓姜的绅士家赌钱，同赌的人个个大输。齐请连场大赌，赌一个全夜，县太太应允了。到三更时光，派两个老妈子回衙报知汪知县。汪知县忽然翻脸，喝令把老妈子拿下，带怒升堂，严审太太有无暗昧情事，跟何人同赌。赌场中是否男女混杂。究竟跟何种男子同局。怎样调谑苟且。连连拍案，连连追究。两个老妈子齐都分辩，说：

"太太并不曾有暗昧事情。"

汪知县怒道：

"你们共得了她多少贿？我知道你们是串通一气的。"

说着，把案拍得震天价响，喝令用刑。两个老妈子连声呼冤枉。一面出朱签，命差役带了铁链、铁锁，把县太太锁拿到衙，归案讯办。差役不敢接签，汪知县怒道：

"你不遵我的话，我立把你革了卯，还要活活处死。"

差役没奈何，只得应了一个是，接了朱签，到姜绅士家来拿人。闯进门，说：

"奉老爷谕，请见本县太太。"

县太太唤进问话时，差役呈上朱签，说：

"太太原谅，这不干下役的事。"

说毕，抖出铁链，不问情由，向县太太头颈里只一套，拖着就走。姜家内眷都唬得没作道理处。姜贡生出来询问，差役道：

155

"老爷的谕，叫把太太用铁链锁拿去。"

姜贡生也不解。差役拘拿县太太去后，此时一城百姓早都宣传了个遍，说本官把太太用朱签铁链，在姜贡生家锁拿了去，都赶入县衙门瞧热闹儿，把偌大一座县衙门挤了个满。汪知县拘到太太，并不升堂询问，却发出一大叠朱单，把各绅家眷属悉数开名其上，一一指名拿捕。各绅士窘迫异常，急忙往见学老师，央他出来做和事佬。学老师往见汪知县道明来意，才欲说情，汪知县道：

"这件事兄弟深自懊悔，起初不过为一念溺爱，以为闺阁游戏，大人家尚且如此，遂致未曾禁绝。现在夤夜不归，总有帷薄之羞，叫兄弟如何再能容忍？况所输很大，兄弟哪里有钱供她的挥霍？无非是移来官帑。兄弟主见已定，妻赌虽玷官常，但是丢官之外，并无他罪。现在亏欠官帑数逾万两极重，谁肯舍轻就重呢？兄弟已经做好公事，预备通详大宪，管束妻子不严，自行检举，请上司委员查办。"

说着，就把公文稿子取与学老师瞧。学老师瞧过，开言道：

"请大令瞧我分上，公文暂缓发出，大家慢慢从长计较。"

汪知县道：

"亏欠官帑至万余之巨，还有什么计较呢？"

学老师道：

"待兄弟回过众绅士，再商量。"

遂辞着出来，报知大众。众绅士都道：

"知县为了纵赌去官，吾辈内眷日日跟县太太同赌，岂能安然事外？为了赌案，使内眷抛头露面，依然要追赃赔钱，不如爽

156

爽快快醵拢银子来，替官赔了亏帑，两全其美。还请老师一行，替我们道达此意。"

学老师再到县衙，说明来意。汪知县执意不从，定要把公文交发出。众绅士着了忙，赶入县衙，跪地相求。汪知县道：

"不是兄弟故意为难，亏帑数目太大，诸位眼前虽然激于义愤，一时说替我赔款，但是不过一句空话，到了那时，诸位不拿出来，兄弟好向诸位索取吗？上司催起官帑来，依然难为了兄弟。诸位听兄弟这句话，说得错了没有？"

众绅士道：

"公祖放心，公祖大德，免究了赌案，成全了治生等面子，治生等岂忍反累及公祖？公祖倘然不信时，只消具了一角解款公文，派两名干役与治生等一同到省，治生等把银子交与役人，解到藩库，得了回文，公祖再把这自行检举的公文毁掉如何？"

学老师又帮着说情，汪知县才答应了。于是常熟绅士纠出了银子，同了公役解苏州，得了回文回来，汪知县才罢了检举之事，却还把县太太一纸休书休掉。众绅士平白地花了这么大一注冤钱，就不免把妻子出气。女子生性善郁，于是就病起来了。那请吕寿来诊病的，也是绅士中的一家。欲知后事如何，且听下回分解。

第二十回

太阳庵老道请皇封
飞龙岭女僧为国母

话说吕四娘听了吕寿的话，笑道：

"这知县不很靠得住，既然那么要好，怎么平白地就大翻其脸？并且是无凭无据。若说是为诈绅士一注大钱，怎么又把太太就这么休退呢？"

正在讲话，忽报客到。夫妇急忙起身瞧时，见来的不是别人，正是宿州大侠张福儿。福儿一见四娘，就道：

"师姊大好日，兄弟不曾祝贺，抱歉得很。"

又道：

"我赶到吴江，会见徐先生，才知姊夫在这儿行道，道况很好呢！"

吕四娘谦让了几句，张福儿道：

"飞龙岭那里有消息吗？"

吕四娘道：

"不曾有。"

张福儿道：

"听说出了大乱子，兄弟想去瞧一瞧，师姊高兴同往吗？"

吕四娘道：

"怎么一回事？我竟没有知道。"

原来，太阳庵经广慈主师创教以来，搜罗奇珍异宝，富堪敌国。主师圆寂而后，庵务由比丘尼妙华接管。这位妙华师通只二十四岁，生得性情聪慧，意态娴雅，能书解算，于各种经典最为精熟，只是不喜武艺。主师因她聪明绝顶，偏是十分钟爱，平日本庵财政悉交妙华一人管理。妙华办理能干，一切出入，计核精详，真是理也清楚，账也明白。主师圆寂时光，授予衣钵，即叫她继为住持。妙华接手之后，办理一应事宜，条理井然，阖寺尼众无不心服。

看官，这太阳庵是别成一宗，庵中女尼都是带发修行的，妙华师自然也不披剃。她有二种异相，发长委地，小时就有人相她是贵相，现在果然贵为住持。一日，忽来一个老道，踵门求见。妙华平日原极贵重，寻常人不得轻易一见，现在见老道同属方外，不妨一见，命道姑引入。见那老道生得很是异相，童颜鹤发，广颡隆准，一部白胡须，长几及腹，飘飘然，大有神仙之概。妙华师很为纳罕。那老道见了妙华师，稽首道：

"无量佛，女菩萨，小道专诚到此，要恳求女菩萨指示，各寺院供的观世音菩萨，既然称观世音，音是非声非色，如何可观？小道不很明白，还求女菩萨指示。"

妙华道：

"观有俗眼的，观有慧眼的。观世音是世上悲苦的声音，慧

159

眼方能观察，俗眼原不能够观察。菩萨具的原是慧眼呢！"

老道稽首道：

"女菩萨指示的真不错。"

这老道讲的话愈讲愈玄妙，愈不可解，偏又耐人寻味，足足谈了一个多时辰，忽然道：

"小道更有几句最要紧的话，请女菩萨屏去了从人，才敢细谈。"

妙华师见老道须眉皓白，谈吐又极玄妙，大非浮滑可比，遂屏去了从人，向他道：

"现在不闻六耳，道长可以见教了。"

老道忽然跪下叩头道：

"娘娘是异日的国母，贵不可言。小道修炼了五百多年，没有得着封号，不能成为真人，恳求娘娘恩典，异日做了皇后之后，大发慈悲，赐一个真人封号，使小道获成正果，小道必当结草衔环，仰报娘娘大德。"

说着，叩头不已。老道这一来，出于妙华师意料之外，弄得她惊不像惊，喜不像喜，羞不像羞，红了脸，呆呆地瞧老道叩头。经老道求不住，只得点头应允了。老道见妙华师已允敕封，不胜之喜，当下就高呼谢恩，口称："娘娘千岁！"谢毕起身，飘然而去。妙华师自老道去后，一寸芳心不住忑忑辗转，未免信疑参半。禅诵之志就此稍懈了。

隔了一月间，忽来一个贵客，要借几间静室养病。这个贵客年纪三十开外，长身玉立，容貌很是修伟，只带一个老苍头儿，谈吐很是豪爽。妙华师见他举止豪华，知他不是寻常之辈，就应允了，即把西院落借与他下榻。那贵客命老苍头儿送来东西，妙华师瞧时，见是伽南、龙涎、安息各种珍贵名香，珊瑚树、火浣布等各种海外奇珍。妙华师受了之后，亲自前往道谢。那贵客偏又不肯接见，只命老苍头儿在外面应酬了几句。妙华师很是奇怪，只得略坐一坐就回来了。这贵客住在西院，并不与众尼通问讯，一主一仆，不是主出仆留，就是主留仆出，妙华师竟测度不出他是什么人。一日，那贵客忽然带了仆人，锁上院门，下山而去。妙华师因他行踪诡秘，想开进院去一探其秘。于是独自一人开去了西院的锁，入内一瞧，见满屋中金碧辉煌，陈设的都是珊瑚、木难，案上搁着一只楠木匣子，开去了盖子，瞧时见是几个奏章折子。乘便取出揭开，见上面写的却是很整齐的蝇头小楷"太保上柱国开国公成远大将军，臣广岛跪奏，现在大兵已集，船只已备，候伫发饷银四十万两，即可择日扬帆，径奔彼国，乘其不备，机不可失。谨请皇上训示遵行"等语。妙华师大惊失色，正欲放好折子退出时，听得一阵脚步响，回头见那贵客已经大踏步进来，一见妙华师偷窥他的密件，大骇道：

"我的机密已经被你觑破，你这个人万不能留了，现在不得不杀你以灭口。"

一边说，一边急抽壁上悬的那口宝剑，向妙华师尽力挥来。妙华师唬得魂不附体，急忙跪地叩求饶命。贵客道：

"我的底蕴已经尽被你觑知，如何再能饶你？"

妙华师道：

"贫衲誓死不露泄是了。"

贵客道：

"谁能信你?"

妙华师哀求留命。贵客道:

"瞧你也很可怜,但是你说不露泄,你自己相信,我终不能信你。要杀你,见你这个样子,也怪可怜。"

说着,沉吟不语,好半天才道:

"你知道我是谁?我是日本国王呢。此回西行,国师为余占得一卦,说我此行可得着一位国母,这一个课难道就应在你身上吗?果然你肯从了,我迎你回国去做国母,我就饶你一命。你心里头到底愿意不愿意?"

妙华师到此时候,性命要紧,只得低了头,连声称愿意。此时,老苍头儿已经回来,贵客即告知他这是我新纳的皇后,老苍头儿急忙跪地称:

"臣朝见娘娘千岁。"

妙华师虽然腼腆,心花却已怒开。这一夜不容说得,妙华就在贵客那里侍寝,枕席间,私问:

"皇上到此做什么?"

日本王道:

"我因见暹罗国的罗华岛,方广数千里,其中物产饶沃,打算夺来扩充国土,调兵四集。无奈距离本国路太遥远,军饷不能即至。昨日接到奏报,想要连夜返国。又因风色不顺,所以朕心焦灼,很是踌躇。"

妙华道:

"饷银所需几多呢?"

日本王道:

"得四十万银子就够了，但是急切向哪里去筹措？"

妙华道：

"如此很易，此间藏银很富，三四十万还可以张罗。但是如何搬运去？"

日本王道：

"这个不要紧，我自有法子，卿如此尽忠，真不愧我国国母也。"

妙华次日大发藏镪，用厚毡裹了，日本王命老苍头儿到一线天外一呼短衣赤脚的人，早唤拢了二三百，鱼贯而入，背了银包，如飞而去，不过半日工夫，四十万银子都已搬齐。日本王依旧留在庵中，与新皇后两个旖旎风流，消磨那大好光阴。

时光迅速，转瞬两个月已过，捷报到来，说将士用命，旗开得胜，马到成功，罗华岛已经攻下，即请皇上旋跸，驻岛镇抚。日本王览奏大喜，定即日启跸，面降温旨，命新皇后安心等候，俟朕躬回国而后，特派重臣来山迎接卿家回宫，同享太平之福。新皇后自然感激谢恩。临行时光，又取了好些珍宝去。新皇后又献上犒师银五万两。日本王再四温谕，说一回国就派使来，哪里知道，一去之后，就此杳无影信。妙华师捐掉了四五十万银子、二三十件珍宝，只做得六七十大的皇后，比了洪宪八十三日的皇帝还要命短，倒闹得合山皆知了。好名不出闾里，恶名远布千里，这件事情本庵的护法几乎没一个不知道。张福儿来访吕四娘，所以就问飞龙岭消息，四娘回说不知。张福儿就把所闻的事从头至尾细说了一遍。吕四娘怒道：

"我们师父一生心血，换来这点子基业，无端地吃人家骗了

163

去，要你我徒弟来做什么？要本庵的护法来做什么？老师弟，你同了我赶到飞龙岭去讯问一个明白，哪怕入地升天，总要查一个水落石出，终不然倒被这厮逍遥自在不成？"

张福儿道：

"莫怪师姊义愤，小弟对于这件事也绝不肯轻易放手。"

于是，吕四娘、张福儿师姊弟两人即日取道往飞龙岭，侦探案情。

看官，《七剑八侠》到此便是收场结果。至吕、张两侠为了侦查飞龙岭大骗案，被困海岛，路民瞻、曹仁父闻难往救，几遭不测，海盗横行闽粤，云健出场与海盗比武三次，冒险闯入海岛，救出众侠，太阳宗徒众发起八卦教，树旗起反等种种热闹节目，都在续编之中，当再与看官相会。

《七剑八侠》正编终，编者陆士谔告别。

续　编

第一回

招大盗夷主降龙封
游安南双侠探虎穴

前集书中叙述飞龙岭妙华住持贪了国母之贵，遭着大骗，身子既被污辱，赀财又丧巨万，吕四娘、张福儿得信大骇，立刻取道往飞龙岭侦探案情。

现在本书开场，便要把这骗子的来历叙一个明白。这骗子虽不是日本国王，却也不是寻常之辈，此人姓伦，名贵福，福建同安人氏。生得仪表堂堂，很有南面的气概。上代原本是海盗，海岛形势，风云沙线是烂熟烂熟的，十七岁接统盗众，善于捭阖，盗众无不悦服。恰值安南国王阮光平以兵逐去旧王黎氏，而篡有其国，为了国用虚耗，商舶不至，招纳中国亡命，大封官爵，给予船械，叫他充作向导，入寇闽粤江浙等沿海各省，分赃充饷。伦贵福就与海盗莫扶观两个率众往投，阮光平立封伦贵福为东海王，赐予金印，莫扶观为总兵，加封侯爵，共给予乌艚船百余号，叫在中国沿海采办军饷。其实就是叫他们沿海掳掠，不过冠冕点子罢了。伦贵福受了东海王的封号，就在安南国广南沱㶚地方经营起巢穴来，布置得非常周密、非常坚固。

这沱瀼是安南第一个海口，天造地设，形势十分险要，后来，法兰西攻打越南，连攻三年攻不下，就是这个所在。伦贵福在沱瀼口子一个小岛名叫凤尾岛的上头，筑造起东海王府第。凤尾岛湾湾抱着，港内即可停泊。这百余号乌艚船名叫水澳，好个藏风避气所在。岛上筑有炮台，两面港口出入处都有大炮对准着，防守出港近口处。更有无数暗礁顽石，怒潮汹涌，一年中在这里触礁撞沉的更不知丧掉几多船只，失掉几多性命。偏这伦贵福自小生长海中，出入风涛如履平地，并且他有一种惊人绝技，潜伏海底可耐七日之久，游泳如鱼。他的族兄伦贵利、同伴莫扶观，虽也能够潜身游泳，只没有他那么耐久。更兼长拳短套没一不精，诈变机械没一不晓，善使一杆少林棍，真有神出鬼没之能。伦贵福便时常统率乌艚船或由顺化港而入琼州洋，或在闽、浙、江苏洋面，或在奉天、山东洋面，劫掠往来商船，杀人夺货，犯的案件真是不计其数。后来船只众多，安南王就叫伦贵福与莫扶观分帮出劫。伦贵福名叫凤尾帮，莫扶观名叫水澳帮。凤尾、水澳两帮劫来的财物匀作三份，两份贡献安南王，一份留着自用。中国人称这两帮海盗叫作夷匪。伦贵福久慕飞龙岭的富足，动了个龙凤双合的念头，就苦一个在山，一个居海，海山遥隔，动手颇难如愿，卒被他想出了个避去力征，纯用巧取的法子，叫莫扶观扮作老道，先到太阳庵谒见妙华，借着相法打动她的凡心，自己便扮作贵客，叫伦贵利扮作苍头儿，到庵中来。果然妙华着了圈套，被他弄到个龙飞凤舞，骗着四五十万银子、二三十件珍宝，得意而回。在洋

168

面上又劫着十多万的货，贡了一大半与安南王。安南王降旨褒勉，伦贵福万分得意。暂时按下。

却说剑侠吕四娘、张福儿师姊弟两人，从苏州动身，取道往飞龙岭，无非是晓行夜宿，渴饮饥餐。不则一日，早来到飞龙岭太阳庵。妙华师接见之下，张福儿问起被骗情形，妙华腼腆，吞吞吐吐，羞于直说。吕四娘道：

"福弟，你到外面去逛逛，我跟妙师父讲几句知心话。"

张福儿知机就避了出去。这里吕四娘细心盘问，妙华无奈，只得含羞忍辱低低说了个备细。吕四娘听罢，不发一言。妙华道：

"此事都是我的不是，从今想起来，很对不起我那去世的师父。"

吕四娘道：

"悔也不必，羞也没有用，只要从今而后小心照顾着门户就是了。此事有我们几个在，好歹总要把原物要它回来。"

当下四娘与张福儿计议道：

"此人冒称得日本国王，想来总在沿海一带，或是在日本、琉球、安南、暹罗各国，也是说不定。既一口纯粹的中国话，绝不是外邦之人，只是我们此番出去侦查，还是先到东南，先到西南？东南是琉球、日本，西南是暹罗、安南。"

张福儿道：

"师姊何以见得他定在外邦异国？我想，这厮冒称日本王，是故意迷乱我们心思，其实就在近处也说不定。"

吕四娘摇头道：

"否，否，如果住在本国，飞龙岭的威名岂有不知，断不敢来沾惹。如果不是本国人，飞龙岭的富足，断然不会知道。我料定他人必是本国人，又必然不在本国居住。"

张福儿深服有见。当下议定先到暹罗、安南去。即日动身，到山东登州，搭乘海船，漂洋出口。在船上就听得同船的客人谈起近来海洋中不很平靖，有一帮夷匪，时常出海掳掠。张福儿问：

"夷匪是不是都属夷人？"

船上老大答道：

"是夷人倒也罢了，大半都是本国人投夷的，比了夷人还要凶，还要坏。像我们这种穷船还不要紧，要是载运细货的洋船，休想平安行驶，驶出洋差不多是替他送货去呢！"

张福儿道：

"是哪一邦夷国恁地不要脸？别是该国国王不知道的吗？"

老大道：

"都是安南国的乌艚船，船上夷匪好多都受过该国国王的敕封，出来掳掠。听说都奉的是该国国王旨意。"

张福儿道：

"奉旨做强盗，真是头回儿听见的事。"

吕四娘道：

"老大，我问你几句话，这夷匪共有几帮？匪首叫什么名字？常驻在哪里？你都知道吗？"

老大道：

"夷匪共是两帮，一帮叫水澳帮，首领莫扶观，安南王封他侯爵，还当着个什么总兵官，生得好个相貌，广颡隆准，童颜鹤发，一部白胡须，其长过腹，就可惜做了贼。这水澳还是小帮呢，更有一个大帮，名叫凤尾帮。那首领更是奢遮，生得龙颜虎形，差不多是人皇帝子，夷国封他为东海王。这两帮穿梭似的在洋面游弋，商船遇着了他们，可就完了。"

吕四娘道：

"他们的巢穴在哪里？"

老大道：

"远得很呢，在安南国沱灢海口凤尾岛上。"

吕四娘道：

"我们此去，经过他那里吗？"

老大道：

"我们到富春卸货，进的是顺化港，不走那里的。"

吕四娘无言。当下与张福儿密议，船到富春就起岸，到了安南国再作计较。

海行全凭风力，偏偏风色不利，直走了一个多月才得进海口，船渐渐傍岸，就见有安南关官带了关役上船来查验。吕、张两侠也没暇去瞧他，各带了行李，离船起岸。到得岸上，见好一个富丽繁华所在。

原来，这富春是安南的旧都，南人称作西京的，人烟稠密，市廛栉比，不亚中国的扬州。吕、张两侠借个客店住下，店主见是天朝上客，殷勤招待，只可惜言语不通，彼此讲话都学着哑巴做手势，略通意思罢了。张福儿笑道：

"师姊，咱们谈话倒可以逞心畅谈，不必回避人家了。"

吕四娘道：

"汉奸投夷的很多，究竟小心点子为是。"

当下两侠各自进内，住的是对面房间。女侠就到张侠房中，随道：

"听船老大讲来，日本王定然就是凤尾帮首领，老道定然就是水澳帮首领，毫无疑义。只是凤尾岛离此有多少远近，此去究竟走哪一条路，我们都不晓得，向人家打听，又苦语言不通，这可难极了。"

张福儿道：

"这么大的市面，难道就没有中国人开的店铺？我想出去逛逛，总可以找着一二个中国人，一问就明白了。"

吕四娘点头称是。这日饭后，张福儿出了客店，向市街随步走去，转了个弯，到沿河一带，见开设的大半是米行，见米行中倒都是中国人，大喜过望，住了脚，米行中人就招呼道：

"里面坐坐吧，瞧尊客是中国人呢，几时到此的？"

福儿也就笑容回答，说是才到，跨进门坐下，彼此攀谈起来，才知广东人在此经商的很不少，此人也是广东人。异国遇同胞，比众亲热。那人问知张福儿是江苏人，诧道：

"贵省人出远门的很少，尊客怎么到外国来呢？"

张福儿道：

"贱性爱游山水，本国的名山大川差不多是走遍了，久慕安南摩天岭、富良江之胜，特来广广眼界。"

那人道：

"尊客的行径，倒是很潇洒的。"

172

张福儿乘机探问凤尾岛所在，那人道：

"离此还有三四百里呢！"

随说明了路径。张福儿大喜，再三称谢而别，回寓报知吕四娘。吕四娘道：

"既然通只三四百里，今夜人静后咱们就去走一遭吧！"

这就叫艺高人胆大，水急快行船。

夜饭既毕，两人各自归房静坐，凝神调息，收视返听。到二更之后，两缕剑气穿窗而出，直上霄汉，宛似横空匹练，贯日长虹。但见它排开云浪，梭穿风阵，闪电似的向沱瀼方面激射而去。这便是剑侠凌空行路之法，身剑合一，排云驭气，瞬息之间可行数百里。唐朝的红线、聂隐娘都有这个本领。不过剑侠行这个功夫，也很非容易，所以不到万不得已时候，绝不肯轻易行使。当下天色微明，已到沱瀼凤尾岛上。但见水澳中樯帆如林，大小乌艚船依次排列，岛上巍峨屋舍，筑造得如王宫内苑一般，说不尽的气概。吕四娘道：

"这想必就是伦贵福住所了。"

张福儿道：

"咱们且细细瞧他一瞧，闯错了倒白忙一番。"

吕四娘点头。两人徐步探视，只见很壮丽的一所府第，共是九楹开阔，一色水磨砖墙，外面是虎皮石箭道，东西辕门，水磨照墙，旗杆高矗。那水磨砖墙上，共开三座兽头大门，旁面石狮对抱。那门额上竖写着"敕建东海王府"六个大金字。不少的值夜将士击梆梭巡，灯笼上都贴有"东海王府"字样。张福儿道：

"这厮的势派不亚藩王，咱们且从后面进去吧！"

于是两人沿墙向后而行，见五步一兵，十步一卒，守卫得很是严密。剑侠行路如电，恁你再严密点子，也全不放在心上。到东北角上，吕四娘道：

"就这里进身吧！"

说着，两人腾身扑进，宛如两只飞鹰，奋翮而前。不意铃声响处，里面大呼有贼，霎时，灯珠火把照耀如同白日，千口同声都喊："休放走了飞贼！"两侠大惊失色。欲知后事如何，且听下回分解。

第二回

凤尾岛双侠同受困
松江城五剑喜相逢

　　话说吕、张两侠才扑进墙，就触着了绳网，网上密布着金铃，立时铃声大响，守夜的人立时聚集拢来，齐喊有了飞贼。

　　原来，伦贵福知道太阳庵的护法不是寻常之辈，失了如许巨款，难保不跟踪而至，就在家中大大地布置，墙内遍掘壕沟，都掘有五尺开阔，四丈来深，上面铺平地板，暗中都有削器机关，只要在上行走，激动机关，地板块块活动，自会抽去，人就跌陷下去。过了壕沟，便就是网城，用丝麻纱合做成后，细绳结为密网，坚韧无比。外面满挂钢钩，里面满挂金铃。哪怕飞鸟扑来，小钢钩钩住了，休想脱身。金铃响处，守兵齐集，便捉住了。并且每一重门里，便有个石灰深潭，日间铺上石板，可以随便出入，晚上抽去了石板，外人就是攻进了门，也总跌入潭中，饱嗜散石灰滋味。所以，这东海王府，虽不是铜墙铁壁，实不亚剑树刀山。现在吕四娘、张福儿腾身飞扑，恰好触在网城上，被小钢钩钩住了，用力挣时，铃声大震。守兵闻声奔集，大喊有了飞

175

贼。可怜吕、张两侠空有一身本领，被数十只小钢钩牢牢钩住，再也施展不得，宛如飞蛾兜在蛛网上，摆脱不去。

此时，伦贵福已经奔到，督众用铙钩把两侠钩住，纵身而上，先把张福儿擒住，捆了个结实。然后再把吕四娘也擒下，捆了。伦贵福道：

"瞧此两贼，必非无名之辈，待本王御殿亲自审问。"

伦贵福也有一座银銮殿，当下升坐银銮殿，手下各将分班伺候，吩咐带上贼子。吕、张两侠被推上殿，直立不跪，昂首四顾。见这殿宇金碧辉煌，倒也十分宏敞，十分气概。伦贵福虽然穿着便衣，面貌长得好，天官似的高高坐着，喝问：

"你们两人姓甚名谁？到我这里来，要行刺，还是要盗宝？想孤家受国主的洪恩，封藩凤尾，与你们素无嫌怨，大致你们此来多不过是见财起意，盗宝的份儿多，行刺的份儿少。其实本王府中防备得这么严密，你们也是白辛苦的。孤家为了办粮的事，正在延揽英雄，像你们这种本领，倘肯归顺孤家，孤家非但不办你们的罪，还要大大加恩呢！"

吕四娘骂道：

"猾贼！亏你有脸，装模作样，孤家长，孤家短。打量人家还不知道吗？堂堂中国男子，受夷人的伪封，拼命替夷人做鹰犬，这么不要脸，我也没工夫来管你的账。猾贼！你认识我们是何等的人？我就是七剑八侠中的女侠吕四娘，这就是我的师弟张福儿。雍正那么威武，也吃我宰狗似的宰掉了，何况你真是狗一般的人，也够你姑姑一发挥吗？飞龙岭太阳庵的威名，你总也知道。油蒙了你的狼心狗肺，胆敢谎骗起太阳庵款子来。你仗着远踞海外，只道我们不能捕拿你吗？"

伦贵福满面堆笑道：

"哎呀！两位原来就是七剑八侠中的大侠。这位是剑斩雍正帝的吕侠，那位是万里寻亲的张孝子，失敬得很。荷蒙侠驾降临小岛，小王不胜荣幸。飞龙岭一节事，不错，有的，款子确有四五十万。这是我新纳王妃所赠，是我们夫妻之情，何必烦劳侠驾？二位既然来得，就请屈留几天。不过荒岛中没有管待，只得简慢点子，这是要求二位原谅的。"

随向左右道：

"好好陪送二位石窟中去，盘桓几天，替我好好地伺候着。"

张福儿大骂：

"无耻匹夫！既把我们擒住，快快拿刀来斫掉我们脑袋。你想把我们软禁了，要我们降顺吗？我实告诉了你，我们血性男子，哪怕海枯石烂都不能，快捐了你那妄念！"

伦贵福笑道：

"这个可未敢遵命，二位可安心石窟中去住几时，恕我事冗，不能奉陪了。"

两侠再要讲话时，早被众将士推拥而出，转弯抹角，走了好多的路。此时，天色大明，岛上蒙蒙薄雾，早被旭日的阳光烘了个尽，海天晴朗，岛上盗众都高唱着军歌。两侠见了，都不免暗暗纳罕。一时已抵一处，但见高峰插天，峰的半腰却有一个玲珑窟穴，从山坡上去，到那窟穴约有三十多丈，别无途径可通。从窟穴到峰尖再有六七十丈，愈高愈削，猕猴都不能行走。只见几个将士，到得峰梗之下，大家动手，就从半峰间放下一件东西来，却是一个野藤扎就的兜儿，一个将士先行坐上，众人猱着藤，一会子猱上，那人跳出，再把空兜放下，便扶上吕四娘猱上。见那窟穴外面只容得一个人出入，里面倒也有两三间地方的大小，四面不少玲珑小窟穴透露着天光，倒也不很黑暗。那人扶吕四娘到石窟中，外面张福儿也已上来了，师姊弟两人同进了石窟，接着被褥等应用物件一件件猱上，那军士逐一搬进布置。一时伦贵福又拨了个女仆来服侍吕四娘。吕、张两侠被困在这清高绝俗的峰腰石窟中，真是束手无策。两侠相对，你瞧我，我瞧你，瞧了半日，吕侠低声道：

"现在手足被缚，只好权时忍耐，你我好在有的是剑，只要手脚一舒，活动了血脉，就好调息凝神，借剑法逃出去，终不能整日价捆缚不放。石窟虽险，何能禁闭我们剑侠？"

张福儿听言有理，随道：

"记得师父训言，事到无可奈何，只有'忍耐'两个字，可以排除一切烦恼。师姊忍耐的话，真是要诀。"

当下，两人盼到日色当中时光，才见藤兜中猱上两个人，拿进一条很粗很粗的铜链，并两把铜锁，向张福儿道：

"我们奉东海王命，替二位上链解缚。"

两侠大喜，军士立刻动手，铜链共是一条，一头扣在吕四娘颈里，一头扣在张福儿颈里，都上了锁，然后替二人解缚宽绑。两侠松去了缚，先把手脚左右舒伸，活动了好一会儿，自觉血脉渐渐调和。军士搬入午餐，请两侠吃饭。饭毕之后，看守的军士自坐着藤兜下去，临走却把石窟的木栅门闭上加锁。吕四娘道：

"师弟，咱们可以运剑脱险了。"

说毕，两人对坐在地上，合目凝神，收视返听，好一会子，两人都各运足了气，大喝一声，放出剑来，只道身剑合一，人随剑走，跳出虎穴龙潭。哪里知道，一声怪响，张、吕两侠的神剑都被这山峰收摄了去，两人大惊失色。

原来，这山峰名叫灵磁峰，生的都是吸铁磁石，神剑虽是精光宝气炼就，究不能离乎铁质，所以才一出口，竟然不及运用，呼的一声，就被山峰收摄了去。经这么一来，吕、张两侠都惊得目瞪口呆。究竟四娘慧质灵心，不多一会儿，早已醒悟过来，开言道：

"这山峰是磁石的，磁石性能吸铁，咱们的剑吃它吸去了，这也是我们自己粗心之故，不见锁我们的锁链，都是黄铜做成的？自恨一时忽略，不曾想到。"

张福儿道：

"师姊，我们向外瞧瞧。"

为的是两人锁在一条链子上，一个向外，须得两人同行。当下张福儿探首小窟穴，向外一瞧时，见下离山坡足有三十多丈，四面脱空，海天一色，休说两人同锁一链，就是开去锁链，也难腾身飞出，不觉愁闷起来。吕四娘道：

"师父说过，事到无可奈何，只有坚心忍耐之一法。现在你人的死活存亡权且付诸度外。既做了广慈门徒，自当笃信师说。"

张福儿道：

"我信世上如果有天，你我必当脱难。"

看官记清，吕四娘、张福儿从此便在安南沱瀼海口凤尾岛灵磁峰石窟中受难，且暂按下。

179

却说苏州城中吕寿医生，因四娘离家两月有余，没有音信，更深人静，已不免时劳怀想。偏偏这一夜，老丈母吕太太从睡梦中痛哭而醒，醒来还号啕大哭。吕寿惊问其故，吕太太道：

"我们四娘没了。"

吕寿一听，宛如万箭穿心，哇的一声也哭了出来。年福听得哭声，只道有了什么变故，急忙起身询问，说是四娘没了，追问哪里来的消息，吕太太道：

"我得着一个噩梦，梦见四娘浑身是血，从外面进来，梦兆很是不祥，想必是凶多吉少。"

年福道：

"日有所思，夜有所梦，哪里作得准？想我们主母，名列七剑八侠，为广慈主师得意门生，一剑随身，万夫莫敌，飞取万乘的首级，易如探囊而取物。试问这么的本领，谁还能够加害？何况此番出去，还有张福爷做伴，张福爷也不是等闲之辈，断然不会有事的。"

娘儿两个听年福说得十分有理，才放下了几分心。偏偏次日，宿州镖师张兴德来了。张镖师因儿子福儿许久无信，先到飞龙岭探问，知道与吕四娘同伴出发的，就赶到苏州来。吕寿接见之下，谈起吕、张两侠，彼此都各惊慌。张兴德是内家，内家一惊慌，那外道的吕寿更忧急得茶饭无心，坐卧不宁了。可怜他心不在肺上，对于求诊的病家，忘了望、问、闻、切的四诊，连六脉的寸关尺都忘了部位，撰方不开脉案定药，不标分两，只于方末写一句，以上每味各二钱的笼统话，唬得病家拿回去，都不敢服。当下吕太太便出来求恳张镖师，求他设法探访。张兴德道：

"此事忧也没用，急也无益，只有慢慢地想法子。只是大海捞针，叫人家从何处入手呢？"

吕寿道：

"我倒想起来了，当初七剑八侠曾有过预约，说有难彼此互相援助。所以当年进京刺雍正，也是众侠同行的。现在只好拜烦镖师，去寻访路民瞻、周浔、吕元、曹仁父、白泰官、甘凤池、陈美娘等一众侠士，倘得众侠合力探访，那就容易了。"

张兴德连称：

"好好！就这么办理吧！"

耽搁得一宵，就告别起行。此时，甘凤池夫妇住在松江西门外高家弄里。看官，甘凤池故宅的遗址，与士湾的医寓，只有一水之隔，现在虽已沧桑变迁，当日却很宏敞热闹。

却说张兴德从苏州动身，一帆风送滕王阁，船到松江，不过次日申牌时候。张兴德停了船，就在河北起岸，径投高家弄甘凤池家来。才跨进门，就见寿幢满壁，寿烛辉煌，众多宾客正在猜拳行令，客堂中肆筵设席，摆了七八席的酒，天井中张起了天幔，搭起两座乐台，两班乐人更唱迭和地奏乐。甘凤池瞧见，笑着迎出来道：

"镖师来了，巧极！巧极！现成酒席，就请用一杯，请也请不到你老人家。"

张兴德道：

"瞧光景，府上有寿庆的事，是谁大庆呀？寿翁都没有拜谒，倒先喝寿酒。"

凤池道：

"是家岳丈九旬大好日，晚辈邀集几位亲友叙叙，热闹热闹！"

张兴德才待回答，路民瞻、周浔、白泰官、吕元、曹仁父并寿翁陈四，一大堆人都笑着迎出来道：

"镖师今日才来，迟来罚三杯，我们都要奉敬你三杯呢！"

张镖师见众侠都在松江，心下大喜，口称：

"情愿受罚，情愿受罚。"

欲知后事如何，且听下回分解。

第三回

五剑侠吊丧来浙
参将军畅论水师

却说镖师双刀张踏到甘凤池家中，恰值陈四九旬寿诞，路民瞻等五位剑侠都在一处，省了多少奔波跋涉。心下一喜，连称：

"情愿受罚。"

凤池邀张兴德入席，兴德接杯在手，就把来意说明。众侠都很疑讶。曹仁父道：

"吕、张两人的本领都不弱，这么杳无音讯，受了谁的暗算呢？"

路民瞻道：

"别是在海上受了亏吗？近来海洋中新出了一位英雄，姓蔡名牵，福建同安人氏，智谋出众，本领非凡。海帮中的朱渍称雄海上已有五年，谁也不敢招惹，他带了数十号海船，在闽、浙、粤三省洋面横行无忌，上年竟被这蔡牵征了个服。现在他们两个别是被蔡牵捕住了，不然怎么会音信全无呢？"

吕元道：

"他们是海客，我们是剑客，彼此风马无关，何得无端相害？"

张兴德又把太阳庵妙华遭骗的事约略说了一遍。路民瞻道：

"此事须到飞龙岭走遭，探一个究竟，才好着手办理，还是请凤池夫妇去了吧，盘问女子是少不来女子的，只好偏劳美娘了。"

甘凤池应诺。曹仁父道：

"王瑞伯讣文送来之后，我们原要去吊的，就为陈四太爷华诞，到了松江，就不能分身宁波了。我们来此已经三日，前天是暖寿，昨天是正寿，今天是补寿，叨扰了三日，本该也走得了。现在有了正事，明日凤池夫妇动身北上，我们也可以宁波去了，就在瑞伯家多耽搁几天。大家就在宁波等候凤池夫妇回话，你们看是如何？"

众人都说极好。一宵无话，次日，一众剑侠尽都束装就道。凤池夫妇北上，众侠南征，只陈四年纪大了，留在松江替甘凤池看家。

不表凤池北上，且叙众侠南征，从松江动身，路民瞻、曹仁父、白泰官、吕元、周浔、张兴德一行六人，谈谈讲讲，路上倒也并不寂寞。到嘉兴打了个尖，在杭州又耽搁了两天，径入曹娥，渡过江，经过慈溪，并不耽搁。

这日，行抵宁波王瑞伯家作吊，瑞伯两个兄弟王瑞仲、王瑞叔接入，先款待了茶点，然后引至停灵所在，上香点烛，众侠挨次叩谒。瑞伯的三个儿子，在孝幔中俯伏还拜，瑞仲、瑞叔站在孝幔外作揖谢吊。一时礼毕，瑞仲就述瑞伯遗言，请路民瞻书一碑文，预备秋卜葬时光建立。路民瞻一口应允，因问碑文是谁撰的，王瑞仲道：

"是本城一个参将李超人做的。"

路民瞻听了，就不言语。白泰官道：

"怎么？令兄也与官场中人往来起来？"

瑞仲道：

"这李超人虽是官场，倒也不是等闲之辈，众位休小觑了他。此人姓李名长庚，字超人，号西岩，福建同安人氏。家资豪富，自小精练骑射，由武进士蓝翎侍卫到浙江来做官。他有一种惊人本领，就是熟悉海岛情形，风云沙线，行船持舵，凭你老于操舟的人，总没有他么便捷。上年与海盗林权在大岞洋地方开战，海盗使的是西洋火器，厉害无比。他竟据着上风回船避让，翱翔游弋，大炮铅子没有一个打中他的。他不亲自动手，用长竿缚上了月镰，钩断盗船的篷绳，须眉都被火药燎去，毫不退缩，竟然跃入盗船，把林权生擒活捉了过来，因此上威名远震，蔡牵、朱渍那么厉害，不过见了他还有几分忌惮。所以，先兄在日，跟这李超人是时常往来的。"

路民瞻道：

"听你说来，此公倒是一员水军上将。"

王瑞叔道：

"李超人不仅是个海上英雄，还是个儒门孝子，待他老母余太夫人最是孝顺。有一年，余太夫人患了病，他侍奉汤药，衣不解带，竟有四个月之久，因此，福建地方都称他作李孝子。"

众侠听了，尽都点头赞叹。王瑞仲又称：

"李超人见宁波学宫圮倾及半，现方捐资兴修，还没有完工呢。"

周浔道：

"听来很像一个豪杰，咱们左右闲着，就去见见他好吗？"

路民瞻道：

"很好。"

王瑞仲道：

"难得诸位在此，我就折柬邀他来作陪，就此叙叙。"

曹仁父道：

"也好，只是我们未免太托大了。"

当下，王瑞仲派人送了个名片去，到申牌时候，李参将果然就来了，长身玉立，一个二十多岁的美男子。众侠抱拳相见，各通姓名，李长庚连说：

"幸会之极。"

入席开谈，言无数语，不禁都披肝露胆起来。路民瞻道：

"洋面风涛险恶，开战很非易事。"

李长庚道：

"谈起海上战争，与陆地上大不相同。海战全凭风力，风势要是不顺，虽然隔得数十里，十日八天也行不到。所以，海上之兵，无风不战，大风大雨不战，逆风逆潮不战，阴云蒙雾不战，日晚夜黑不战，飓期将至、沙路不熟、前无泊地皆不战。等到两军开战时光，勇力不能施，巧计不能用，全恃着大炮轰击，船身簸荡，能有几炮打中呢？我顺风而追，敌也顺风而逃，大海汪洋，无伏可设，无险可扼，必得用钩镰钩去它的皮网，

186

用大炮打坏它的龙筋，使它船伤行迟，我师围住环攻，然后可以捕获一两船，那余船就飘然逃去了。于时日色西沉，敌船被剿急极，直窜外洋。那外洋是无港可泊，无澳可依，敌船不到至危极急时候，也从不敢往。我师见冒险无益，势必回帆，于是强敌遂得从容逃去。并且船在大海之中，浪起有如升天，浪落宛如坠地，每遇了大风，一船折桅，全军失色，哪怕敌在垂获，也必舍而收泊。等到易桅竣工，敌人已经远遁，所以尝累月不得一战。"

众侠听了，都道：

"海洋中生活，真是别一境况，我等哪里知道？"

李长庚道：

"诸位未曾知道的地方还多着呢，海上行军最要紧的就是船。我说过船就是水军的城郭、营垒、车马，船要是得力，战起来就勇，守起来就固，追起来就速，冲起来就坚。偏偏兵船有定制，商船没有定制。偏偏高大的商船都被敌人掳去，差不多是替敌人代造的。敌人船大炮多，势猛行速，兵船哪里及得上它？那海船隔了两三旬，即须燂洗，否则苔黏联结，驾驶不灵。偏偏上司不懂军情，一见收港，就说是逗留。营中兵饷照例止发三个月，海洋路远，往返稽时，偏偏事机间不容发，迟了一天半日，虽然劳费经年，不足追其前效。这都是我们水营中的积弊。兄弟虽有整顿之心，人微言轻，不得径行己志。"

说着，嗟叹不已。众侠听了，不禁都代为扼腕，因问近来海中共有几多帮盗匪，李长庚道：

"江、浙、闽、粤，数千里洋面，都有盗匪出入。大致分为两种，在内地的叫作洋匪，蔡牵最大，朱渍为次；在外地的叫作夷匪，都是中国奸民，挟着安南人干的，凤尾最大，水澳为次。一艇总载有数百人，洋匪的叫作匪艇，夷匪的叫作夷艇。夷匪每至，总是数十艇，连樯并进。洋匪呢，蔡牵有到百数十艇，朱渍也有数十艇。那洋夷各匪的年貌艇数，兄弟列有一表，派给兵船各将，叫他们贴在船上，以便朝朝注目。"

众侠听了，无不佩服。当下席散之后，众侠无不称赞李长庚英雄。王瑞仲取出长庚所撰碑文，路民瞻乘着酒兴，泼墨挥毫，落纸嗖嗖地写起来，一刻工夫，早已一挥而就，掷笔笑道：

"就这么吧！"

瑞仲兄弟齐声称谢。曹仁父道：

"使惯剑的人，写出来的字总带着几分剑气。"

路民瞻道：

"什么剑不剑，吐露我一腔子倔强之气罢了。"

说得众人都笑了。

一住五日，甘凤池夫妇已跟踪而至，先吊过丧，然后众侠接着询问，凤池便把日本王借饷的话说了一遍。路民瞻道：

"这绝不是日本国王，哪有一国之王到他国改装私行之理？在妇人女子手里骗取巨款，不是骗马就是大盗。四娘、福儿杳无消息，此贼断不是寻常之辈。"

曹仁父道：

"想来总是水面上英雄，不然吕、张两侠断不会受亏的。但不知是夷匪是洋匪？"

路民瞻道：

"这个容易，只要去回拜李超人，夷洋各匪的年貌，他都列表注明，咱们去一查就明白了。"

甘凤池道：

"要去今儿就去。"

这日饭后，路民瞻、甘凤池等齐到参将衙门谒见李长庚，只陈美娘不去，跟王瑞伯家内眷们讲话。直到天色傍晚，众侠方才回来，美娘接着询问，甘凤池道：

"已经查明，照年貌极似夷匪伦贵福、莫扶观。这两贼的巢穴却在安南国的凤尾岛，远得很呢！"

陈美娘道：

"既然远在安南，为甚不向李参将借几艘海船驶了去？"

甘凤池道：

"还等你话呢，师父早已想到，向李参将商量。李参将回言，匪在外国，未敢轻开边衅。国家的兵船不比民间的商舶，出哨有一定的地界，我哪里敢擅作主张？我们现在想附了安南去的商船，且到了那边再行相机办理。"

陈美娘道：

"我可要同去吗？"

甘凤池道：

"海洋中风涛不测，你可以不必去了。"

当下，路民瞻就与王瑞仲兄弟商议，说要搭船安南去。瑞仲道：

"巧极了，李老四的沙船，择定明日祭天后，后日放洋。他是专走安南、暹罗的，我跟你去说定，可好不好？"

路民瞻大喜。欲知众侠到安南能否救出吕、张两侠，且听下回分解。

第四回

两英雄化名投凤岛
五侠客飞剑取灵峰

却说王瑞仲替众侠说定了船，就把行李搬上，祭过天之后，路民瞻、曹仁父、白泰官、吕元、周浔、甘凤池、张兴德一行七人都上了船，放洋出口。恰好是顺风，扯足九道风篷，海平如镜，舟行似箭。老大李老四手把着舵眼，看着罗盘，驶得非常平稳，顺风行海，比较快速，六七日工夫，早已行抵安南，船傍富春码头，路民瞻等就都上了岸。事有凑巧，住的客店恰就是吕四娘、张福儿住过的那家。为了没有大房间，七个人分住了两间，偏偏张兴德、路民瞻、甘凤池三个人住的就是张福儿的房间。福儿童性未除，很喜东涂西抹，房间粉壁上写着一行黑字道："乾隆某年某月日，宿州张福儿追随吕师姊到此留笔。"现在却被张兴德一眼望见，跳起来道：

"路兄、凤弟，快来瞧，咱们的福儿在此呢！"

凤池急问：

"在哪里？"

张兴德指壁上道：

"这是福儿写的字，墨痕还很新呢。字既在此，人必然也在此间。"

甘凤池道：

"有了这字，就有线索可寻了，我们只要追问客店中掌柜的，就可以明白。"

说着，举步出外，就要去询问。路民瞻急喊：

"凤池回来！凤池回来！"

凤池住了步，回问：

"师父做什么？"

路民瞻道：

"你又不会安南话，这里掌柜是安南人，定然不懂中国话，你又如何能够追问？"

凤池道：

"师父，你老人家会安南话不会？"

路民瞻道：

"也不过略知一二。"

张兴德道：

"路兄，就费你神去追问一番吧！"

民瞻应诺。当下，路民瞻、张兴德、甘凤池三人同到客店账房，掌柜的见了，连忙起身施礼。只见路民瞻叽里咕噜跟掌柜的讲了好一会子的话，掌柜的也叽里咕噜地回答，张、甘两人一个字也不懂，白瞪着四只眼珠呆看。只见路民瞻只管点头，一时向张兴德道：

"掌柜的说，那日来了两个中国客人，是一男一女，开了两个房，光景像姊弟。才住得一宵，就失了踪。最奇不过，门不开，户不启，上一夜眼看他进房的，下一日人就不见了，行李却都留在房中，人不像人，鬼不像鬼。"

张兴德道：

"问他要行李来瞧瞧可以吗？"

民瞻传话，掌柜的应允，当下取出行李一瞧，兴德认得是儿子的东西，心里一酸，几乎滴下英雄泪来。路民瞻道：

"既然他们果在安南，赶紧商议解救的法子。这两副行李依然叫掌柜的收藏着，咱们快商议法子去。"

于是三人同到曹仁父房中，告知众侠。曹仁父道：

"吕、张两人断然留在凤尾岛，不得出来。飞龙岭骗银的假王，瞧年貌断然就是凤尾贼首，总是被吕、张两人查得了，入岛去捉拿，强龙难斗地头蛇，就此受到人家的暗算。现在我们总要想一个万全的法子。能够暗算吕、张两人，贼子的本领倒也不弱，不可轻视。"

张兴德道：

"如何方是万全的法子？不知这里离凤尾岛有多少远近？"

路民瞻道：

"我倒知道的，从这里去怕有三五百里路。我家里有一部《安南一统志》，瞧过几遍，所以约略知晓。但是，这个凤尾岛，四面都是水，无船万难飞渡。现在这么着吧，张镖师与凤池没有剑，不会飞行，不如赶去投奔，只说听得此间招贤礼士，延揽英雄，所以特来相投。如果他收容了，就乘机探听吕、张消息。我

193

们五人借着剑气飞来，会同解救。你们看此策好不好？"

众侠齐称妙计。出去探听，果然凤尾岛东海王伦贵福在那里招贤礼士，张兴德大喜，即与凤池取道往凤尾来。一路问讯而行，虽然语言各别，幸得文字相同，以笔代口。直到水澳相近，才遇着两个伦贵福的部下，表明来意。伦将道：

"水陆人才，我们大王一概延纳，但是总要有人介绍，二位的介绍人是谁？"

张兴德道：

"就请两兄做介绍如何？"

伦将道：

"两位此后可不能逃走的呢！"

甘凤池道：

"我们就为在中国犯了案，存身不得，才到这里来哪，哪里再会逃走？"

伦将点头，随道：

"到了水澳，先须谒见莫总兵莫侯爷，莫侯住在水营中，兵船列成阵势，军容很是森严。"

张兴德道：

"一切全仗指点。"

伦将应诺，当下就引张、甘两人到水澳。细一瞧时，好一所海港，湾湾如月牙形，凹进所在雄跨着一个岛，就是凤尾岛。两面港门，只有十余丈开阔，里面却是三四百顷大小一所海港。港内兵船依次排列，门户井然，不少的舢板小船往来哨探。大船上绣旗迎风，大半扯着东海王伦旗号，小半扯着广南侯莫旗号。东

194

海、广南两种大船布列成一座船城，船城的东门，恰对着东港口，西门恰对着西港口。东城是凤尾帮，西城是水澳帮。船城之内还结着很大一座水营，一般有着东西辕门、中军大帐。中军大船的桅杆上，高高扯起三军司令帅字大纛，在那里迎风招展。两员伦将行抵海滨湾，指入口呼的一声长啸，就见船城中一只舢板小船箭一般地驶出来。伦将引张兴德、甘凤池上了船，水手扳动小桨，如飞地驶进船城，直至中军大营。只见大号楼船高起海面三丈有余，巍峨轩畅，宛如一座大厦，这便是莫扶观的坐船。水澳全军的司令舰，足可容千人上下，那容七八百、五六百人的二三号楼船都翼着大船，停泊在左右。舢板到大船旁停下，伦将回头道：

"我先上去替你们禀知，听候侯爷示下。"

张兴德道：

"有劳二位。"

只见两将从软梯上大船，候了好一会子，才见大船上有令，着投奔人上船。张、甘二人也从软梯走上，起先的两员伦将已经候在船头。这两员伦将无非是张三、李四。当下张兴德化名张兴，甘凤池化名张德，只说是一家叔侄。张三、李四引了张兴、张德进了大船头舱。头舱共是一大间，站着不少的水营将士，并不招呼。踏进二舱，二舱隔分三大间，却是众将士办公之处。中舱是贮藏火药、子弹地方，后舱是将士的卧室。从后舱上梯，径上中层。中层的中舱就是广南侯水殿。后舱是宫室，前舱是贮藏军械之什物之所。上层是便殿，是瞭望室。莫扶观平时即在便殿中起居。张兴、张德跟随张三、李四更上一层楼，到便殿中谒见。只见莫扶观坐在楠木炕上，随便靠着，鹤发童颜，一部白胡髭，长几及腹，双眸炯炯，神采奕奕，很像一位老英雄。张三、李四先上去回过，莫扶观道：

"请过来见见。"

张兴、张德依言走上，拱手见礼。莫扶观问了姓名、籍贯，然后道：

"几时到此的？"

张兴道：

"搭船到富春是初七日，在富春耽搁了两天，一路问讯到此，路上走了有五日呢！"

莫扶观道：

"为甚要投奔我们？我们这里没有什么好处，就不过是齐心，是义气，不论是侯王，是将士，大家有福同享，有难同当。倘要独个儿发财，独个儿受用的，赶快不要投来，免得懊悔。"

张兴道：

"我们叔侄原都是内地良民，被冤家诬良为盗，告到当官。赃官得了贿，把我们问成死罪，我们从牢中越墙而出，杀死赃官并仇家一家男女老幼良贱，案犯得大了，在本国存身不得，听得这里招贤礼士，投奔了来，愿在部下当一名小卒。"

莫扶观道：

"瞧二位的体态，必是个英雄豪杰，肯来帮助很好，不过我们这里行的是军法，一须同心协力，二须严守号令，犯了法，轻则杖责军棍，重即掷入海中。"

张兴、张德齐称省得。莫扶观即命舢板送两人到凤尾岛。两

196

张辞别下船。船行如箭，霎时之间已到码头，仍由张三、李四陪了上岸，径投东海王府来。一到东海王府，冠冕堂皇，那儿气概更非船城水府可比。从西角门入内，进过三四重门，穿过一两所宫殿，到东偏殿中，谒见伦贵福。伦贵福虽然家常打扮，顾盼之间，却很威武。张三、李四回过话，随命张兴、张德上前见礼，问了几句话。伦贵福要瞧两人本领，命就在天井中试演拳棍。两张对打了几套，伦贵福不禁连连喝彩，就把两人立补了步营守备之职，叫在本岛听差效力。两张照例谢过委任，下来就与伦营水陆各将相见。

这个凤尾岛东西有到六七里，南北却只三四里，凹进凸出，周围有到二十多里。当下张兴、张德诸事完毕，就步行考察本岛形势。果然天造地设，生得十分险要。岛后一峰插天，宛如断云利剑，玲珑剔透，望上去不少的窟穴。忽见峰下守有军士，三四个人正在猱一藤兜儿，一荡一荡地荡上去。张兴还不在意，张德好奇喜事，住了步，问军士道：

"你们做什么呢？"

那军士见是本岛新补的将官，随道：

"将爷，你是新来，不知道这灵磁峰灵磁窟里，咱们王爷囚有两个刺客呢！"

张德心里一动，随问几时的，那军士道：

"两月前的话，刺客是一男一女，男的叫张福儿，女的叫吕四娘，本领非凡，都会得飞行空际。就为来得莽撞，触在网城上，被钢钩钩住了，脱身不得被擒的。王爷爱得什么似的，虽然囚在石窟中，却拨人服侍，每日好茶好饭地供养着。但望他们心回意转，收来做个帮手。怎奈两个都是铁人儿，再也劝不回来。"

张德笑向张兴道：

"如何？我与你真是闻所未闻。"

张兴道：

"百闻不如一见，我们就乘着藤兜儿上去瞧瞧可好？"

张德道：

"使得。"

偏偏这几个军士不答应，说：

"未奉东海王将令，不论是谁不敢擅放上去。"

两张只得罢了。这夜，东海王传出将令，把张德、张兴派在东港口岛门防守。两人奉令，立刻驰抵防地。前任守将即把营垒器械军士一切交点清楚，自回王府去了。张兴见左右没人，低言道：

"咱们总算不虚此行，访是访得了，现在只要想个解救的法子。"

说着，梆声已报一更，张德偶尔抬头，只见云汉中四五缕青白剑气，闪电似的激荡而来，不觉惊喜交集，忙呼张兴同看。张兴喜得脱口道：

"好了！他们都来了。"

欲知众侠来后凤尾岛是否攻破，且听下回分解。

第五回

五剑侠大闹东海府
张镖师呼救云家庄

话说张兴德、甘凤池化名投入凤尾岛，派在东港口岛门把守，抬头瞧见剑光激荡，知道路民瞻等已到。张德道：

"赶快给一个暗号，知照他们。"

说着，振衣鹤立，划然长啸。这一声长啸，大有风鸣谷应的气概。路侠等闻到这清越的啸声，知道凤池已在下面，立即循声下降。霎时之间，路民瞻、周浔、白泰官、吕元、曹仁父五剑齐都下降。见面之后，询问如何，张兴、张德随把化名投伙及查得吕、张被囚石窟的事详详细细说了一遍。路民瞻道：

"查得就好了，现在咱们先去援救囚人，救出了囚人，再去攻打王府，众位看是如何？"

众人齐称：

"妙极！救出了囚人，攻打起王府来，又多了两个帮手。"

张德道：

"且待二更之后再行动身，现在岛上出入的人多，不很便利。"

到了二更之后，张兴、张德引路，一行七人鱼贯而行，一时已抵灵磁峰下。只见百丈高峰高插天表，峰腰里露着个玲珑窟穴，透露出火光来，光景里面就是囚人之所。路民瞻道：

"这么高的石窟，要不是仗着剑术，哪里能够上去？"

张德道：

"我们也这么想呢，我与镖师虽然能够高来高去，三四丈高的所在还能够勉强纵跃。这么三四十丈高的石窟，只好白瞧瞧是了。"

当下路民瞻、周浔、曹仁父、吕元、白泰官五位剑侠，即在峰梗之下山坡上盘膝趺坐一会子。五位剑侠口中吐出五缕剑花，电光似的激荡将去。正拟身随剑上，忽听得半空中窸窣几声怪响，五口神剑都被灵磁峰收住了。五位剑侠急忙运用平生剑术，想把放出的剑收回来，哪里能够？不禁齐声叫苦。路民瞻道：

"我们一失了神剑，就是寻常拳家了，如何能够凌空飞行？"

曹仁父道：

"咱们此来，为的是援救吕、张二侠。只因一时粗莽，不曾细细算计得。全不想吕、张两人的剑术不在你我之下，会得遭人暗算，此间便不是轻易闯得的地方。可惜救人心切，不曾细细查得一查。现在丢了剑，势成个来得去不得，没奈何，只得姑走一条险路，大众齐心杀入东海王府，倘得擒住伦贵福，就好逼他放还吕、张，送还神剑，我们就可以太太平平地回去。"

众人齐声称妙。张兴、张德也要同去，路民瞻道：

"你们两人可以不必，有几个人去几个，就是倾国之兵，最

200

为兵家所大忌。万一遭了不幸，后继就没了人，你们尽管干你们的。"

曹仁父道：

"不错，赌家的孤注，兵家的倾国，都是很险的举动。这会子剑已丢了，不能不力策万全。"

张兴道：

"也好，我们就留着作为后应之师。"

当下，张德回营，挑选了五柄倭刀，送与路民瞻等，指示了途径，随与张兴回营候信。

却说路民瞻、曹仁父、周浔、吕元、白泰官一行五人，各藏了倭刀，取路望东海王府第而来。一时行到，只见巍峨府第，防守森严。众侠商议，从左右两路入内，前后两门防守的人多，且避去实，专捣虚。于是路民瞻、曹仁父从府墙之右腾身而入，周浔、吕元、白泰官从府墙之左腾身而入。这一班都是剑侠，虽然丢去了神剑，那走脊飞檐高来高去的本领，究非寻常侠客可比，所以三四丈高的粉墙，不用预先丈量，不用如意绦、问路石子，纵上蹿下，很是便捷。若使七侠五义中人物，展昭、白玉堂辈身临此境，不知要费掉多少手脚，百宝囊啊，如意绦啊，问路石子啊，抛上抖下，忙到个不得开交。现在路、曹两侠腾身飞上了墙，轻身跳下，蹑足潜踪，轻行悄步，宛如春燕剪水，粉蝶穿花。才行得三五步，踏着了机关削器，这路忽然活将起来。路侠见机，忙缩住了脚，回向曹侠道：

"地下有消息，削器倒要小心。"

曹仁父道：

"我们把刀当作了杖，慢慢探将去。"

宛如盲子探路而行，行了五六步，才知地上铺的地板是一活一死，一虚一实，死活相间，虚实相隔，探明白了，放胆前行。哪里知道，才走得十来步，地板又活起来，赶忙缩住，不曾陷下。原来，是换了个样儿，活的变死，死的变活，亏得路、曹两侠都不是鲁莽之人，步步留神，处处注意。转了两个弯，闻得前面有脚步声响，曹侠轻声道：

"隔墙有人走动，咱们推开这重门去瞧瞧。"

不意双门紧闭，推了几推，是上闩的。路侠道：

"不如翻过这墙头去。"

两人施展飞行本领，纵身上墙，向内一瞧，满满布着绳网。路、曹两侠拔出倭刀，动手割网。霎时之间，早割去了一大角。正拟纵身下跳，忽然喊声大起，灯球火把照耀如同白日，都喊：

"有了飞贼！有了飞贼！"

路民瞻、曹仁父只道贼众瞧见了，大喊一声，横刀跃下。不意是周浔、吕元、白泰官三侠在那边杀入，所以喊声大起，盗众都起家伙迎敌。此间防守的盗众瞧见从天飞下两人，也齐喊：

"这里也有了飞贼！"

伦贵福闻报，亲自前来瞧看。此时，伦贵福部各将已经来了二十多员，把路、曹两侠团团围住。路民瞻、曹仁父背脊对着背脊，两柄倭刀使得神出鬼没，灯火之下，刀光闪粉，耀眼争光，二十多员上将都不能近前。伦贵福见部将不济事，手执铁棍，亲自出来厮杀。伦贵福的少林棍法原是出类拔萃的，这会子双战两侠，使尽解数，变尽方法，不能得半点便宜。直杀到天色大明，伦贵福腾身跳出圈子，命众将围住厮杀，传下将令，叫各将轮流围住，休放走了一个。

看官，五位侠客究竟都是血肉之躯，经他们轮流厮杀，一刻不得休息，一步不能放松，加之渴不得饮，饥不得食，战到次日申牌时候，早都精神疲倦，一个个勉强支持。伦贵福更益精神抖擞，挥众进战，战到酉未之间，众侠势益不支。伦贵福大喜，喝令取出大网。

原来，伦贵福有一个人发结成的大网，柔韧无比，遇有可爱的劲敌，心要活擒其人，不忍损害其身，就用这大网兜头一网，一收便收住了，凭你活泼便捷，再也逃走不脱。当下取出大网，六七个人动手，可怜五位剑侠，一个个地垂手受缚。到灯烛点齐，都已捆缚定当。伦贵福逐一讯问，知道就是海内哄名的七剑八侠，劝降不从，叫都送到灵磁峰石窟中，好好管待。五个人分锁了两条铜链，是路、曹两人一条，周、吕、白三人一条。

张兴、张德得着消息，都各大惊，密议援救之策。张德道：

"看来力敌是断然不能取胜的，现在只好纯用智取。"

张兴道：

"用智如何入手？"

张德道：

"我与镖师分头办事，镖师回到本国去，第一先请云家弟兄，第二叫王瑞仲弟兄转请李长庚李参戎。云家是不必说，总来的。李长庚要是允了派兵来此，凤尾岛就不难大破了。"

张兴见张德这么大言炎炎，不免疑信参半。张德道：

"镖师过来，我与你讲几句话。"

随附耳说了好一会子，听得个张兴不住点头称是。张德又替他想出一个脱身之计，叫他献计，说是七剑都来凤岛，难保太阳宗一派的英雄不继续来此，很该密派能人到中国侦查动静。张兴依言献策，伦贵福大为嘉许，就命张兴到中国充当侦探之职。张兴谢过委任，即日动身。

这一回走的是旱道，从镇南关入广西，由全州入湖南，取道向山西大同府进发。这日，行抵云家庄，恰值云中燕兄弟在广场上瞧孩子云杰打拳呢。此时，云杰已长到十一岁了，金睛火眼，瘦削脸儿，生就的猴形，年纪又小，身子又伶俐，精悍活泼，猛一瞧时，活似《西游记》中美猴王模样，更兼天生神力，本领非凡，爬山越岭，登峰造极，如履平地，恁你如何险峻所在，人迹不能到的地方，他总是去来自如，绝无障碍。拳棒一层，除云家拳之外，他还能够推陈出新，别臻化境。七剑八侠的本领是练就的，云杰的本领是天生的，所以论到本领，简直是当世无两。云中燕有了这出等的儿子，保镖生意便一年发达过一年。

这日，双刀张行到，云中燕早已望见，站起身来迎接道：

"张镖师，几时到的？"

张兴道：

"才到。"

接到里面，云中燕叫云杰过来叩见张镖师，随问：

"镖师到来，有何贵干？"

张兴即把七剑八侠在安南凤尾岛受困的事从头至尾说了个备细。云中燕皱眉道：

"此事该如何办理？这可难了。"

张兴又把回国求救的话说了一遍，云中燕还没有回答，云杰早跳起来道：

"我去！我去！这收剑的灵磁峰，听你们讲来，不过百来丈高低。剑被收吸住了，我替你们上去一取就是。"

张兴大喜。云中燕道：

"这么着吧，我就带了他来。咱们约一个会面的地方，你还要去请李长庚，自然总要到浙江，我们就在天台雁荡那边相见吧！"

当下，云中燕设筵款待，论亲情，张福儿娶的毕镇台长女公子，云中燕娶的是次女公子，该称张镖师姻伯。论友谊，是彼此都系老友。张镖师做主，只论友谊，不计亲情。

在云家庄欢叙了两天，张镖师告辞向浙江去了。临走，云中燕道：

"我迟四五日，就带云杰赶来。"

张镖师允诺。当下由山西走河南，由河南走湖北，换上了江船，顺流东下，到了崇明，换乘海船。到宁波，满望王瑞仲兄弟出力，李长庚立允出兵援助，里应外合，大破凤尾岛，救出七剑八侠，哪里知道，踏进王家，见王瑞仲愁眉不展，问非所答。询问缘故，才知王瑞叔咳嗽痰红，再治不好，医家说他是虚劳症。瑞仲情关手足，因此很为着急。张镖师把众侠陷身凤尾岛回国求救的话说了一遍。王瑞仲道：

"既是众侠遭难，我就陪你去走遭。"

张镖师大喜，当下瑞仲陪往参将衙门，投帖求见。李长庚立命请见。见面之后，王瑞仲代述来意，张镖师又打拱求救。李长庚道：

"论朋友的情谊，自该被发缨冠。但是我现在环境所迫，有两种的障碍，不能如愿，心与力违，请原谅吧！"

张镖师听了，大惊失色。欲知后事如何，且听下回分解。

第六回

允征夷千金一诺
诊奇疾见病知原

却说张镖师见李长庚不肯动兵，大惊失色，王瑞仲又替他说情，说路民瞻等都是先兄瑞伯的好友，总要将军推情破格。李长庚道：

"我们水营中劳师动众，例须禀准上司。凤尾岛又不是中国疆土，轻启边衅，上司断然不会批准，这是第一重障碍。贱内患病年余，一日重似一日，郎中说她冬节总难挨过，屈指冬至即在目前，兄弟心乱如麻，何能统师远出？这是第二重障碍。"

王瑞仲道：

"不错，吴夫人还是去年五月中病起的呢，差不多要快两年了。"

张镖师道：

"偏是这么不巧。不过我想，禀准上司一层呢，只消托言出洋巡哨，瞒上不瞒下，干一会子，上司未必就知道。再者究竟是为民除害的勾当。夫人的病却是要请好郎中医治的，我敢荐一个，包管就治好了。”

李长庚忙问：

“是谁？住在哪里？”

张镖师道：

“吴江徐大椿徐灵胎先生。”

李长庚点头道：

“久慕得很，果然好极。但是这位先生身价极高，轻易不肯出门，怕未必请得到呢！”

张镖师道：

“不然，徐先生极爱交朋友，跟我原是有旧。如果我亲身前去，徐先生在家是总肯来的。”

李长庚道：

“倘得延来名医，治好了贱内的病，兄弟情愿担个不是，赴汤蹈火，把七剑八侠救回中国来。”

张镖师道：

“将军言如金石。”

王瑞仲道：

“李将军是天人，从来不曾失过妗，我敢作保。”

张镖师大喜，告辞出来，就去打听可有海船开到江苏去，恰好次日就有货船开行。张镖师绝不耽搁，说定了舱位，搬行李下船，一帆风顺，船到上海，再雇内河小船，径向吴江进发。

偏偏事不凑巧，到得洄溪村，说徐灵胎先生钦召入京，替蒋中堂治病去了，不在家中。张镖师皱眉道：

“偏这么不巧，看来也是剑侠命中该遭的劫数。”

询问徐姓家人：

"徐先生几时回来？"

回言：

"不能预定。先生临走吩咐过，说有病家到门求诊，请他转到苏州，请吕寿诊治，吕寿是我们先生的门生，本领很不弱。"

一句话提醒了张镖师，暗忖：我真昏了，自从访得消息之后，忙乱着援救，不曾去回一声，吕家不知怎么牵挂呢！现在一得两便，一是给他报信，二是请他治病。想吕寿妻子被禁在石窟，救妻心切，治病必然格外地出力。

看官，张镖师不是医家，就有这外行语。其实医家治病，哪怕是深仇积怨的人，在治病当儿，一心在病上，总要把病治好了，再谈到报仇的话。因为治病不愈，就是学术不精的标准，医家是绝不肯的，既无留病之术，自无速愈之方，哪里能够格外出力？作书的是医家，知道医家习惯，张镖师不是医家，不免就有外行的言语。闲话已多，言归正传。

当下张镖师回帆向苏州进发，行抵苏州城，天色正午，走进吕家。吕寿一见张镖师，宛如获着了异宝，忙问：

"有喜信吗？"

张镖师道：

"吕四娘与小儿都在安南国凤尾岛，现在路民瞻、曹仁父、周浔、白泰官、吕元、甘凤池众家剑侠也都在那里。虽然性命无妨，却是被人家囚禁着，举动不能自由。"

此时，吕太太听得张镖师来了，忙着出来听信。吕寿就问：

"如何会在安南被人囚禁？"

209

张镖师道：

"一言难尽。"

随把太阳庵妙华师如何被骗，吕、张两侠如何入岛被擒，自己如何奔走求救，在松江如何巧遇众侠，凤池夫妇如何到飞龙岭侦查，众侠在宁波吊丧，如何会见李长庚，如何得着夷匪、洋匪消息，到了安南富春，如何设计投岛，如何探知两侠被禁石窟，五侠飞剑往救，如何被山峰吸去神剑，自己如何回国求救，李长庚夫人如何患病，并往吴江延医，如何不遇的话，一字无遗说了个备细。吕寿道：

"镖师午饭没有用吗?"

张镖师回说：

"不曾。"

吕寿道：

"既然不曾，咱们下船去吃饭吧!"

张镖师惊问：

"为什么要下船?"

吕寿道：

"去给李参将夫人治病。"

张镖师道：

"恁地性急，就今儿下船，也绝不能够到那里。"

吕寿道：

"早一刻开船，总早一刻到。"

当下，吕寿跟了张镖师立刻动身。一叶扁舟，到了上海，再换搭海船到宁波。在路无话。

这日，船到宁波，张镖师陪着到王瑞仲家，卸了装，吕寿催着参将衙门去。瑞仲饭已备好，请吕、张吃过饭，三人同到参将衙门，李长庚接进，见过礼，张镖师就说徐灵胎钦召入都，因将徐先生高足吕先生请来的话说了一遍。李长庚道：

　　"那是一样的。"

　　随与吕寿谈了几句应酬话，吕寿问起病情，李长庚道：

　　"贱内的病还是去年五月里起的。起初是痢疾，白少赤多，昼夜一二十遍，有时杂有溏粪，延医服药，总不见效。延至今冬，癸水已断半年，肋腹聚有积块，时时上蹿，宛如虫行，痒至于咽，食压才下，腹胀腿肿，唇白口糜，舌绛无津，耳鸣巅痛，略有干呛，渴饮汗频，热泪常流，溺短而热，善嗔多劳，暮热无眠，心似悬旌，屡发昏晕，痢门各种方药，通的、塞的、清的、养的、填补的，试嗜了个遍，一点子效都不见。又有医生说她是虫症，因为唇白口糜、痒如虫行。怎奈虫门方药服下去，也如以汤沃石。又有名医断定是病久元虚，治当舍病论补，无奈补法备施，也无寸效。都说她挨不过冬至，现在棺衾咸备，大致已无生望。倘仗先生妙手，得以起死回生，兄弟自当力竭图报。"

　　吕寿道：

　　"听来病势很是不轻，且待切了脉再商量，咱们进去瞧瞧。"

　　李长庚起身引导，引入内室，早有丫头撩起罗幔，照上绛蜡伺候。吕寿走近床沿，先招呼了一声，提足精神，向病人注视。见她肌体虽然瘦削，肤色尚还润泽，目光也不干涩。李长庚送上一册书卷，权当脉枕。吕寿就沿床小凳上坐下，接过书卷，请病人伸出手来，按了寸关尺三部，闭目凝神地切脉，先诊左手，又诊右手。觉左脉弦数上溢，尺中滑大，按之细弱。右脉软滑，略兼弦数。瞧过舌苔，问胃口如何。丫头回称，每餐只吃一平碗饭。吕寿道：

"下痢已有年余，有好过的时候不曾？"

丫头道：

"从未曾好过。每月到了初十之外，痢得就加甚，二十之外才减轻，月月如此。"

吕寿道：

"经水未停之前，是这个样子吗？"

丫头道：

"经水未停之前不如此。"

吕寿道：

"那么大奶奶从前行经，总在初十之后二十之前了？"

丫头回称：

"是的。"

吕寿向李长庚道：

"我们外面去谈吧！"

到外面坐下，李长庚道：

"先生瞧内子这个症，还可以治吗？"

吕寿道：

"尊夫人幸能安谷，得以久延。但是下痢已至五百日，喉腭辣燥，阴液固已耗伤，偏偏尺肤淖泽，脂膏未到剥，其中盖另有一个缘故。腹中之块，问一问是痢前本来有的呀，还是痢后才起的？"

李长庚道：

"未痢之前，已经有块。"

吕寿道：

"病前有过产育吗？"

李长庚道：

"有过的，去年二月间，分娩艰难，生下时胞已糜碎，生而未育。"

吕寿道：

"是了，果然不出所料。此症据我看来，似痢而实非痢。"

李长庚道：

"从前郎中都说是痢，先生明眼断为非痢，不是痢是什么呢？"

吕寿道：

"产时胞衣糜碎，必有收拾未尽，遗留在腹中的，恶露虽行，此物未去，沾濡血气，结块渐成，自然阻碍冲、任的。常道冲、任两脉，都隶属在阳明，一经月事，既不能循度以时下，不得不另辟捷径，旁灌于阳明，以致赤白之物，悉由谷道而出，宛如痢疾。据云经期向在中旬，故每月此时，痢必加甚，仍与月泛相符，虽改途道辙，尚是应去之血，所以痢至年半，尺肤犹不至于枯瘁。我再有一个显而易见的证据，问一问尊夫人下痢，腹中断不绞痛，腰脊必然酸楚，可是不是？"

李长庚道：

"是的，内子病甚时，腰脊酸苦，不知此系何故？"

吕寿道：

"痢由腰脊酸楚而下，显非肠胃之本病。缘病起夏月，正痢疾流行之候，病者自云患痢。医家何暇他求？通之涩之，举之填之，不但未切于病情，抑且更广其病机。试思肠胃之痢，必脂膏削尽而后经枯，又何能纳食如常，光润肌肤呢？我也不是主张说不必治她的痢，要治痢必治其所以痢，那么必须从冲、任着手。必治冲、任之所以病，须先去其遗留之物。遗留之物既去，那么冲、任两脉遵道而行，月事如期，痢亦自愈。但是，此物留腹已将两载，既能上行求食，谅已成形。前医指为虫病，奈无面白唇红之证据，虫必饮食，挟湿热之气所化。此但为本身血气所凝，似是而非，判分霄壤，况此物早已脱蒂，不过应去而未去，欲出而不能开，通冲、任二脉，其物自下。不此肠覃石瘕，有牢不可拔之势，必用毒药来攻去。"

李长庚道：

"先生高论，真是闻所未闻，就请赐方吧！内子这个病全仗先生。"

吕寿执笔草案，就把方才的议论草成一案，定的方却是：

乌贼、鲍鱼、茜根、龟板、鳖甲、血余、车前子、茺蔚子，加藕汁一杯。

递与长庚道：

"且服两剂看。"

李长庚连说：

"费心得很。"

吕寿起身告辞。长庚道：

"略备水酒一杯，少停务请赏光一叙，先面订了，再补帖过来。"

吕寿道：

"那又何必费事呢？"

李长庚道：

"不过叙谈叙谈罢了。"

吕寿去后，长庚就把方案给亲友们瞧看。众亲又都道：

"此人舍垂危的痢疾不顾，倒去远推将及两年的产后，说出未经人道的怪证，不但迂远穿凿，未免立异矜奇。"

李长庚道：

"我虽不懂医道，听吕先生的议论，且有根底，并非捕风捉影之谈。况药极平和，又非毒剂，似与久病元虚无碍。他医既皆束手，便当服此以求生。"

众人见长庚信服，便多不言语了。却说王瑞仲陪吕寿回家，恳求道：

"舍弟瑞叔患虚劳咳嗽，已有月余，恳求先生援手则个。"

欲知吕寿应允与否，且听下回分解。

第七回

李参戎出兵征凤岛
甘侠士巧计上灵峰

话说吕寿见王瑞仲代弟求治，随问：

"病状如何？"

王瑞仲道：

"咳嗽痰中见血，胸瀳短气，时时自汗，大便燥结，日轻夜重，病状是很危殆呢！"

吕寿道：

"病势果然不轻，但是医家大忌空论，我们进去诊视了再谈。"

王瑞仲大喜，陪进去。诊毕，问吕寿：

"还有法子可想吗？"

吕寿笑道：

"哪里是虚劳症？一个痰饮病，可笑此间医生都把他当作虚劳治，自然愈治愈谬了。"

随举笔立案道：

王瑞叔先生咳嗽胸灊，短气自汗，夜甚。大便燥，六脉俱弦而微紧，虽嗽甚见血，的系痰饮，而非虚劳。法宜温通阳气，和胃逐饮，忌生冷猪肉介属咸味。

云苓块（六钱）、桂枝（四钱）、焦白芍（三钱）、姜半夏（六钱）、光杏仁（五钱）、五味子（四钱）、小枳实（五钱）、广陈皮（五钱）、干姜炭（四钱）、麻黄根（去芦三钱）、炙甘草（三钱），甘澜水六大茶杯，煮成两大茶杯，渣再以六杯水煮两杯，日三夜一，分四次服。

瑞仲再三称谢。吕寿道：

"痰饮症大便燥结，乃是肺气不降之故，肺与大肠相表里，肺痹则大肠亦痹，开肺痹即所以开大肠之痹，所以此方重用杏仁。又由于津液屯聚胃中，不得不行，以致大肠干燥，故用枳实、橘皮直通幽门，俾津液下行。并且九窍不和，皆属胃病，所以重用半夏，合了橘皮和胃，病由痰饮，逐痰就是和胃。"

说着时，忽报李长庚差人前来下帖。王瑞仲道：

"李超人偏又这么多礼，其实当面约过，可以免了。"

张镖师道：

"吕先生初次到此，我陪他外面走走去。"

瑞仲道：

"镖师也不很熟悉，我也奉陪走一遭。"

说着，更换了一身衣服，随取了药方，让吕、张两人前走，在大街小巷各处游了会子。经过东门大街，即向药铺中赎了药，

217

回到家里，李长庚已差人来邀过好多回了，于是大家就去赴席。席间谈论，很是投机，吕寿乘机请长庚出兵征讨凤尾。李长庚道：

"内子的病倘蒙妙手回春，尊夫人陷身异国，长庚总也好歹救她回来，以答雅谊。"

席散回来，一宵无话。

次日，王瑞仲设筵专请吕寿，邀长庚陪客，猜拳行令，兴致极好。到将次散席时光，参将衙门忽来一个家人，请李长庚立刻回去，说：

"夫人大汗晕去，势将不支。"

长庚大惊，匆匆告辞而去。霎时，派人来请吕寿，来人带着两匹马，请吕寿乘马而行。吕寿问：

"病状如何？"

来人回：

"不很仔细，咱们老爷急得很。"

吕寿跨上马，跟着来人就走。行抵辕门，李长庚已在外面等候。吕寿下马，才待询问，早被李长庚一把拖住，扯着如飞地向内，直扯到上房方才放手，告罪道：

"放肆！放肆！对不起，对不起，先生果然是神医。内子服了尊方之后，第一剂还没甚动静。今日原方续进一剂。兄弟赴席的当儿，内子在家忽欲大便，丫头们赶忙伺候。她忽觉大便从前阴而出，大骇，急忙瞧时，乃是血里一物，头大尾小，形如鱼鳔，却生着一个口，用刀剖开，其韧非凡，血满其中，才知碎胞成形之说，真是神见。不过病人现在汗晕将脱，可有法子救救？"

218

吕寿急忙按脉，见病人两手脉微欲断，于是一面写方，一面先叫用醋炭熏起来，敛住她的正气，写的方是人参、龙骨、牡蛎、茯苓、麦冬、炙甘草、浮小麦、红枣八味。李长庚问：

"不妨碍吗？"

吕寿道：

"急煎速灌，可以保住正气。正气不散，性命定然不要紧。"

李长庚不放心，留吕寿在衙住宿，派人到王家去知照。吴夫人服下药去，果然神气顿时安爽，连服三剂，始知脐下之块已落，不过左肋下的犹存，上蹿之势也减去了大半，痢亦渐稀。吕寿复诊，改用仲景《白头翁汤》加阿胶、甘草、小麦、红枣、吞仲景、乌梅丸。李长庚道：

"左肋下那个块，请先生想一个法子，也攻去了，可以吗？"

吕寿道：

"正气未复，断乎不能再攻。刻下最要的是和肝脾之相贼，养营液而息风。"

李长庚只得耐心等候。这日，王瑞叔又请复诊。原来，瑞叔连服原方四剂之后，吐血喘满痊愈，咳嗽也愈六七。吕寿按过脉，吩咐不必易方，再服一剂就好了。

那李长庚夫人服药十余剂，头目渐清，肿消胀减。吕寿于是再投初方，合了《金匮旋覆花汤》，连进两剂，又下一物，比了从前的略小，于是肋块全消，窜痒悉罢，痢亦径止。不过心摇易汗，腿软腰酸罢了。吕寿先投独参汤，次投甘麦、大枣汤，吴夫人元气便渐渐地复回来。此时，张镖师已经出游天台、雁荡，赴云中燕之约，邀云家父子来甬，听候李长庚出兵。瑞叔病也痊愈，弟兄两人陪着吕寿。只是吕寿心心念念，只盼着出兵。

这日，李长庚特设盛筵，款待吕寿。酒至半酣，李长庚命家人捧出来。就见五个家人，每人捧着四只元宝，捧出来放在案上。李长庚起身拱手道：

"这是白银一千两，是兄弟一点子菲敬。"

吕寿道：

"承蒙厚赐，却之不恭，受之有愧。现在这么着吧，将军金诺在前，敢请即日出兵救民水火。这白银千两我即转献于贵军作为从者的犒费。"

李长庚不听。吕寿道：

"这是各人的意思，将军赐我，我已受了，此乃我的薄意，将军也不能推却呢！"

王瑞仲、王瑞叔都帮着劝说，李长庚道：

"吕先生疑我不肯出兵吗？报告出海巡哨的公文，我已办好，现在兵船正在燀洗。船身上苔黏联结，驾驶很是不灵，一候燀洗完毕，立即出发。"

吕寿连声称谢。李长庚叫把银子送到王家去，吕寿定不肯收，瑞仲、瑞叔又替他说情，长庚只得罢了。

恰好次日，张镖师、云中燕、云杰三人从天台到此，吕寿喜极，即把李长庚即日出兵的话告诉了张镖师，张镖师也十分欢喜。张镖师忽又想起一事，向吕寿道：

"老夫此番回来，号呼奔走，忙着求救，不曾返舍，松江凤池家中也不曾去给他一个信。费先生的神，代写两封信，一封送到松江，一封送到宿州，免得两处家中人盼望。"

吕寿应诺。海船出发之后，吕寿回到苏州，一一依言行事。这是后话。

却说这日是正月初七日，李长庚统率兵船出洋巡哨。张镖师、云中燕、云杰就搭乘了李长庚的坐船，扬帆出海。大小兵船共计八十三艘，按着罗针径向安南沱瀼凤尾岛进发。恰好遇着西北风，海行非常顺利，正月十二日已抵凤尾岛海口。张镖师向李长庚借一艘小号海船，偷偷地泊在岛后隐僻所在，向云中燕、云杰道：

"咱们就从此处上岸去吧！"

于是三人纵身上岸，就去找寻甘凤池。李长庚却统率兵船分向东西海口，开炮轰击。岛内凤尾、水澳两帮得报，也急忙还炮相迎，洋面上顿时烟焰如雾，炮声如雷。慢表海上战争，且提岛中群侠。

却说甘凤池自从张兴德出去之后，求见东海王，献上一计道：

"石窟中囚禁的都是中国著名剑客，此等英雄倘得说他归降本岛，便是本岛非常荣幸。别说雄视一方，没人敢来沾惹，就使要并吞安南全国，也易如反掌。"

伦贵福道：

"安南全国，西至高蛮、万象，西北及哀牢、镇宁、乐丸，南及昆仑岛，北夹两广、云南，地广民众，真是天府之国。我哪里敢有这妄想？只要本岛没人敢来沾惹就是了。石窟中的那一班能人，本王原非常爱慕，擒获的时候，用发网网住的，就怕是稍有损伤呢。现在虽然囚禁他们在石窟，衣服被褥每日好饭好肉，哪里有一点子委屈？原要把他们磨折得心醇了，慢慢地劝化他归降。现在你的主张很合我意，我今儿就把这劝降的事交给你去办。倘然劝得他们归降，定然立把你擢升作副总兵。"

张德应诺，当下奉了将令，即到灵磁峰下。守兵已经接到训令，立将藤兜放下，张德坐上，众兵动手猱动藤绳，平步上青云，霎时间已到石窟。张德跨进石窟，见地势平坦，室内倒也通明透亮，七位剑侠都聚在一块儿。那甘凤池、张兴德伪降的事早由路民瞻告知吕四娘、张福儿，所以窟中七个人口虽不言，心里都已明白，因有服侍的人在旁，路民瞻假喝：

"你这贼将，来此何干?"

张德道：

"我因仰慕众位侠名，特来拜望。再有几句肺腑之谈，要与众位谈谈。我们这里东海王真是求贤若渴，众位到此总算是天缘凑巧。这个机缘错过，是很可惜的。"

曹仁父道：

"你敢是要劝我们降吗？我也劝你打断了这个妄念吧！"

张德回头喝令伺候的军士都退出石窟去，又把服侍吕侠两名女仆也喝了出去，见石窟中并无外人一个，才放低了声音说道：

"张镖师已经回国去求救，倘然山西云家弟兄、浙江李长庚的兵船都请了来，这个凤尾岛就可以破掉了。"

路民瞻道：

"李长庚人果豪爽，但是做官的人跟咱们没甚交情，未见得一请就来。"

吕元道：

"咱们都不会游泳，大海汪洋，没有船，哪里能够出险？李长庚倒是少他不得的。"

张德道：

"不但万不能少他，就是李将军到来，总要里应外合，才能出此重围。现在你们囚在石窟，我一个人成了孤伶鬼，济得甚事？所以在伦贵福那里献了一个计，劝你们归顺本岛，你们都下来当了职事，内应起来势就大了。"

周浔道：

"此计大妙，但是我们的剑都在这山峰上，用什么法子取下来呢？"

张德道：

"那只好慢慢再想法子，现在伦贼许我劝降了你们，立把我升为副总兵。我想伪职愈高，实权愈重，彼时或能另外设法也说不定。"

路民瞻道：

"一说就降，一则失了我们的身份，二则反动贼人的疑心。今日你且下去，总要当着伺候的军士们劝说到三五日之久，我们始勉强归顺，贼人方不疑心。"

张德点头称是。欲知后事如何，且听下回分解。

第八回

凤池说降七剑侠
云杰飞身灵磁峰

话说张德自从此日而后，天天坐藤兜上灵磁峰劝说七侠归降，连着五日，说得个舌敝唇焦，七位侠客才有点子心回意转。看守的军士日日报知伦贵福，因此，伦贵福倒深信不疑。到第六日这一天，七侠方才降了。临降的时光，约定降伦氏不降安南，当宾客不当臣属。张德报知伦贵福，伦贵福点头赞叹，更不相疑，特派族兄伦贵利上灵峰与众侠解除铜链。众侠下落灵峰，回头返顾，但见高峰插天，七柄晶莹小剑贴住在峰腰中间，映着太阳，不住地放出精光来。众侠相顾目逆而笑。

看官，你道为何？原来剑侠的神剑放出收入，都仗着精气神之力，只要目光瞧得到，口气就能呼吸得到。从前身子囚禁在石窟，目不能返视山峰，口不能摄取神剑，现在跳出了虎穴龙潭，待到夜深人静，便可到此收剑，所以都暗暗欢喜。

当下张德、伦贵利陪七位侠客到东海王府。伦贵福亲自出迎，春风满面地道：

"幸蒙众位不弃，真是澳岛之福。"

路民瞻道：

"某等都是败军之将，荷蒙厚爱，愿听指挥。"

伦贵福接到府中，特设盛筵款待，待七侠以上宾之礼。当下就把张德升为副总兵，派他管理火药炮弹库事务，留七侠在府，帮同照管门户。

这东海王府占地一百多亩，府中金银库、珍宝库、绸缎库、皮货库、军械库、古玩库，各库中都贮藏得满满的。此外，洞房曲室，万户千门，初到的人走了进来，定然要迷路，并且上张绳网，下安削器，路分死活，径混西东。众侠初入王府，虽然处处留心，不过略明出入路径，至于削器总机关所在，一时哪里查探得出？

这日，到了夜深人静，七位侠客便都纵身出了东海府，径向灵磁峰行去。行抵峰下，对峰趺坐，各个凝神运气，尽力收吸，想把神剑收回来。好一会子，瞧山峰上时，那七柄神剑不过微微摇动了几摇，依然牢上牢地贴在上面，不能下来。你道为何？

原来，药性上磁石日久自能化铁，差不多就是铁之母，它的能够吸铁是子来就母，同气相求的意思。磁石的山峰这么的大，神剑的本体这么的小，母强子弱，牢牢地吸住了，不有一二千斤大力，休想摄取下来。剑侠运气之力不过三五百斤，又隔得这么远，自然不过略略动摇几摇了。众侠大失所望，只得悄悄地回到东海府，再作计较。

次日，就与张德商议。张德道：

"山峰这么的高，我们没有登峰造极的本领，谁能上去取它下来？除是猴子。但是猴子只能猱升到上面，没有这个神力也难。"

曹仁父道：

"我倒有一个法子，现在凤池管的是火药库，咱们大家动手偷运点子火药上去，把这山峰炸掉了，就有法子可想了。"

众人连称妙计。周浔道：

"这么大的石窟，要实满它一窟火药，怕不要二三万斤火药吗？"

张德道：

"火药库中现存有五万多斤的药，二三万斤倒还不要紧。"

白泰官道：

"我们这几个人，每夜偷运两三回，怕不到两三个月再也运它不完。"

吕元道：

"没法儿的事，只好下死功夫做去，好在我们都不是躁急的人。"

于是议定动手，叫吕四娘管着藤兜，专司收的事，甘凤池管着火药库，专司发的事。六位侠客往来奔走，专司搬运的事，各司其职，分头办事。每夜三鼓之后动手，到天明为止。话休絮烦，一连偷运了四十来天，看看石窟已将实满，幸喜不曾撞破。

这日，众侠会议，用整匹白布卷入火药，做成药线，插入石窟，预备晚上动手发火。真是无巧不成书，恰恰张兴德、云中燕、云杰到来，找寻张德。岛中军士认得是张兴，急忙报知张德。张德大喜，急出瞧时，见张兴同了云中燕，还有一个猴形的孩子，喜问：

"你们才到吗？快里面来讲话。"

邀入客室。云中燕叫云杰先见过了凤池，张兴就把李长庚水军已到的话从头至尾说了一遍。张德道：

"来得真巧，我们这里今夜原要动手呢！"

随把七侠投降，神剑没法收回，定计火药轰山的话也从头至尾说了个备细。张兴惊道：

"火药轰山，神剑不要炸坏吗？"

张德道：

"神剑乃本身精气所炼，虽是铁质，可以不避水火。"

张兴摇头道：

"究竟不很妥当。"

云杰道：

"灵磁峰在哪里？我去瞧瞧，通只一百多丈高的所在，猱上去取了下来就完了。"

张德惊道：

"老侄有这个本领吗？"

云中燕道：

"这点子，他还能够办。"

张德大喜。正说着时，忽闻炮声轰天，连续不已，张兴道：

"李将军发动了，我须入府报信去，你们赶速预备内应。"

张德道：

"府中的出入路径，珍宝财物，收所所在，削器的总机关，我们师父都已经侦查明白。只是不懂削器，不会破它，现在云兄来了，好极了，这一件事就请云兄偏劳了吧！"

云中燕道：

"不值什么，兄弟担任就是了。"

当下，张兴急步匆忙奔到东海王府，门官迎问：

"张守备为甚这么急遽？"

张兴道：

"劳你驾，替我回一声，说有机密大事禀报。"

此时，水澳帮也派将来府，飞报军情紧急。门官一并进回，立时传见。那水澳派来的将弁先行，抢报说：

"口外不知是哪里驶来的兵船，不问情由，对准了咱们港门不住地开炮轰击。"

伦贵福问：

"是暹罗船是中国船？"

来将回：

"不曾看明。"

伦贵福道：

"快去看明了再来回我。"

来将应声自去。张兴随即上前见礼，回道：

"这一起兵船，我已探听明白，确是中国的。中国皇帝已经知道本岛的作为，龙颜大怒，降下很严厉的谕旨，一面命广东、福建、浙江三省合出水师，征讨本岛，一面谕令暹罗国，叫他出兵帮助农耐王阮福映攻打富春。现在到的兵船才是中国水师的先锋队呢！"

伦贵福闻报大惊失色，呆了半晌，问道：

"此话可真？"

张兴道：

"千真万确的话，我在浙江地方探来的。"

原来，安南国王本系黎氏，在明朝嘉靖年间，为莫登庸所篡，国王蒙尘出走，经其臣郑栋、阮惠勤王之力，扭转乾坤，重定山河，于是郑、阮两姓建此盖世功勋，世世代代做着安南国的左右辅政。后来，右辅政郑氏乘阮氏幼孤，兼摄了左辅政，专擅国政，把阮氏出封顺化，号称广南王，郑、阮遂成了世仇。到乾隆初年，郑栋病死，其子郑干、郑宗内阋，郑干派人到广南请兵，阮氏灭掉郑宗，重专安南国政。不多几年，阮光平索性逐去黎氏，自为安南国王。进贡中国请封。偏偏黎王之甥阮福映出奔到暹罗国，暹罗王招他做驸马，助给他兵马，克复农耐，号为旧阮农耐王，兵势很强，所以伦贵福听了，大惊失色。

此时，警报已接二连三地飞报到府，说来船炮火十分厉害，势将攻进口子。伦贵福道：

"了不得，须我亲自出去迎敌。"

于是把岛上的事，叫族兄伦贵利代为管理。又命把路民瞻、曹仁父等一班上宾请来。一时请到，伦贵福道：

"强敌压境，本王不能不下海决战。诸位不识水性，不会海战，就烦在岛上帮同照料一应事情，请与伦贵利商议。本王披肝露胆地信托诸位，料诸位必不负我。"

路民瞻道：

"某等定当竭力报答。"

当下，伦贵福立发紧急动员令，把岛上水营各将尽数带领下

229

船，张帆启碇，驶出口去迎战。岛上才留得三五百人马。张兴德就邀路民瞻、曹仁父、周浔、吕元、白泰官、吕四娘、张福儿等七人同到火药库。甘凤池那里会商内应之事，一时火药库中人才济济，议论纷纷。云中燕主张先破王府，路民瞻主张先取神剑，张兴德道：

"攻打东海府不免要动刀兵，取回神剑，不过是一举手之劳，自然该舍难就易。并且众侠有了剑，便能来去自如，不论海中岛上都可以帮忙。"

吕四娘道：

"咱们来此就为飞龙岭失去的款子，现在金银库、珍宝库都已查得。既然有一艘海船泊在岛后，很该大家动手，把库中东西搬运下船去，咱们搬足了，那余下的就该叫官兵搬去。没的劳师动众，大远地请了人家来，倒白劳人家。"

张福儿道：

"灵磁峰那个石窟，咱们被它囚得够受用了，现在临走，倒不可不酬谢酬谢它。既然贮满了火药，做现成的药线，倒不如点上一个火，放它一个大大的起身炮。"

张兴德笑道：

"咱们的福儿终不脱孩子气。"

曹仁父道：

"倒不要笑他，这个害人的所在炸掉了，永为世上除一大害。"

甘凤池道：

"火药库中的火药，倘然官兵不及搬运，索性也炸掉了，省

230

得留着害人。"

众人齐称很好。于是，议定先去取回神剑，取得了神剑，就去攻打东海府，攻破了东海府，搬运珍宝金银下船，临走再把灵磁峰、火药库两处一齐点上了火。路民瞻道：

"咱们灵磁峰去吧！"

于是，七剑八侠合了云家父子、张兴德，共是十一人，飞行快步，霎时之间，已抵灵磁峰下。大家正对着山峰坐地，此时炮火轰天，海水如沸，岛上兵将都聚在高处观战。此间冷僻所在，竟然没有一人。只见小英雄云杰，径奔到峰梗之下，仰着面，不过把山峰略相一相，向上只一蹿，已蹿有三丈来高，早上了峰壁，宛如一头猕猴望上猱升，其速如箭，霎时间已猱到了石窟。见他用脚尖抵住峰壁倒爬而上，已近神剑，贴着所在。地下众人无不钦心佩服，失声叫好。偏这云杰要卖弄他的本领，且不取剑，钩住了石棱一径猱升而上，遇了凸出的所在，便把身子弯转翻腾上去，登峰造极，直到巅之上，站直了身子，回望海洋，且自逍遥观战。众人见了，又爱又急，又奈何他不得，只得耐心等他。等了好一会子，才见他倒着身躯，滴溜溜倒挂而下，渐渐溜到神剑贴住的地方，一个鹞子翻身，重又向下喊道：

"神剑下来了，你们预备！"

欲知后事如何，且听下回分解。

第九回

八侠大破凤尾岛
夷舰穷追李长庚

话说小英雄云杰站身峰壁，摄取神剑，最高一剑却是白泰官的。白泰官瞧见，急忙提气收吸。云杰这么的神力加上剑侠的吸力，那柄神剑便就电光似的一闪，收了回来。第二剑却是曹仁父的，也就照样提起收吸，收了回来。第三剑是吕四娘的，第四剑是路民瞻的，第五剑是吕元的，第六剑是周浔的，第七剑是张福儿的。话休絮烦，都一一吸取回来。云杰手足并用，倒挂而下，霎时已抵峰梗，众侠齐声道谢。此时，众侠都得了剑，宛如鱼入太湖，活泼异常。路民瞻道：

"咱们可以动手攻打东海王府了。"

张兴德道：

"现在十一个人，难道就这么乱糟糟闯进去厮杀吗？须推举出一个元帅来，大众弟兄都听从他的号令，那才整齐划一，进退都可以安稳。"

众人齐声称好。于是一致推举路民瞻做大元帅，民瞻义不容辞，只得答应了。路大元帅立刻发出将令，开言道：

"咱们这一起人，在府里是混熟了的，进去断然没人阻拦，可以软进硬出。但是动手之后，第一防他们走漏风声，飞递消息。这前后门户是最要紧，把守住不能放一个人出去，也不能放一个人进来。我想前门烦周兄把守，后门烦白兄把守。这把守门户，责任很重，不是剑客怕就不能担当。"

周浔、白泰官都称甘愿遵令。路民瞻道：

"府中满地削器，遍处机关，走路须步步留心，做事须人人留意，很是不便，很是分心。我们虽然已经查得总机关所在，但是不懂消息，没有法破掉它。云中燕兄深明消息制造方法，现在就烦他把阖府削器的机关毁掉，各人做事都能够长手放脚，没点子顾忌了。"

云中燕应诺。路民瞻又派吕四娘专搜内室，曹仁父、吕元、张兴德专搜珍宝库，张福儿、甘凤池、云杰与自己专搜金银、绸缎、皮货等库。

"进门之后，先把伦贵利并他手下各将用点穴法点定，东西搜毕之后，就借用东海王令箭，传呼本岛军士搬运至岛后，我们可以乘便装舱，那绸缎、皮货及一切贵重杂物都可以赠送李军。临走，火药库的药线，凤池去点上一个，灵磁峰的药线只好偏劳云杰兄弟。"

众人喜道：

"大元帅调度有方，我们都愿依计而行。"

路民瞻道：

"我们该分两起出发。"

当下，曹仁父、周浔、白泰官、张兴德、张福儿五人先发脚，路民瞻、吕元、吕四娘、甘凤池、云中燕、云杰继续前进。霎时之间，两队英雄都进了东海王府，周、白两人便把前门后户都守住，不放一个人出入。此时，府中人员瞧见云家父子面生得很，便都来查问。甘凤池道：

"这是我的亲戚。"

早有人报知伦贵利，伦贵利带了伦龙、伦虎、伦彪、伦豹四个步将亲自出来查问。甘凤池就借此发怒道：

"谁没有亲戚？盘三驳四，摆你的臭架子。东海王见了我，还另眼地看待，倒挨到你作威作福！"

伦贵利大跳道：

"你这厮不是要反了吗？"

甘凤池不等他说完，接口道：

"你要我反，就反给你瞧。"

说时迟，啪的一拳，就向伦贵利面门打去，那时快，伦贵利早已让过，飞起右腿还敬过来。两个人就在丹墀下一往一来地比拳。伦贵利一动手，伦龙、伦虎、伦彪、伦豹全都挥拳相助。云中燕、云杰已经技痒难熬，也都出手对打。府中各将听得伦侯与张德相打，都奔来助战。路民瞻见伦将都是偏裨，没有什么大能耐，估量去，甘凤池等已经对付得下，随叫张兴德替出了云中燕，笑道：

"俺们且干他们的去。"

此时，前门周浔、后门白泰官已把门户闭上，吕四娘已经闯入内室，把伦氏内眷禁吓住了，翻箱倒笼地搜刮珍宝。路民瞻引云中燕入到珍宝库、金银库中间的那一间，走到门口指道：

"这刃是总机关所在，破了此室，各库中的削器便都不活动，我们可以放胆搬取东西了。"

云中燕略瞧一瞧，便就推进门去，拔起倭刀，把削器消息的线索，一一割断，真是会者不难，难者不会，不过两刻多时光，全都破掉。于是路民瞻等各取神剑，把各库的铁锁除去，打开库门，见大刀、阔斧、钢叉等物横了个满地，各种兵器的柄上都连有细链条，知道就是暗藏的各种削器，既然破掉了，放胆踏进门去。正要动手搬取东西，忽闻背后一阵笑声，回头见是甘凤池、张兴德、云杰三人。甘凤池道：

"伦贵利这厮被我用点穴法点住，不会言行了。"

路民瞻问：

"只点伦贵利一个吗？"

甘凤池道：

"动手的各将都吃我点住了。"

路民瞻道：

"点的是什么穴？"

甘凤池道：

"肺俞、肾俞两穴，给他封闭了肺俞穴，省得他开口讲话，封闭了肾俞穴，省得他们挥拳逞能。"

路民瞻道：

"不点神门穴还好，点闭了神门穴是要死去不醒的。"

于是大家一齐动手，搬取珍宝财物。恰好吕四娘自内而出，提着两个大包。路民瞻问：

"内室事情结了吗?"

吕四娘道:

"结了,内宅总门已被我闭好,加上了锁,内眷是断然不能出来的了。"

说着,见众人忙着搬取东西,也就帮着动手,一时库中珍宝尽都搬到大殿上。那伦贵利与府中一班伦将都目瞪口呆地站在那里。路民瞻道:

"各库东西这么的多,搬运它也很费事。"

随命张兴德手执东海王令箭,出传岛中兵士来府搬运。张兴德持令而出,逢人就唤,遇将即传,霎时之间,把伦贵福留在岛上的三五百人马传唤了个尽。传入府中,又发出第二个将令,叫把各库中东西立刻搬运到岛后去。众人虽不免有些疑心,奉到这森严将令,又谁敢违抗不遵? 一时扛抬络绎,邪许之声不绝于道。路民瞻派周浔、白泰官在府中管理发货,曹仁父、吕元在岛后管理收货,张兴德到船中喝令水手们搬运下船装舱。甘凤池、云中燕、云杰、吕四娘在路上往来梭巡。又派张福儿飞身李长庚水军,请立刻派船驶来岛后,搬取货物。究竟人手众多,不过半日工夫,早已搬运完毕。李长庚又派了五艘海船来动手装舱,把伦贵福五六年来辛苦挣来的财宝搬运了个尽。甘凤池、云杰见装舱将次,装竣,随道:

"我们去放起身炮了。"

说毕,飞身腾步,箭一般地去了。不到一刻工夫,甘、云两人都已回来,才跨上船,正欲启碇,就听得天崩地陷似的一声怪响,震得凤尾全岛都兀兀欲动。回望山峰,只见烟焰四射,那座

236

山峰宛如折断的天柱，直倒下来。接着又是一声怪响，那是火药库火发的奇响。这里六艘兵船，便就启碇行驶。李长庚听得怪响连续轰发，知道岛后的船已经启碇，便也下令转舵回帆，顿时八十多艘兵船一齐转舵驶回。

却说东海王伦贵福督率凤尾、水澳两帮并力拒载，正战得兴致酣浓，忽听得岛上天崩地陷似的连着两个怪响，忽见敌船纷纷驶退，心下很为奇怪，下令：

"不必追赶，且回到岛上去瞧瞧。"

哪里知道，才一上岸，岛上军士就飞报灵磁峰无端发火炸折，接着又报火药库炸掉。伦贵福好生惊讶，又报张兴持着王府将令，传人把府中各库的珍宝金银都搬运到岛后，该处却泊有海船，把所有东西尽装向船去。伦贵福大惊失色，急忙奔入府中，见伦贵利与各将都站在殿中，呆若木鸡，连问数声，绝不开口。伦贵福惊道：

"被人家点了穴也！"

亏他拳棒精通，于各家架数全都知晓，当下就叠着两指，先把伦贵利点醒，然后再把伦龙、伦虎、伦彪、伦豹并府中各将一一点醒，询问情由。伦贵利道：

"张德带了两个面生的人进来，一个年纪约在四十以外，一个孩子，长得同猴子一个样子。我不过问了他一句话，这厮就跟我翻脸打起来。曹仁父等一班人都站在旁边看着。后来，张兴也加入帮打。我一个失陷，就被张德点了一指，顿时浑身酸麻，不能够动弹，接着众将都被他一个个点倒。可恨他临走又把我们加点了两点，弄得口都不能开了，以后就眼巴巴瞧他们搬出许多很重的包裹来。要嚷发不出声，要动使不出力，只好白瞧着。以后就见他假传将令，唤了许多本岛兵士，扛抬东西，扛抬了好多百担出去。"

伦贵福知道不妙，走进去瞧时，不但各库精空，连上房内室所有值钱之物都搜刮了个净，只叫得连珠的苦，跺脚道：

"我中了奸贼计也！"

急命出海追赶。他们的船小，船小风帆也小，船小行迟，今日好顺风，虽然耽搁了一会子，估量去也还追得着。当下伦贵福下了乌艚船，立命启碇。凤尾帮全军出发，满拽风帆，船行如箭，行了两个时辰，远远望去，已经瞧见中国舰队影子。

却说李长庚大军满载而归，非常得意，七剑八侠在一船中谈谈说说，更是欢喜。偏是云杰生性灵动，在船中爬这里，爬那里，没一刻安静。一时忽然猱升桅杆，直升至桅梢，躲在上头闲望。船上军士瞧见他这个样子，都替他捏着一把汗。忽见云杰在上面怪叫如雷，众人问他做什么，云杰道：

"了不得，敌军追来了！"

七剑八侠听到此言，路民瞻就仰首问道：

"敌军共来多少？追来吗？"

云杰道：

"望去乌阵阵一大队，大约八九十艘海船呢！"

众侠都登上船面，只见海天一色，水平如镜。那水平线上一缕黑影，宛如雁阵相似，愈行愈近，渐渐瞧见船身，又渐渐听得声音。此时，两军相离只有七八里远近，追军的船上就轰放起连珠大炮来。李长庚急下军令，叫本军各船也还炮相答。两军且行且战，究竟船大的便宜，偶着一二炮弹，毫不妨碍，那小船却着不得炮弹，此时，一弹飞来，正中在长庚坐船的舵楼上，全舰人员顿时失色。欲知后事如何，且听下回分解。

第十回

凤尾帮追敌受小创
两剑侠进京逢豪仆

话说李长庚坐船的舵楼中了一个炮弹，不过击碎了两块船板，伤势并不重大。那水军中缝工木匠各船都有，不论风篷船身都可以立刻修补，当下随即修补完竣。此时乌艚船愈行愈近，李长庚见敌舰船身高大，下令把兵船十艘联为一气，并力抵御。两边开炮互击，船身震荡，起如升天，降如堕地。战有一个多时辰，李军究竟船小吃亏，看看将要败下，情势很是危急。七位剑侠急忙放剑相助，但见剑光激射，直向敌船放去，才一转瞬，敌舰的篷索早割断了八九艘。索断篷横，乌艚船顿时倾侧，势将翻覆下海去。伦贵福的坐舰，篷倒船横，直翻转身，众舰忙着援救。这里水军便就扬帆飞驶，一路顺风。去的时候是西北风，来的时候恰又转了东南风，所以来去倒都是顺风。回到浙江，检点人员，只有十九人受了点子轻微伤，船只一艘也不曾失去。李长庚也非常之喜，就把所得的五艘货物，匀了个均平，分散与众将士，将士无不欢跃。这个李长庚最爱将士，俘获所得从不自私，因此将士无不爱戴。

当下七剑八侠、张兴德、云家父子共是十一个人，并不耽搁，雇了一艘商船，将兵船中货物搬运过船，立即开行。瑞仲、瑞叔殷勤挽留，路民瞻等都说改日再叙。

有话即长，无事即短。海船开至大沽登岸，改从陆路，运到飞龙岭太阳庵。不但把失去的原物要了回来，又加增了三五倍的利息。众侠议定，嗣后每月一人轮流到庵查看一切，并嘱咐妙华师小心谨守。妙华自然诺诺连声，绝无异议。众侠就此各走各路。云家父子自回山西大同府云家庄去，甘凤池、吕四娘、张兴德、张福儿都回到江南去，张家父子自回宿州，甘凤池自回松江，吕四娘自回苏州，各自欢天喜地地骨肉团圆，不必细表。

周浔、路民瞻、曹仁父要到西藏、新疆两处地方去逛逛，问吕元、白泰官可要同去走一遭，吕元道：

"我们想北京去呢，少陪你们了。"

于是周、路、曹三侠便走四川打箭炉这条路，向西藏去了。

却说吕元、白泰官各雇了一乘驴车，载着行李，按站长行。在途中遇见了不少的差官，都押解着很贵重的礼物进京，自南而北，纷纷不绝。询问途人，都说是京中和相诞辰，外省督抚、司道、将军、提镇派员送礼祝寿呢。白泰官道：

"久闻和珅贪黩无厌，瞧此情形，所传果是不虚。"

吕元道：

"我们倒要细细地瞧它一瞧。"

两侠雇驴车速进，一到京城，送礼的人愈多了。吕元、白泰官就在前门椿树胡同借了一家客店住了，问明和珅住宅所在，信步闲行，走去逛逛。一到那里，但见长垣迤逦，屋舍巍峨，宛如皇宫内苑，只不过雪白粉墙不施丹黄罢了。一条很长的长街，被他占了大半条去。一所正宅，一所东宅，一所东宅侧室，一所西宅，一所徽式宅。前面五宅相连，望进去，乌沉沉的，约有三五百间房屋。后面两所大花园，一所是钦赐的，一所是自家盖造的。园中楼台亭阁密布如棋子，奇花异卉，随处点缀。吕元道：

"今晚咱们倒不可以不进去逛逛。"

白泰官道：

"这么大的宅子，洞房曲室必然不少，一二日工夫哪里游得遍？"

一边说，一边走，早到长街尽头。转了一个弯，忽然又见一所大宅子，崇墉高宇，气概轩昂。门外停着的轿马约有十来起，出入的宾客红顶蓝顶，翎顶辉煌，都很阔绰。吕、白两侠瞧了这个势派，估量去不是红军机，总是阔尚书。走到门前站住了脚，不免向内盯了几眼。那门上大爷瞧见吕、白两人形容古怪，举动非常，便就喝问：

"你们两人做什么？走路不走，混瞧你的妈！"

吕元赔笑道：

"我们因初到京师，各处逛逛，偶然经过这里。因见房屋高大，情形热闹，站住了瞧瞧。这里老爷想来总是做大官的，请问府上姓什么？"

那门子笑道：

"原来是两个不曾开过世面的乡小子，你没有眼珠子，听总也听见过，这里是刘大爷府上。混问点子什么？"

说着时，就见一个小厮飞一般奔入府去。门上众家人见了那小厮，都站起身迎接，争着拉住让座。小厮道：

"我没工夫坐，上头叫刘全呢！"

说着，就如飞向内而去。一时里面传话：

"太爷出来，快套车。"

就见两三个小厮从左侧门房中拉出一乘很美丽的驴车来，驾上牲口，忙乱着收拾。一时传话：

"太爷出来！"

就见一个四十来岁的男子，紫糖色脸，五短身材，嘴上浓浓的一部短骚胡髭。众家人见了，都挺身垂手侍立。那人上了车，只说得一声"西府去"。车夫挥上一鞭，辘辘车声，转弯而去。吕、白二人因见情形奇异，不上不下，就跟去瞧一个明白。只见那车到了和珅家门，就向西宅驱车直入，进门去了。二人一路回寓，一路讲话。白泰官道：

"这男子是谁？那家人家做什么的？真也估他不透。"

吕元道：

"我也这么想，估他是下人。偏又这么阔，住的屋又这么的高大，往来的又都是贵客，断然不像是个下人。估他是个上人，偏又这么打扮，轻装小帽，穿着搭肩出去，马褂都不穿·件，哪里像个上人？"

白泰官道：

"且回去问问掌柜的，他们本京人，想来总知道的。"

回到寓中，恰好开饭，吕元把掌柜的拖来，拉他一同坐下喝酒，问他和珅住宅转弯的那家子，就把方才瞧见的情形说了一遍。掌柜的道：

"哎呀！那家子吗？那是北京民间第一家人家。家主姓刘，单名一个全字，势焰熏天，京城中不论文武官员、军民人等，没一个敢轻易惹他。"

吕元道：

"京城中第一人家，该是当今皇帝，难道他比了皇帝还厉害吗？如何称为第一？"

掌柜的道：

"客官原来不知，当今不论什么事，总要问到和相，和相说什么就什么。和相不论什么总要问刘太爷，刘太爷说什么就什么，那不是京中第一家吗？并且当今是普天之下第一家人家，不用说得和相是做官人家第一人家，做官的人不论是谁，哪一个比得上和相？刘太爷是北京民间第一家人家，这里头也有一个分别。"

白泰官道：

"这刘全做什么的，和珅却要事事问他？"

掌柜的道：

"了不得！这位刘太爷是和相府中总管大爷呢！"

吕元笑道：

"我当是什么，原来不过是个当奴才的家人，多不过是个豪奴势仆，什么大不了的人物？"

掌柜的惊道：

"客官，你才到京师，怎么这么不知忌讳？万一你这几句被刘太爷听了去，可就祸事到了，拔片子送到坊里，稳稳地办一个驱逐出京，连小老儿都吃不了呢！小老儿这爿穷铺子，房子是向刘太爷租的，资本也是向刘太爷借的。刘太爷一时要讨还房子讨还本钱起来，小老儿这铺子还开得成吗？"

白泰官道：

"他住着这么高大的宅子，共有几多家计呢？"

掌柜的道：

"这里一带市房都是他的，还有四座当铺、四座古玩铺。这么大的当铺，每一座总要三十多万两银子的资本，古玩铺每座总也要上万银子呢！城外还有好多个庄子，庄子地亩怕也有六百多顷。至于他家里的金银、古玩、衣饰、器皿、洋货、皮张、绸缎，更是不计其数，到底几多家计，小老儿也不很仔细，大约总也有六七百万呢！"

白泰官道：

"一个当家人的人，任他如何会弄钱，怎么会有这许多呢？"

掌柜的道：

"一言难尽。起初刘太爷也不过开设几处赌场，包几十家窑子，此外再放借放借印子钱，每月不过二三万银子的进款。后来和相的官一天高似一天，威权一天大似一日，刘太爷的钱便就愈弄愈易，愈弄愈多。"

吕元道：

"怎么弄法呢？"

掌柜的道：

"刘太爷在大栅栏开有一所钱铺子，在琉璃厂开有四所古玩铺，都是专做官场的生意。譬如有一个州县班子的人，要外省去

245

谋着谋缺，总先要走和相的路子。要走和相的路子，就不能不找刘太爷。刘太爷就热心地指示他们路，说和相爱的是什么，这几天在哪一家古玩铺子里看对一件什么古玩，价钱没有议成，今儿还叫我去议价，我因事情多不曾去得。你倘然把那件古玩弄了来，和相定然欢喜，他老人家一欢喜，我就容易替你讲话了。那人如果是有钱的，自然不论价钱贵到如何地步，总要立刻把这古玩办了来，请刘太爷代呈。如果是没钱的，少不得千求万恳，向刘太爷借钱，利息一层自然悉凭刘太爷吩咐。刘太爷放债最轻的利息，是按月四分，借他一千两银子，一年的利息就要四百八十两，刘太爷还要预扣一年利息。所以，借刘太爷的钱，借一吊还两吊还不够。刘太爷借给人家钱，不消得真个拿出钱来。他老人家只消钱铺子里出一张钱票，好在钱铺子、古玩铺都是他老人家开设的，一纸钱票又不是真要拿出一个钱来的，钱不出门，平白地赚一大注利钱。"

白泰官道：

"万一借钱的人不还他，如何呢？"

掌柜的道：

"谁敢不还呢？苏州县借了他钱，他老人家就荐两个大爷与那州县，指定一个当门房，一个当稿案，阖衙门的权都在这两人手中，官不过挂个虚名罢了。到了收漕当儿，便照数收清，汇到京中来。"

吕元道：

"刘太爷就有这六七百万的家计，他的主子和相爷有多少家业呢？"

246

掌柜的道：

"和相爷的家业，哪里还能够计算？怕他自己也有的没有数呢，至少极少总要多起刘太爷一百倍以上。小老儿曾恳求刘太爷携带到和相爷钦赐花园去一逛，不要说别的，楼台亭阁有到六十四座，四角楼、更楼有到十二座，光是更夫已经有一百二十名了。"

白泰官道：

"和珅家中你总也去过的了？"

掌柜的道：

"不曾去过，听刘太爷说来，和相府中情形比了一部书还好听呢！"

欲知后事如何，且听下回分解。

第十一回

淫妾劝饮常春酒
权相私藏火齐珠

话说吕元、白泰官在北京前门椿树胡同客店中，听掌柜的说起和珅家中情形，比了一部书还要热闹。吕元道：

"刘全告诉你吗？"

掌柜的道：

"不错，是刘太爷告知我的。和相爷宅子一共有到五所。那所正宅，房屋十三进，有到七十二间。东宅一所，也有三十八间。西宅一所，七进，也有三十三间。就是那所徽式宅子，也有到六十二间，东屋侧室也有到五十二间。此外更有杂房一百二十多间，还不在内呢。府里人服用一切，如白玉杯碗、金银碗碟、水晶酒杯、玳玳冰盘、白玉唾盂、金唾盂、金面盆等都不必说。连那炕屏、炕床都是镶金嵌八宝的，府中古玩、字画、奇珍异宝，更是不计其数。即以东珠一项而论，每颗重十两的，有到六十余颗，这么大的大东珠，皇宫大内也不很多呢。和相爷还在直隶、山东各处开有当铺七十多所，银号四十多所，古玩铺十多所，真是世上无双，人间第一。"

白泰官道：

"和珅这么贪黩，举朝文武竟没有一个参劾他的吗？"

掌柜的道：

"谁敢惹火烧身？别说和相爷，就是刘太爷，也没人敢来沾惹。前年有一个御史曹锡宝，不知轻重，参了刘太爷一本。参的是借势招摇，家资丰厚。上钦派大臣查复，亏得和相得信早，叫刘太爷把门额门神等犯疑的东西连夜动手拆卸完结，才得办了个查无实据的回奏。曹御史奉严旨诘责，得了个革职处分。从此之后，举朝的人更没敢来捋虎须了。上年，和相爷的公子丰大爷蒙皇上不世之隆恩，指配了十公主，和相与皇上就是亲家了，鲜花着锦，烈火烹油，说不尽的繁华富贵。"

吕、白两人齐声道：

"原来如此。"

一时饭毕席散。

到了二更之后，吕元、白泰官早在房中熄灭了灯火，合目凝神地趺坐。一时两缕剑光穿棂而出，闪电似的飞向刘全家来，身剑合一，剑到人亦到，何消一刻，早已飞入了刘家，降身下地，潜步悄行。行至一处，见室内灯烛辉煌，窗上人影幢幢，窗棂紧闭。望进去，不很真切，见窗扇之上有雕花的横格扇，一缕缕灯光从隙漏里透射出来。吕、白两侠蹿身直上，两足钩住了椽子，贴身檐际，倒挂着身子，面向了横格扇。从格扇的隙漏里瞧进去，只见向外居中火炕上，坐着一人，五短身材，紫糖色脸，一部又浓又黑的短髭胡子，正是豪奴刘全。两旁紫檀椅上却坐有三个宾客模样的人。上首两个，一个是胖白脸儿，三岩黑须，一个是黄胖脸儿，没有胡子，生得稀眉细眼的，下首坐着一个瘦削脸儿的，耸着两个肩头，酸态可掬，活似教书先生。只见刘全道：

"你们三位黄夜来此，有何指教？"

三个不约而同地站起身道：

"专诚来求栽培呢！"

刘全一扬手道：

"请坐，请坐！"

那胖白脸的趋步上前，直至刘全身旁，附着耳说了好一会子的话。刘全皱眉道：

"你的事情真也太多了，我这几天忙得什么似的，哪里还有工夫呢？"

胖白脸请了一个安道：

"只求太爷栽培吧！我总忘不了太爷的厚恩。"

说罢，取出一个红纸封儿，双手呈上。刘全接到手，也不拆看，只封面上略略瞧一瞧，随手撂在一边，笑道：

"那又何必呢？你是我们丰额驸爷的清客，这件事求求额驸爷，不就结了吗？放着现成的太湖不去舀，偏到我这小井里来求水。"

说着，笑向座上的两人道：

"你们听我的话，说得差了没有？"

座上的黄胖脸与酸子一齐起身，挺直了胸脯，先应了两个是，然后笑回：

"必是太爷慈悲肯救人，所以大家才奔了来。"

250

那胖白脸的接口道：

"可不是吗？我们那额驸爷性儿不大好，事情又忙，求了他，他搁下就是了，又不好去催问他。从前好多桩事情求于他，都没有结果，至今懊悔不及。"

刘全道：

"额驸爷性儿不好，果然是有的，但是你我在他门下，断不能因此将他抱怨。"

胖白脸应了两个是，随道：

"太爷的教训，自当谨记在心，我这件事只求太爷栽培吧！"

刘全道：

"你是额驸爷那边的人，瞧得起我，巴巴地跑来求我，倒弄得我不好不给你办了。只是应便应下你了，我的力量也很微弱，正经你回去求额驸爷帮衬几句，那就易了。"

胖白脸的道：

"太爷应了我事情，八九分就成了，我还求谁去呢？我只顾受太爷的呵斥，不愿再受别人的栽培。我要求太爷遇了额驸爷的不要提起我的事才好。"

一席话说得个刘全十分愿意，抿着嘴笑了一阵道：

"是了，你隔三日到我这里来听信吧！"

胖白脸的请了一个安，退下归座。黄胖脸的走到刘全身旁，鬼鬼祟祟了好一会儿。刘全道：

"人命关天的事，既在山东地方，那是该去求山东巡抚的，我又何能为力呢？"

黄胖脸的道：

251

"山东巡抚国泰，是和相爷至亲，只求太爷施恩吧！"

说着，取出一个红纸封儿递上，刘全略一瞧看，问道：

"就只六千银子吗？这么好的好官，只值得三千一命吗？阿弥陀佛，罪过得很，我也不等这钱使，叫令亲省了这钱吧！"

黄胖脸的道：

"舍亲当一个穷教官，委实清苦，张罗这点子已经是倾家孝敬了。"

说到这里，那酸子走过来不住地作揖，刘全毫不瞅睬，黄胖脸的很是没意思，只得起身告辞，带着酸子去了。胖白脸的告罪道：

"我不合引了这两个不知人事的东西进来，务望恕罪。"

刘全道：

"可笑这厮，自己不知道管教女儿，犯了因奸谋命毒死亲夫的重案，被县官问实口供，却要我给他翻案。这一件事非同小可，不但关系着原告反坐，连问官都有很重大的处分呢！"

胖白脸的应了几个是，也就告辞退出。刘全喊了一声："来呀！"随进来四个小厮，衣帽整齐，都只得十六七岁，到刘全面前，垂手侍立。刘全说了一声："回上房去。"小厮忙乱着张灯，顿时点上两对明角灯，照着向长廊入内而去。白泰官与吕元打了一个暗号，翻身上屋，宛如两只猫儿跟住下面灯光徐徐悄悄行，身轻如叶，蹈瓦无声。听得下面有妇女声音说：

"是老爷来了，六姨正派奴婢来请呢！"

又听得刘全的声气，回道：

"请什么？我正要来瞧六姨呢！"

又向小厮道：

"不用张灯了，回去吧，你去传话总管，说是我吩咐的，叫他查看一切，检点门户，小心火烛，上夜的人休放他们喝酒赌钱。"

刘全说一声，小厮应一声是，直等刘全说完了，方才退去。刘全同着丫头入内，下面转弯，上头两侠跟着灯光也转弯，一时到一处绣幕重重、衣香袭袭的所在。就听得妇女笑语的声音道：

"爷在哪儿耽搁，这会子才进房？"

刘全道：

"今晚是你的班儿第一宵，知道你候得长久了，晚饭后就要进来。偏偏汪大胖子有事找我，给他绊住了，讲了好一会子的话。又带了两个不相干的人来，一件因奸谋命毒死亲夫的重案，要我想法子，我哪有工夫应他呢？"

妇人道：

"这种事情不去理他也好，我已替爷炖好了药酒，炖得热热的，偏是不进来，我怕太热了，酒要过性，倒又提了起来。来，你们快给我把酒壶烫去。"

刘全道：

"慢来，今宵药酒不用了。"

妇人道：

"你又想偷懒了吗？我倒偏不许你不用。"

又听一个丫头道：

"记得上月那一晚，爷不肯喝酒，到明朝，六姨整整哭了一日，饭也不吃，睡在床上，爷百计温存，说是体恤六姨，被六姨

253

啐了一大口，我们直到如今，想起还好笑呢！"

刘全道：

"一哭两饿三睡倒，四剪头发五上吊，那是你们妇人家的看家本领，不足为奇的。"

六姨嗔着道：

"怪丫头，不快去炖酒，要你多嘴，你懂得什么？"

刘全道：

"你休小觑她，她已是十六岁的人了，也早懂透的了。"

六姨道：

"一个做主子的人，这么不长进，这种话也是你做主子的讲的吗？"

丫头自去炖酒，刘全与六姨坐下讲话。听得六姨道：

"和相府中的火齐珠，爷几时给我设法偷出来，让我瞧瞧，开开世面？"

刘全道：

"哪里能够呢？和相因这火齐珠是子母珠，爱得性命相似，每天总要取出来玩一会子。"

六姨道：

"听说是无价之宝，究竟如何？"

刘全道：

"怎么不是呢？别的珠子，凭你如何光明，一与火齐珠相遇，顿时黯淡无色，可见此珠宝光的厉害了。"

刘姨道：

"听说大珠、小珠共是十九颗，留着大珠，把小珠送给了人家，恁你装箱加锁，藏得坚固，那大珠自有吸力，会把小珠吸回来。可有这件事？"

刘全道：

"怎么不是？所以叫作子母珠。相爷说过，大珠是母，小珠是子，子母同气，子来就母。"

六姨道：

"这珠子是哪里来的，却有这种奇异处？"

刘全道：

"听说出在蜈蚣里，那千年以外的老蜈蚣，身子长到三尺开外，腾空飞走，瞬息千里，才有此珠。头顶里的大珠就是母珠，身子每节中的小珠就是子珠。此种大蜈蚣，黑夜飞行，其光宛如流星。"

六姨道：

"既是如此，咱们也去叫人捕一条来，剖取它的珠子。"

刘全道：

"真是孩子话，不必说此种大蜈蚣，原属稀世之宝、不常有的东西。就使有了，它那腾空飞走，瞬息千里，人也断乎不能捕捉。并且身有奇毒，也断乎不能够近它呢！"

说着，丫头已搬上酒肴来，六姨就起身斟酒劝饮。刘全道：

"常春酒药性厉害，只喝一杯吧！"

六姨道：

"我偏要你喝两杯。"

刘全道：

"喝了两杯，明儿软绵绵的，不能办事了，府里叫起来怎样？留明宵也好喝的，好在你的班共有五天呢！"

屋上两侠见豪奴这么淫纵，都不禁愤火中烧。吕元悄声道：

"我去唬他一唬！"

翻身下屋，伏在窗外向内一张时，只见刘全向着外，妇人向着内，两口子对面儿坐着。那妇人斟了一杯满满的药酒，双手送过去，刘全接来，正欲喝时，忽然窗外一道白光，电一般地射入，只听得豁啷一声，房内两个人唬跳了一双。欲知是何缘故，且听下回分解。

第十二回

施奇术夜盗火齐
巧乔装昼游御苑

却说刘全接了一杯常春酒，正欲喝时，一道剑光自窗外飞来，豁啷一声，杯子粉碎，刘全唬得直跳起来，大呼：

"有鬼！"

六姨听说有鬼，也唬得春意全消。吕元笑向白泰官道：

"咱们过和珅家中去吧！"

剑侠行路，空来空去，迅捷不异飞仙，才一转瞬，已抵和珅府第。但见檄声震耳，灯光耀眼，巡查的人穿梭般往来，都穿着步军号衣，明火执仗，森严异常。

原来，和珅此时兼管着步军统领衙门事务，家中常调有番役千余人当差。两侠倚剑飞行，全不在意，霎时收剑下落，恰在多宝阁屋面之上。这座多宝阁通体用楠木盖造成功，仿照大内宁寿宫制度，精致异常。望下去灯烛辉煌，明如白昼，却静悄悄的，鸦雀无声，吕、白二侠都不免有些疑心。白泰官揭开屋瓦，向下瞧时，见两壁都悬有大着衣镜，一个银盆脸的老者，打扮得异常华贵，正在那里临镜徘徊，对影谈笑呢！只见他头戴猩红纬大帽，上冠着血红宝石顶子，拖着三眼孔雀翎，碧绿的翡翠翎管。身穿四开气绣蟒箭衣，外罩杏黄团龙马褂，脚蹬青缎粉底靴子，颈间却套着一串正珠和朝珠。一手捏着那朝珠，对着镜子，正颠头布脑地自得其乐，瞧瞧朝珠，又瞧瞧自己的影儿，不住地自言自语。只可惜语言声息甚低，讲点子什么，再也听不出。

看官，后来和珅抄家，抄出了这串正珠、朝珠，嘉庆帝深为骇异，说正珠、朝珠是乘舆服用珍物，岂臣下所应收藏？经定亲王审问，和珅家人审了，和珅日间不敢戴用，往往于灯下无人私自悬挂。嘉庆帝断定他竟有谋为不轨之意，因已经赐令自尽，幸逃显戮，姑免磔尸，只把和珅之子额驸丰绅殷德革去了伯爵。作书的因此事与七剑八侠无关，一言表过。

却说白泰官在屋上瞧见了那老者如醉如痴的态度，忙招吕元同瞧。吕元一瞧，几乎要笑出来，连忙忍住了，附耳道：

"此佬就是和珅。"

白泰官低言道：

"你认得他的吗?"

吕元道：

"瞧那个打扮，不是和珅是谁?"

白泰官道：

"怎么不见此佬玩火齐珠?"

吕元道：

"也许你我来得不巧，或是太早，或是迟了，且候一会子再讲。"

258

两侠伏瓦偷瞧，只见和珅徐徐把正珠、朝珠脱下，放入一小圆匣中，才高喊一声："来人！"随见进来四个整齐小厮，伺候他更换衣服，一时换毕，张灯归房去了。吕元道：

"咱们也回寓歇息吧！"

于是仍把屋瓦盖好，飞行回寓。

次日，仍旧飞入和珅府第，在隔段室中，招着一大叠奏折副本。原来，和珅当国之后，凡各省将军督抚有奏折到京，须先录副本送给和珅阅看，和珅说可以入奏，才得入奏，和珅说尚有不合，立即掷还副本，重行改拟。当下吕、白两侠搜着副本，瞧了两本，都是不相干的。瞧到浙江巡抚阮元一本，奏的是安南夷匪凤尾、水澳两帮联舟入犯浙洋，经副将李长庚统率水师迎头痛剿，某日在衢港开仗，轰沉夷船二艘，生擒贼目十三名，杀毙贼匪及投海死者不计其数，匪遂退去。李长庚忠勇性成，为水营中不可多得之人才。此次征剿夷匪，奋不顾身，迭获大胜，合无仰恳天恩，与以不次迁擢。李长庚请免补副将，即以总兵擢用。查浙江定海镇总兵某年老多病，屡次乞休，请即准其乞休，即以李长庚补授定海镇总兵，以固海疆而寒匪胆等语。吕元道：

"伦贵福来报仇了，李超人竟然连胜三仗，真有能耐！"

白泰官道：

"这个祸都是咱们惹来的，万一李军有了不利，倒又未便袖手呢！"

这夜又扑了个空。

直到第三夜，吕、白两侠径造上房，才见和珅聚集了一妻八妾，围在一起，正玩弄那火齐子母珠呢。只见那只百灵圆桌上放着一个很大的广漆圆盘，一圈的人把圆桌围得铁桶一般，水泄不通。十个人二十只眼珠子，向着盘中都目不转睛地注视。只见盘中一颗大珠，有到核桃般大小，那十八颗小珠也有龙眼大小。那珠子发射出来的宝光都是红色，大珠滚到哪里，小珠一窝蜂地跟到哪里，滚来滚去，宛如磁石引针，琥珀拾芥，真是好玩儿，真是奇观。白泰官在屋上悄向吕元道：

"怪不得叫作火齐珠，发出来的珠光竟然红赤如火，不过比了火，却另有一种光明色彩。"

吕元道：

"果然是无价奇珍，咱们就此动手吧！"

白泰官点头称好。却说和珅正与妻妾们围桌玩珠滚来滚去，和珅道：

"母珠宛然是我，子珠宛然是你们，你们大家都离不了我。"

众人才要回答，忽觉寒凛凛、冷森森一道白光自天而降，众人只觉得眼前一眩，忽然间满屋里灯烛全都熄掉，冷风呼呼，吹得大家都不能开眼。一时风静声寂，和珅叫人取亮来，等到了取到亮儿，旁的东西都不短，只漆盘中十九颗子母火齐珠一颗都不存了。和珅大惊失色，大嚷："有了怪！有了怪！"和珅的夫人和八个姨娘忙叫点齐了亮，向地下四下里照看，哪里还有个影迹？忙乱了好一会子，和珅抱怨妻妾不该围着瞧看，妻妾转抱怨和珅：

"都是你自己要我们瞧，我们原也不很高兴呢！"

这子母火齐珠经吕元、白泰官盗了去，所以后来和珅抄家，珍宝账上就没有火齐珠一款。此系后话。

却说吕、白二侠摄取火齐珠到手，立刻飞行回寓，闭上了房门，熄灯灭烛，取出火齐珠时，珠光照耀，阖室通明，玩了一会子，果见大小联续，依附成一块。吕元喜道：

　　"太阳举行赛宝大会时，咱们两人可居第一个位子了。"

　　随即收拾完毕，各自安睡。次日，白泰官发起要城外去逛圆明园。吕元道：

　　"北京圆明园是天下园亭中之魁首，所有各省名园，各地胜境，依摹仿造，玲珑剔透，巧夺天工，差不多把各地的景致都占全了。我也企慕已久，怎奈宫禁森严，不得入内游览。每到了那里，只在园墙外徘徊瞻眺，瞧着十八座园门，聊以自娱而已。你也跟我一样，如何倒能进园去逛呢？"

　　白泰官笑道：

　　"你愿意逛时，就跟我去走走，包你不会闹出乱子来。"

　　吕元道：

　　"晚上去吗？"

　　白泰官道：

　　"逛园子晚上怪没趣味的，自然该日间去。"

　　吕元很是疑惑，随道：

　　"愿去，愿去。"

　　当下两人吃过了早点，并不雇车，随步出门，走了一程，才雇了两头牲口，跨着出城，径向圆明园进发。无多时刻，早已行到，只见一带粉墙，圆圆地围着，宛如一座城子。墙上用雕砖砌就的游龙，夭矫蜿蜒，渺无际极。两人下了牲口，给了钱，把牲口打发了去。白泰官道：

"吕兄你在这里站一会子,我去找一个人。"

吕元应诺,候了好一会子,才见白泰官同了一个太监模样的人走来,向吕元一指道:

"我这朋友,要园子中去逛逛,就请想个法子吧!"

那人就与吕元招呼,笑道:

"巧得很,天地一家春,有两名侍卫要告一日假,领侍卫内大臣偏不准。这两位侍卫央我想法,我还没有应他呢。二位来了,很好,我担着个不是,就顶替他们当一日差吧!"

白泰官道:

"全仗,全仗。"

那人去后,吕元就问:

"此人是谁?你几时认得他?"

白泰官道:

"此人姓冯,名杏楼,在圆明园当着太监。冯太监的老子娘,从前受了难,我救过他,所以认得。"

一时,冯太监取了两身公服、两块腰牌出来,吕、白两侠顿时乔扮起来。乔扮定当,跟着冯太监进园,才到园门,抬头见门额上雕有"明春"两个字。吕元就问:

"门上怎么雕有字样?"

冯太监道:

"本园共有十八个门,门门有名儿的,门额上雕的字就是本门的名儿。这里是明春门,上首两座是东楼门,铁门下首两座上蕊珠宫门。随墙门那一边是大宫门,大宫门之左是左门,大宫之右是右门。再过去就是东西夹门、东西如意门。再过去是福园

262

门、西南门、水闸门、藻园门。这一边是北楼。"

说着时，已进了明春门，只见翠嶂挡路，花木萧疏，树角林梢隐露出楼台亭阁。冯太监道：

"咱们前面去走走吧！"

吕、白两侠跟随冯太监，傍花随柳，行到一个所在，龙楼凤阁，气象巍峨。吕元问是何处，冯太监道：

"外面这五间就是大宫门的朝房，靠东的一排房屋是宗人府、内阁、吏部、礼部、兵部、都察院、理藩院、翰林院、詹事府、国子监、銮仪院、东四旗各衙门。从直房东夹道进去，就是银库。东北角那一所是南书房，东南角那一所是档案房。靠西的一带房屋是户部、刑部、工部、钦天监、内务府、光禄寺、通政司、大理寺、鸿胪寺、太常寺、御书处、上驷院、武备院、西四旗各衙门。从直房西夹道进去，西南角那一所是造办处，再南就药房了。"

随讲随行，又过了一座宫门，白泰官道：

"这不是出入贤良门吗？"

冯太监道：

"是的，这名儿还是当今万岁御笔亲题的呢！"

见左右两边都植有青松翠柏，直房前面横有石桥一座，冯太监道：

"渡过了桥，靠东这五楹是朝房，西南的是茶膳房，再四是译书房，东南的是清茶房，是军机处。"

说着时，已经行过了石桥，只见一所极巍峨、极富丽的宫殿，金辉兽面，彩焕螭头，庭植不老之松，陛绕长春之草。冯太监道：

"这就是正大光明殿。"

吕、白两侠留心瞧时，见正殿共是七楹，东西配殿各五楹。
冯太监道：

"正大光明殿后面是寿山，东面是洞明堂，再里头就是勤政亲贤殿了。亲贤殿东面是飞云轩、静鉴阁，北面是怀清芬、秀木、佳荫。"

举步进殿，逐一游览。冯太监向后指道：

"从秀木、佳荫进去，就是生秋庭阁，东面那一所是芳碧丛。"

吕元道：

"这园子真是大不过。"

冯太监才待指引，忽闻后面陡发大声，吃了一惊。欲知所为何事，且听下回分解。

第十三回

冯内监逐一指示
两剑客随处留心

话说冯太监听得陡发异声，吃了一惊，忙忙赶进去瞧看，一时笑着出来道：

"我当是什么？原来几位侍卫老爷们在前湖中放生，一尾大鲤鱼放下水去，一划拉泼了一身的水，逗得众人都哗笑起来。"

随道：

"从这里进去，还有保清殿、太和殿、富春楼许多去处。富春楼之东是竹林清响，正大光明殿后面一个湖名叫前湖。前湖之北一座殿，就是圆明殿，圆明殿之后是奉天无私殿。再后是九州清晏殿。东边是天地一家春，西边是乐安和，再西是清晖阁。清晖阁之前是露香斋，左面是茹古堂，是松雪楼，右面是涵德书屋。富春楼之北是御兰芬楼，后面是纪恩堂，再后面就是镂月开云纪恩堂。之后有一个池，池西北一座方楼，就是天然图书楼，北面是朗吟阁。再过去是竹莁楼，东面是五福堂，五福堂之后是竹深荷净，东南那一所是静知春事佳。渡河而东是苏堤春晓。从

265

五福堂渡河而北，山阜旋绕，里面是碧桐书院，前宇是正殿，后面是照殿。西面岩石上是云岑亭画院，再西是慈云普护。慈云普护的前殿，恰恰临着后湖，名叫欢喜佛场。北面有楼三楹，上奉观音大士，下奉关帝、菩萨。东面偏殿是龙王殿，祀奉龙王。圆明园照福殿慈云普护之西临湖有楼三楹，就名上下天光，左右各有方亭六座。后面是平安院。从西折向南面，渡过桥，是杏花村馆。西北角上是春雨轩，轩的西面是杏花村，村南是涧壑余清。春雨轩后面、东面是镜水斋。镜水斋之西北室名叫抑斋，再西是翠微堂了。"

此时，一边讲，一边走，已经抄过了不少的楼台亭阁。当下已游到杏花村之西，渡过了碧兰桥。冯太监道：

"这三楹名叫坦坦荡荡，前为索心堂，后为光风霁月堂，东北是知鱼亭。再东北是萃景斋，西北是双住斋。坦坦荡荡之南，五楹向南的房屋，名叫茹古涵。茹古涵之后面就是韶景轩，轩东是茂育斋，轩西是竹香斋，轩北是长春仙馆。再过去是绿荫轩，西廊后面是丽景轩。长春仙馆之西是含碧堂，堂后是林虚桂静，左面是古香斋，东面那个阁也叫抑斋。抑斋过去叫墨池云，后面是随安室。"

白泰官道：

"咱们就从这里迤西行去吧！"

冯太监道：

"这里是在长春仙馆的西南，迤西行去是藻园。藻园内五楹是旷然堂。堂后是贮清书屋，堂东池上一所是夕佳书屋，北面是镜澜榭，东南是凝眺楼、怀新馆，西北是湛碧轩、万方安和。"

说着时，已经行抵万方安和，只见这万方安和建在池子里，形如"卐"字，向东，驾有石桥。渡桥穿过石洞，一个很广阔的池。冯太监道：

　　"这就是武林春色池。池上宫院北轩名叫壶中日月长，东面是天然佳妙，南面那一所题名叫作洞天日月多佳景。武林春色之西是全壁堂、东南亭、小隐栖迟。堂从后面山口进去，是清秀亭，西是清会亭，北是桃花坞。桃花坞之西是清水濯缨室，再稍北是桃源深处坞，东是缙春轩，东北是品诗堂。万方安和之西南是山高水长楼。此楼共有九楹，后拥连冈，前带河流，地势很是平衍，就可惜是西向的。"

　　说着，早抄过了山高水长楼，折北度桥，行进山口，便见一所梵刹。冯太监道：

　　"这就是月地云居殿。东是法源楼，再东是静室，西是刘猛将军庙。月地云居之后，从山径走入是鸿慈永祐，再进去是安祐宫。前面是琉璃坊，坊的左右各立石华表一座，东、南、西三处，复有石坊三座。渡过月河桥，是政孚殿，南向的是安祐门。门前石桥二座，左右井亭各一。走过五楹朝房，就是安祐宫。此宫正殿共是九楹，左右配殿各五楹，正殿中敬供着康熙爷、雍正爷、御容，配殿之外又有碑亭、燎亭各一座。鸿慈永祐殿后垣，西北角是紫碧山房。紫碧山房的前宇名叫横云堂，东面岩洞中是石帆室，东南是丰乐轩，北面是霭华楼，迤东是景晖楼。西池上是澄素楼，西北是引溪亭。东垣外径连冈三重，渡桥而东，就是汇芳书院。院内的房屋也都有名儿，内宇叫抒藻轩，后面叫涵远斋，斋前西垣里是翠照楼，东垣里是倬云楼。再东是眉月轩，楼南稍东是随安室。再东敞宇三楹，是问津处。过了西桥，有石坊一座，上题'断桥残雪'。那汇芳书院之南是日天琳宇。这是西面前楼下之正宇，内分中前楼、中后楼，上下各七楹；西前楼、西后楼，上下各七楹，前后楼间的穿堂各三楹。中间楼之南有天桥一座，与楼相属。天桥东南是灯亭，重檐八方，很是华丽。西前楼南是东转角楼，再西稍南是西转角楼。中前楼东垣内有八方亭，过去是楞严坛，楞严坛过去另一所东别院，名叫瑞应宫。宫内前是仁应殿，中是和感殿，后是晏安殿。日天琳宇迤东稍南，稻田弥望，河水周环中有田字式的殿，凡四门，东北两面都有楼，北楼正宇是澹泊宁静，东是曙光楼。东殿门外是翠扶楼，西殿门外别垣内宇是多稼轩，共是七楹。东临稻畦的是观稼轩，后面是怡情悦目稻香亭。再东稍北是溪山不尽，兰溪隐玉。多稼轩西池的南面是水精域，西偏是静香屋、招鹤澄池。后面东北是寸碧，西北是引胜，正北是互妙楼。从澹泊宁静渡河桥而西是那映水兰香，东南是钓鱼矶，北面是印月池，再北是知耕织濯鳞沼，西南是贵织山堂祀奉蚕神的。那映水兰香东北是水木明瑟，再北稍西是文渊阁，上下各六楹。阁西是柳浪闻莺。西北环池带河为濂溪乐处，后面是云香清胜，东为芰荷深处。折而东北是香雪廊，廊东是云霞舒卷楼，临泉亭南面是花神庙。庙中正殿名叫蕃育群芳，东北是香远益清楼。楼西是乐天和，是味真书屋。再西是池水共星月同明。庙东沿山渡过普济桥，经濂溪乐处，迤北对河那一带是多稼如云，艾荷香湛绿室。东北的是鱼跃鸢飞，四面为门，各五楹，东为畅观轩，西南是铺翠环楼。楼南是传妙室。再南便是山口，走出山口，是多子亭，亭东一带都是禾畴。南北

268

两岸仿着农居村市，名叫北远山村。北岸石垣之西是兰野，后面是绘雨精舍，西南是水村图。再西有楼，前后相属，前是皆春阁，后是稻凉楼，再西是涉趣楼。右面是湛虚书屋。由东北渡桥折而西是湛虚翠轩，再西是耕云堂，是石帆阁。西南临河是西峰秀色河。西是小匡庐，东是舍韵斋。再东是一堂和气，再东南是自得轩。后垣之东是岚镜舫，西面是花港观鱼。迤东两个船坞一个叫西船坞，北岸是四宜书屋。这四宜书屋就是安润园正宇。东南是菔经馆，再东南是采芳洲，后面是飞睇亭。东北是绿帷舫，西南是无边风月之阁。再过去是涵秋堂。北面是烟月清真楼，楼西南是远秀山房，楼北渡过曲桥是染霞楼。四宜书屋之东，临池楼宇是方壶胜境。南面建有两座石坊，北面是哕鸾殿、琼花楼。殿东是蕊珠宫，宫之南就是船坞，西北是三潭印月。渡过桥就是天宇空明。后面是澄景堂，东面是清旷楼，西面是华昭楼。从此西行，到澡身浴德。"

随讲随行，已临一个大湖，楼台倒影，沿湖不少宫院。白泰官道：

"此湖是什么名儿？"

冯太监道：

"是叫福海。这里澡身浴德是在福海的西南隅。澡身浴德之南是含清晖，北是涵妙识。折而西向是静香馆。再西是解愠书屋。西南是旷然阁。北渡河桥是望瀛洲。望瀛洲之北是深柳读书堂。过去是溪月松风平湖秋月。再过去是流水音，此处已在福海西隅了。从东北出山口，临河是花屿兰皋。折而东南渡桥，两峰插云，风景很好。再东南是山水乐，山水乐之北是君子轩，是藏

269

密楼。"

吕元道：

"湖中也有好多宫院呢！"

冯太监道：

"福海中央的殿宇，前是蓬莱瑶台，东是畅襟楼，西是神州三岛，东偏为随安室，西偏是日月平安报好音。东南渡桥是东岛。岛上有亭，题字瀛海仙山。西北渡桥是北岛。岛上有接秀山房。福海东隅正宇后是琴趣轩。北面方楼题名寻云，东南是澄练楼，楼后是怡然书屋，稍东佛室是安隐幢，南面是揽翠亭。接秀山房之南，有一所依山临河的院子，名叫别有洞天。西是纳翠楼，西南是水木清华之阁。稍北是时赏斋。西是夹镜鸣琴，南是聚远楼，东是广育宫。宫前建有石坊，后面是凝祥殿，南面是南屏晚钟。再东渡桥是西山入画。过去就是山容水态。西面是湖山在望，佳山水洞里，长春雷峰夕照的正宇题名涵虚朗鉴，在福海东面。惠如春在其西北，寻云榭在其东北。正北是贻兰亭为会心不远，正南是临众芳。临众芳之南，一所宫院，名叫云锦墅，墅中遍植牡丹。再过去是菊秀松蕤、万景大全，廓然大公。平湖秋月之西是双鹤斋。再西是环秀山房，西北是规月楼。过去是临湖楼，东北上一所宫院名叫绮吟堂。绮吟堂的北面，一条曲径名叫采芝径。穿过岩洞是峭茜居，西是披云径，径西是启秀亭。过去是韵石淙、芰荷深处。北垣门外是天真可佳楼，西垣外是影山楼、水木明瑟，东南是坐石临流。再过去是曲院风荷、碧桐书院。院西佛楼名叫落伽胜境，境南有桥跨池，东西竖有坊褉二座，西为金鳌，东为玉蛛。金鳌西南的屋宇名叫四围佳丽，玉蛛

270

东亭名叫饮练长虹。再东渡桥折而北，设有城关一座，名叫宁和镇。镇东是东楼门，镇北是同乐园，前后楼各有五楹。前是清音阁，东是永日堂。中有南北长街，街西是抱朴草堂，街北渡过双桥是卫城，竖有坊禊三座。城南是多宝阁，内是山门。正殿题额寿国寿民。后面是仁慈殿，再后面是普福宫。城北是最胜阁、洞天深处、如意馆。再南就是垂天贶。中天景物，斯文在兹，后天不老，都是众皇子肄业的所在。全园胜景，差不多都在这里了。"

白泰官道：

"果然是名园胜景，今古无双。但是我有一件事情不懂，要问你。"

冯太监忙问：

"何事？"

欲知白泰官说出什么来，且听下回分解。

第十四回

毕镇台战死沙场
张镖师寿终正寝

话说白泰官道：

"逛了这一日，宫女人等影儿都没有见过，这是何故？"

冯太监道：

"俺们游的都是院外的殿阁，那深宫内院，侍卫们原是不能进去的。再那宫眷们原是随驾往来的，现在万岁爷恰好在大内，园中的人自然格外少了。"

吕元道：

"天色已晚，俺们也可以回去了。"

于是脱下侍卫衣服，与冯杏楼作别而出。进城已经不及，就村庄人家借了一宿。白泰官道：

"圆明园造得真好。"

吕元道：

"那是竭天下之力，经康、雍、乾三朝之久，都是才士的心思、名匠的手迹，自然不好自好了。"

次日回京，两侠都非常得意，算清了店账，襆被出京。在路上商议径投宿州，去瞧张兴德父子。一路无话。

这日，到了宿州，才踏进张姓家门，就见张福儿备齐了行装，正欲出门呢，形色仓皇，看他很是要紧的样子，不及寒温，就问到哪里去，福儿道：

"家父病得十分沉重，我要请郎中去呢！"

吕、白二人齐问：

"尊大人有点子贵恙，是什么病呢？"

张福儿道：

"此病说来都为的是我，我真是天下第一个不孝子。就为我与吕师姊被海贼囚禁之后，家父起初得信，就着了个急，这是受病的根源。后来奔走求救，往返数千里，又在海上冒风着雾，究竟是有年纪的人了，哪里禁受得起？海上回来，一径没有好过。终日懒懒的，任是什么东西，到口总叫没味，胃口一日一日减下来。起初还起起睡睡，请郎中来诊治，服了几剂药，索性睡着不起来了。我瞧着不好，到吴江去请徐灵胎，偏偏徐先生去世了。现在想到苏州去请吕先生。"

吕元道：

"忙不在一时，我们远道来此，且进去瞧瞧令尊，苏州之行，或是我们陪你去走遭也好。"

张福儿应诺，陪吕、白两人到张兴德房中，问了几句话。张兴德言：

"闷死了，胸口压着块千斤重石似的。"

两位剑客都是不懂病情的，只得宽慰了几句，退出来摇头道：

"病势果然不很好，明日准陪你苏州去。"

次日，三人同行，白泰官就把京中的事情一路走一路讲，告知了福儿。福儿一心在他老子的病上，不过敷衍着罢了。行到苏州，找到吕家，忽见门上钉着门麻，贴着斗方白纸，写着"首七"两个字。三人齐吃一惊，询问邻人，才知是吕太太去世了。吕、白、张三人卸装入内，吕寿穿着孝服出来接见。三人道明来意，吕寿道：

"岳母新丧，在服制中，百日内概不出诊，简直不能遵命。"

张福儿听了，爽然如有所失。吕元道：

"先生在制中，我们也不敢相强，只是我们与女侠曾有结义之雅，今日既然在此，礼应灵前一拜。"

吕寿再三辞让，三人执意不从。吕寿进去之后，吕元向福儿道：

"见得着四娘，你们是师姊弟，求求她，她一答应就得了。"

一句话把福儿提醒。当下叩吊完毕之后，张福儿便求见吕四娘。四娘因热孝在身，不肯出堂见客。福儿道：

"师姊是我的同胞姊姊一般，既然不便出来，我就内堂见礼吧！"

吕寿先进去回过，然后陪了福儿入内。福儿见了四娘，又申前请。四娘道：

"吾家连遭颠沛，老仆年福死得不曾断七，我妈忽又跌终，丢下我去了。你姊夫心绪麻乱，如何能够治病？"

张福儿再三哀恳，吕四娘没法，只得允下，福儿大喜。次日，正要动身，外面送来一纸讣文，接来一瞧，却是老英雄陈四没了。

下面刊着幕设松江西门外高家弄底甘宅。吕元、白泰官都道：

"我们可不陪送你们宿州去了。"

张福儿道：

"就此到松江去吗？也好。我们老人家倘然好点子，我也须到松江一拜。二位到了那里，先给我代为致意，更替我代办上一副吊礼，写上我们老人家的名字。"

吕、白二人应诺。于是白泰官、吕元取道往松江而去。

这里张福儿陪着吕寿一路殷勤管待。这日行抵家门，福儿赶忙替吕寿卸装，不意才跨进门，就听得内室哭声大起。福儿大惊，慌了手脚，也不及招呼吕寿，急忙忙入内，走到老人家房中，见娘坐在旁边，老子张兴德好好地睡在床上，才放了心。随至床前，先叫了一声爹，然后问：

"这几天好点子吗？"

兴德摇摇头道：

"我是不会好的了，何必大远地请郎中来？"

他娘问：

"郎中请到了吗？"

张福儿回：

"请到了。"

说着，才出来应酬吕寿，告罪道：

"方才因闻哭心慌，不及接待。"

吕寿道：

"你我通家，此种小节，原是不拘的好。"

随问：

"尊大人没什么吗?"

福儿道:

"没什么。"

一面喝令家人们妥面汤泡茶,一面却闻得内室还在那里哭,心下疑惑,随向吕寿道:

"请自宽坐,兄弟还有一点子俗务。"

吕寿道:

"说过不必拘礼,有事尽管请便。"

张福儿听得哭声从自己房中出来,急步回房,果见妻子毕氏在那里号啕痛哭,惊问做什么,毕氏道:

"我父亲没了。"

福儿惊道:

"哪里来的话?"

毕氏道:

"陕西三才峡地方饥民作乱,我父亲奉令出剿,在鳌屋县山中遇了伏,就此战死,还是上月的事。现在盘柩回籍,才打发人来送信的。我因公公病重,未及禀知,来人现在外面玩去了。"

张福儿回想到教艺招亲的恩谊,不禁也滴下英雄泪来,随道:

"论理,你我很该亲去叩拜,老人家病得这么厉害,如何能够分身?这便怎么处?"

毕氏道:

"公公病着,你自然不能离身,我却无论如何总要回去的。"

福儿道:

"这么长途，放你一个走，我也很不放心。"

毕氏道：

"我究不比那些孱弱娇怯的寻常女子，也会几路拳脚，何况我娘原派两个人来接呢，倒请尽管放心。你才回来吗？请的郎中怎样了？"

张福儿道：

"才到呢，听得了哭声，急得我什么相似，先去瞧了瞧爹，没什么，才放了心，就急忙来瞧你了。郎中现在书房里，此回险乎请不到。"

随把吕寿遭丧不应诊的话说了一遍。于是出来陪吕寿喝过了茶，就请入房诊脉。一时诊毕，福儿陪到书房，把从前服过的药方，检齐给予吕寿。吕寿逐一瞧阅，笑道：

"可见尊翁的病是被众位耽误了。起初不过是个湿温症，芳香逐秽，淡渗化湿就得了。偏偏此间的道兄，死执雅之所凑其气必虚之说，大进参芪，把湿邪牢牢补住，病势自然有增无减。医见参芪不效，改投熟地、附子。熟地阴柔助湿，附子刚猛助熟，湿热漫无出路，盘踞骨腑，充斥三焦，气机为其阻塞而不流行，津液为之凝滞而成痰饮。人禽杂处，苗莠向畴，邪正已混为一家，上工将望而却步，乃医者见其肢冷自汗，不知病由壅闭而然，反以参芪、地附加重频投。在医家原无恶意，欲以培正。奈邪气方张，得补反而树帜，粮饷适以济盗。现在面色宛如熏黄，头汗自出，呼吸粗促，似不接续，口渴甜腻，不欲饮食。苟一合眼，即气升欲喘，烦躁不能自持，胸中懊忱，莫可言状，溏泄已及旬余，腹满曾无稍减，脉象右歇左促，左关现雀啄之形，两尺

277

皆虚软之象。是根本业已动摇，药石何能为力？"

福儿道：

"恨不早遇高明，耽误到这个地步，现在唯求大力旋乾转坤。"

说着，哀恳不已。吕寿道：

"你我通家至好，苟可设法，无不竭力。病到这个样子，别说是我，就是我们师父在，怕也没有法子了。"

张福儿听说是被群医所误，发恨道：

"我今晚出去，把这一起庸医斩尽杀绝，一个个丧我剑锋之下，省得他们存留在世上害人。"

吕寿道：

"这又何必？他们又不是安心要杀人，不过不学无术，耽误人家性命罢了。并且世上不明医理的医生千千万万，你一柄剑也杀不了这许多。我看必是尊翁命该如此，所以才把这起庸医请了来，你不去请他，他也未必自己跑上门来呢！"

张福儿道：

"原来我自己不好，但是我请的都是宿州几位时行先生，平日应诊极忙，怎么时行先生偏又这么的不济事？"

吕寿道：

"这个你不会知道的了。医业与他业不同，他业生意好的，货物必然高妙。医生应酬忙的，本领未必见得高明的。因为医生有从事内功的，有从事外功的。从事内功的，专心研究人身的经络脏腑、气血营卫，病情的寒热虚实，表里经腑，极深研几上下古今，更无余暇工夫来从事外功。从事外功的呢，专心致志地讲应酬，鉴毛辨色，揣摩心理，见人发货，面面俱到，圆融周到，无人不悦。一个人通只一个心，一个心绝不能有两用，从事了外功，自然没有余暇再去研读古书，分心病状。从事了内功，也不能再去讲求应酬世故。病家延医，自然是欢喜应酬圆融的。那么从事外功的，便就着着俱前。业医的人瞧见外功的人得利，又谁愿意做这枯寂的内功？于是群趋于外功一途，而医道遂不可问矣！"

张福儿道：

"这个我哪里知道？"

当下吕寿不肯立方，福儿也不敢相强，留了一宵，吕寿辞着要走，张福儿就派两名伴当送他回苏州。

因为镖师病势危急，毕氏也不敢回去。一天重似一天，延至出月初头，果然逝世去了。福儿哀痛迫切，哭得个死去活来。双刀张交游遍四海，发了讣文出去，真是吊客如云，五湖四海英雄，十道九州豪杰，无不齐到。到了五七这一日，吕元、白泰官、甘凤池、吕四娘都到了，一时路民瞻、周浔、曹仁父新从西藏回来，也赶了来。众侠团聚，十分有兴。吕、白两人先把在京盗得火齐珠、遨游御花园的事告诉了大众，众人听了，自是艳羡。吕元道：

"你们三位远游蒙藏，必然大广见闻，也讲给我们听听。"

欲知路民瞻等如何回答，且听下回分解。

第十五回

三剑客结伴游三藏
八大侠同心组八卦

话说路民瞻道：

"不过风土人情与中原大不相同，别的也没什么可异。我们到的地方叫陀罗海，气候寒冷不过。那地方一到七月，天就下雪，直到次年五月，有东南风吹了来才住。那山顶上的积雪，就是六月里也不融掉。蒙古人都筑土为屋，屋内冰糊数寸，毡被暖炕，人都宿在那里。早上起身，屋中满地都是霜。出门几步，就凌封髭须，耳鼻都窸窣有声。手指冻僵，必须时时呵着才好。偏是这么寒冷的地方，偏是出产丰富，牛羊成群，价钱真是低廉，不过一斤茶叶换羊一头，十斤茶叶换牛一头。又有一种兽，名叫堪达尔汗，形状很有似乎鹿，比了鹿却大起一倍有奇，生得前脚高，后脚低，毛粗而长，做裘是极暖的。其角扁而厚，又可以做玦，又可以试水毒，凡水中有毒，把角浸入，顷刻变为绿色。其唇方大而厚，膏多而味美，八珍中的猩唇就是此物。又有一种白貂，名叫扫雪，蒙古人都把它做成帽儿御寒。该处的人很是朴实，待客最是殷勤，我们到了那边，撞到那里，就有人留饭留宿。喝的是酪，唉的是肉，宿的是毡。临走酬他们东西都不肯要，他们吃喝点子，算不得什么。说蒙古风俗都是如此，不比中原，出门就要带盘缠的。"

甘凤池道：

"这是蒙古的情形吗？"

路民瞻道：

"是的。"

吕元道：

"听说西藏是佛地，到底如何？"

周浔道：

"西藏虽不是佛地，却不可不称为奇境。该处万峰插天，高的地方冰凌固结，低的地方燠湿异常，十里之间，裘葛顿异。不过布达拉一区，四山环卫如城，旷坦数百里，既无严寒，又无酷暑，为藏中最好的好地方。藏地最多雪岭，终年冰凌不解，凹进之处，深辄数仞，人畜偶然失足，顷刻杳无踪迹。那山顶上积雪如城，不时随风飘洒，甚于天降。行人到此，无不舍骑而步，以手代足，爬着走路。我们经过此种地方，寒冱噤人，飞走皆绝。并且路上满眼都是白骨，尽是踣堕的人畜化成的。土人说，不过夏秋之际尚可行走。但至夏季，雪涣冰融，势如江翻海倒，纵水横潦，遍地是河。中原入西藏共有三条路，云南中甸那一条最险，岩峻重阻，我们没有走得。我们去是走四川打箭炉，回来是走陕西青海。从打箭炉到小巴冲，气候宛如芒种以前，到巴塘才觉暄暖。经过折多山时，该处产生大黄，药气熏蒸，使人气喘。

281

直到了巴塘，地有汤泉，产生硫黄，绿野平畴，很是温暖，不曾到西藏，气候寒暖已与内地不同了。前藏、中藏、后藏三藏地方的人，一大半是喇嘛僧，达赖喇嘛，藏人都称他作佛爷，差不多就是三藏皇帝。其余各大喇嘛差不多就是官员。那布达拉山，两峰高矗，都有百丈开外。一峰是达喇所居，一峰是高行喇嘛静修之所。那达赖所居之屋，因山势迤逦，叠甃而成楼房十三层，约有四十丈之高。上面有金殿三座，金塔五座，僧舍一万余间，金玉银铜的佛像无万无千，历代宝器充牣耀目，都是唐代创建的呢。山的东面五里许，有大昭寺、小昭寺，都是唐公主所建造。大昭寺高楼四层，殿宇阑干，都是铜的，镏金灿烂。此外，还有四座大寺，每寺中有喇嘛四五千，梵呗彻山谷，庄严穷七宝，为西方极胜之区。"

众侠听了，都极羡慕。

路民瞻道：

"该处的人，没一个不崇佛教，喇嘛僧的势最为厉害。我因游览藏地，就有了个感触。我们的太阳宗，自从主师圆寂而后，虽然不曾衰败，却也没有兴盛。长此下去，老成一天一地凋谢，宗徒一年一年地减少，弄到将来，怕不烟消火灭了吗？趁今儿大家都在一处，商议商议，想一个法子出来，总要把咱们的太阳宗也像西藏佛教一般地兴盛才好。"

甘凤池道：

"师父，你老人家说的这句话，大致总先有了一个谱，就请你说出来，大家斟酌斟酌好吗？"

众人都说：

"凤池说得极是，路兄可不必谦虚。"

路民瞻道：

"我看最好先立一个教，认定了宗旨，劝人入教，大收教徒，我们八个人分头办事，收入的教徒，历练得资格老了，也可以转去劝人，转去收徒。如此辗转相授，教务才可扩充起来。"

众人听了，异口同声，都说：

"妙极！准定如此办理。"

周浔道：

"这个教名，我倒想得了。咱们八个人恰合八卦之数，就叫八卦教吧！内分乾、坎、艮、震、巽、离、坤、兑八部，每部各有一主，主持本部的教务。八个人每人各认一卦，分头去干办。"

曹仁父道：

"教名很好，我看准定叫八卦教，不必再更改了。八个人每人各认一卦，分头去办事也很好。只是各人各自干各的，散抛抛的，总要有个统辖才好。"

众人都说：

"所见很是周到，散着总不是事。"

曹仁父道：

"咱们的教原为的恢复山河起的，震为东方之卦，帝出乎震，七卦自该统辖于震卦，听从震卦的提调指挥，你们看是如何？"

众侠都称通极。于是八侠同心，就组织起八卦教来。各人就此推认路民瞻为震卦教主，统辖八卦，主持教务。民瞻要推让，众人都道：

"大破凤尾岛也全亏你主持调遣，现在总教主非你不可。"

民瞻推辞不得，只得应下。又推周浔为乾卦教主，曹仁父为坎卦教主，吕元为艮卦教主，白泰官为巽卦教主，甘凤池为离卦教主，吕四娘为坤卦教主，张孝子为兑卦教主，众人各个应下。总教主震卦教主路民瞻发言道：

"传教与传剑不同，不论工商士庶、军民吏役，只消欢喜，吾道就可收他入教。"

众人应诺，各自分头到各省去传教，约定下月二十四日在龙飞岭太阳庵会齐，报告教务进行事宜。

从此之后，七剑八侠便都乔扮作医卜星相、江湖杂技之流，到城乡各处秘密传授，收徒入教。传出真诀要言，叫教徒日夕拜诵，并扬言能预知过去未来的事，审祸福，明吉凶。入教的人都要捐纳种福钱，多少各随人愿，事成之后得偿十倍。凡捐钱百文，将来可以得地一顷。于是各地人民，遂争先入教，教务很是发达。

到了十四这日，八卦教各教主都到了太阳庵。路民瞻询问教务，曹仁父第一个报告说：

"坎卦中新入教的教徒，有董伯旺、宋景耀、郭朝俊、刘呈祥、陈懋林、宋理辉、林清、陈文魁、牛亮臣等。"

甘凤池也报告收得张景文、冯克善等为离卦教徒。周浔报称收得张廷举等为教徒，吕四娘报称收得邱王等为教徒，白泰官报称收得程百岳等为教徒，吕元报称收得郭泗等为艮卦教徒，张福儿报称收得刘国明、侯国龙等为兑卦教徒。路民瞻也报告大众收得李文成等为震卦教徒。报告已毕，甘凤池道：

"我收得的冯克善，是河南滑县人氏，猛鸷多力，弓马娴熟，

284

枪法精通，倒是一员上将。"

曹仁父道：

"我收得的林清、牛亮臣也都是非常人物。牛亮臣才具开展，心思静细，我看可胜军师之任。林清呢，器宇宏深，可当一路元帅。"

路民瞻道：

"我新收各教徒，只有李文成机警善变辩，可以算得个人物，将来或者还能够干点子事业。"

看官，自从八卦教成立，而后飞龙岭太阳庵中七剑八侠没一个月不聚会，聚会的时候，无非报告教务如何发达，入教的人如何众多罢了，绝无新奇事迹可记。

这日，又届会期，甘凤池在家中打点行李，预备出门。正忙乱得不得开交，忽然外面闯进一人，口问：

"凤池在家吗？"

甘凤池回头见是王瑞伯的兄弟王瑞仲，喜道：

"仲兄几时到此？久不见了。"

王瑞仲道：

"才到呢，我此番专诚到府，特有一事奉恳。"

甘凤池请他坐下，亲自泡出茶来，一面叫陈美娘赴忙做菜，随问仲兄说：

"有事下商，到底是什么事情？"

王瑞仲道：

"李长庚已升了定海镇总兵，凤池兄总也知道。"

凤池道：

"约略闻得一二，一直贱忙，不曾到浙称贺。"

王瑞仲道：

"贺倒是不消的，彼此神交，超人也绝不计及此种小节。倒是他近来一桩极难的事，为了这一件事，弄得他茶饭无心，坐卧不宁，所以特央兄弟到府恳求，还要凤池兄去转邀路民瞻兄、周浔兄，并曹、吕、白、张四位英兄，及那位女侠出来相助。这件事非众位出来相助，怕不能渡此难关。"

甘凤池道：

"什么事情，竟然如此为难？"

王瑞仲道：

"就为凤尾帮夷匪伦贵福、水澳帮夷匪莫扶观时常驾艇肆扰，李超人督舰出战，屡有斩获，得以保升今职。抚台阮公十分地倚重，特地筹集银子十万两，交与超人，叫打造战船，以备出海剿捕。超人委派干员到福建定造霆船三十艘。正在那里昼夜监造，凤尾、水澳两帮的夷艇又大来肆扰。制台玉德是个旗人，不懂海上情形的，却偏偏是个制台，说超人领了十万巨款，纵贼肆扰，逍遥坐视。公文雪片似的来趱他出战，开口闭口总说他是逗挠军务。现在索性限超人一个月里要把伦贵福、莫扶观等几个著名夷匪悉数擒获。李超人怒得研舷发誓，拼着性命要去决战擒贼。阮抚台因为将才难得，怕他轻生虎口，又力诫他持重。所以超人现在倒做个极难的难人，要不战势既不可，要必胜力又未能。制台这么地逼迫，抚台这么地爱才，所以跟我商量，叫我来奉请凤兄与诸位。再者这一起夷匪驾艇抢掠，本来内洋各口是不很来的，自从诸兄大破凤尾岛之后，扰动了他的巢穴，那才借口报复，年年岁岁肆扰不休了。"

甘凤池道：

"李镇台，我们从前受过他的大恩，受人之恩义无不报。现在他有危难，用得着我们，我们好推脱不去吗？何况你仲兄大远地来了，我知道你居常是不很出门的。就没有从前的事，你仲兄来吩咐了，我们也得去呢。今日大家叙叙，明日我也不来屈留你了。就请你回报李公，我们八个人，十天里准到定海，听候他的号令。"

王瑞仲大喜。欲知后事如何，且听下回分解。

第十六回

凤尾岛乌龙出现
三澎洋两寇相争

话说甘凤池听了王瑞仲的话，说李长庚处境艰难，慨允往救。瑞仲大喜，住了一宵，就告辞回浙江去了。甘凤池也就取道往飞龙岭太阳庵，邀请众侠同往定海。作书的趁他路上耽搁的时候，就腾出笔来，追叙凤尾岛伦贵福的事了。

却说伦贵福，自从那日在东海王府点醒了伦贵利，并伦龙、伦虎、伦彪、伦豹一班众将之后，知道中了奸计，急忙督舰出追，追着开战，才待得手，敌船上放出异光，篷索尽都自断，桅倒船横，险些全军倾覆，急急整理援救，始得平安无事，回帆收港，上得岸来。岛上守兵飞报火药库与灵磁峰两处火发，炸为齑粉，峰石横飞，打死了十多个人。伦贵福要紧入府，没暇去察看，回到家里，妻妾们围住了哭诉被劫情形，言：

"吕四娘先把内宅门闭上，上了锁，然后挨房搜查，逼我们取出珍宝来。我们告诉她珍宝都在库里，她回说：'你们寻常服用佩戴的，我倒也不嫌不好呢！'我们又不会武艺，只好眼睁睁瞧她搜刮。她搜刮饱了，打成两个大包，提了去，却仍把内宅门反锁了。"

伦贵福听了，只是叹气，一声儿不言语。又出来瞧视各库，金银、珠宝、古玩、绸缎、军械都搜了个空，只剩着几所空屋子，所有消息削器各种机关，也尽都破坏掉。做了一世的海盗，都替人家白忙，心头十分愤恨，却又是自己招他们来的，不能怨着旁人。又去瞧火药库时，炸成一片瓦砾，哪里还有库的影儿？再到灵磁峰下，见不但上半截峰身全都炸去，连那余剩的下半截也倾在半边，差不多是连根浮动的一般。望到峰根之下，浓云如絮，一缕缕自下而上，升向天空而去。伦贵福见了，很是奇异。

看官，你道为何？原来，这凤尾岛灵磁峰下有一个龙穴，穴内却蛰伏着一条乌龙。龙的性儿最喜的是美玉珠子与燕子，最恶的是铁与蜈蚣，所以渡海的人最忌食燕子肉，祈雨起来必须用燕子，镇压水患必须用铁。这并不是作书的信口开河，有《本草纲目》斑斑可考。

那龙的形状，生得最为奇怪。它的头宛如驼头，角宛如鹿角，眼宛如鬼眼，耳宛如牛耳，项宛如蛇项，腹宛如蜃腹，鳞宛如鲤鱼鳞，爪宛如鹰爪，掌宛如虎掌，口旁有须髯，喉下有逆鳞，头上有博山，背上有八十一鳞，恰符九九阳数。其声如戛铜盘，得着尺水就能呵气成云，腾空变幻，真是最神灵最厉害的怪物。

且住，龙既然这么厉害，这么神灵，为甚蛰伏在灵磁峰下，万载千年不曾破空飞去呢？我已经交代过，龙性最怕的是铁。灵磁峰全是磁石，磁石系铁之母，性能吸铁，便与铁同气，就与铁

289

有差不多的效力。有这么万钧的磁石镇压着，哪里还能够飞腾呢？现在也是大数注定，乌龙应当出世。云杰出起主意来把高插云霄的灵磁峰炸去了大半截，镇压力轻了，穴中的蛰龙顿时有起破壁凌霄的志愿来，一有破壁凌霄的志愿，在穴中就不大安静起来，呵气成云，浓白如絮，一缕缕升上天去。伦贵福见了，奇诧不已。

不意过不到三日，忽然山崩地陷似的一声奇响，灵磁峰下，清泉上涌，宛如鲸鱼喷水。霎时间，雷电交加，大雨倾盆，就见一条乌龙飞腾而出，夭矫蜿蜒，向海洋中游而去。再到峰梗下瞧时，却成了一个小小龙潭。此龙一出世，可就是七剑八侠的大难星。这是后话。

当下，伦贵福向部下道：

"我自有生以来，不曾受过这么大亏，李长庚真是我大仇人，我誓与他不共戴天。我取飞龙岭的钱，干他甚事？七剑八侠是太阳庵的护法，来找我，我不怪他，姓李的是中国官长，我丝毫没有碍及他，他倒大动兵戈，前来犯我，把我一世搜刮来的精华尽行劫去。此仇不报，我哪里还是丈夫？"

部下各将听了，也都愤愤。伦贵福下令把大小战舰燖洗，修理的修理，整顿一新，配齐炮械，装好篷索，凤尾、水澳联帮出海，大小战舰七十余艘，满扯风帆，径向浙江进发，突浪冲波，飞一般驶将去。旌旗戈戟密布如林，各船虽然行驶如飞，却衔头接尾，队伍层次并无丝毫错乱。行不百里，天色已夜，伦贵福因急于报仇，不令收帆下碇。海船上点起灯火，映着满海星斗，翻腾上下，宛如万千金蛇，在海中战斗一般，寒气森森，杀机隐隐，逼得众人不堪注视。此时，各帆饱兜着海风，船行如箭，冲开锦浪，劈破绿波，激得船头浪花喷墨相似。

海程虽然辽远，经不起昼夜趱赶，不多几日，早到了福建三澎洋面。忽然遇见一队大帮海船，都是舵罟大舰，张着风帆，折径而行。每一船上总有八九道风篷，乘风破浪，望去宛如几座岛屿在那里徐徐推动。伦贵福取西洋望远镜在手，细细瞧时，见船上架着不少的洋装铜炮，旌旗飘动，都写着"镇海王蔡"字样，知道是海盗蔡牵的舰队。此时，两舰队各乘着风，折径而行。

看官，海洋中行船，全凭着风力，桨橹篙子都没有用处，不管顺逆风，只有张着帆看风，看把舵折径而行。譬如向东进发，偏遇着东风，那么只有折南折北走着，折径渐渐地向东。好在海阔天空，恁你转折曲行，总不会有碰撞的事。当下凤尾、水澳的乌艚船，蔡牵的舵罟船，一来一往，各走着曲折，径愈行愈近，相离只有三五里光景。伦贵福见蔡牵通只三十多舰，偏又是洋装铜炮，耀眼争光，不禁艳羡起来，动了个火并的念头。好在自己人多势盛，又占着上风，估量去总有八九分的胜利，于是下令开炮。这一声令下，顿时百炮齐鸣，千弹并发，那炮子雨点似的飞将去。蔡牵船上也还炮相答，洋装铜炮，真是厉害。此时两军各把大炮连环轰放，宛如千雷万霆，一时迸发，声震海洋，响彻云霄，弹似流星，光同闪电，炮子堕在海中，把水激得溅起有一丈多高，海中浪涌如山。战船趁着风浪，上下涌起时宛如顶天，堕落时宛如堕地。战了大半天，因为船体震撼升降，打中的弹子彼此只有一二十枚。到得天色傍晚，海上忽然起了浓雾，彼此只好停战。

次日，雾解云消，蔡牵舰队早已不知何时退去，静荡荡的不见片帆只舰。伦贵福伙并没有并成，倒费去了不少的弹药，于是满扯风篷，径向浙江驶来。驶抵衢港，已与李长庚水军相遇。只见李军都是小号海船，每艘船只上通只驾着三五道风篷。伦贵福见他船小，便就不放在心上。哪里知道，李军的船身虽小，却是进退便捷，来去自如。乌艚船不曾驶近，李长庚已下令死命拒敌。此时，清风习习，吹动征帆，李军连樯并帆，严阵而前。但见势若鲸鲵，疾如鹰隼。李军中先开炮火，伦贵福差人遍告部下，都各装弹实炮，把舵进行，军令一下，立刻遵行，倘有违误即按军法。部下得着此令，一个个摩拳擦掌，准备厮杀。这时光，风来似箭，船去如梭，两军相离愈逼愈近。伦贵福下令开火，炮声如雷，烟焰蔽日。不意炮弹横飞的当儿，李军中忽然驶出十多只舢板小船，飞桨鼓棹，穿浪如梭，舢板小船中满载着火药包，并力前驶，驶抵敌舰，立刻掷药纵火。偏偏乌艚船巍峨如山，船身坚固，火药包哪里掷得上？尽都反击在海中。李长庚见小船不济事，亲驾大舰，直冲敌阵。敌阵中弹烟如雨，长庚掌着舵，冒弹径进。驶近敌舰，众水兵都执着竹篙钩镰枪等物，发一喊声，一齐动手，便把敌舰的船舷钩住，火药包掷放过船去，敌舰中顿时火起，烟焰障天，海角上烧成通红一片。李军大呼而前，把乌艚船拦住去路，万口同声，都喊：

"休放走了敌人一舰！"

一来是伦贵福船多势大，二来是占着上风，所以恁李长庚如何忠勇，只不过毁掉两艘乌艚船，仍被夷艇随浪闯出，李军拦住的去路，毫不济事。长庚见伦贵福逃出，督舰亲追，追到普陀洋面，又相会了，重又开战，又胜了一阵，结末在潭头洋，又是李军大胜。凤尾帮把李军守备许松年的船围住攻打，许松年叫众合力持着铁锚，拼命地札敌船，一时哪里札得开？正在危急，一队海船冲杀而入，扯着李字旗号。许松年大喜，乘势杀出，见主将李长庚亲自援救，于是合队收港。浙江巡抚阮元立刻飞奏北京，并保李长庚为定海镇总兵。旨意下来，准如所请，并赏与孔雀翎，另有一道旨意给予浙抚，言李长庚奋勇杰出，为海贼所畏惧，宜用于要地，弗令往返奔波。且洋面风涛亦宜稍持重。阮抚台把旨意给李长庚瞧阅，长庚自是感激，不在话下。

却说伦贵福三遭挫折，回到凤尾，深自悔恨，此番出兵，很不该轻惹蔡牵，无端启衅。一来白消耗有用的弹药，二来结下海上一个新怨，于是特派水澳大将林亚孙到蔡牵那里去议和。言明上回三澎洋的事，实系误会所致。一面派舰出海掳掠，一面广购磺硝弹药，预备出海报仇。

过了一个多月，各事筹备都齐，林亚孙也已回来，报称蔡牵已经谅解，允许不来报复。伦贵福大喜，立派莫扶观、陈天福统了水澳帮先出发，伦贵利、林亚孙为第二队。伦贵福亲统伦龙、伦虎、伦彪、伦豹为后应。二队乌艚船都向浙江洋面驶去。于是温州、台州、宁波各地都被骚扰。巡抚阮元因奉过李长庚宜用于紧地的谕旨，不肯叫他往返奔波，特地筹银十余万两，交于李长庚，叫他打造大号霆船，为出海剿捕一劳永逸之计。偏偏制台玉德说李长庚漠视海盗，逗留不出，催战公文雪片似的来，激得个李长庚斫舷怒誓，立刻要出海拼命。阮抚台得知此信，急忙派官来营安慰，谆谆告诫，叫万不可轻举妄动。李长庚处此两难地位，陡然想起七剑八侠本领非凡，前次曾经飞剑断索，大创海盗，现在何不请来助我一臂之力？遂亲到宁波，重托了王瑞仲，王瑞仲慨然允行。这便是王瑞仲求救的缘由。欲知后事如何，且听下回分解。

第十七回

李镇台大剿凤尾盗
八大侠新嗜舟山梅

却说甘凤池行抵太阳庵，见路民瞻、曹仁父、周浔、吕元、白泰官、吕四娘、张福儿都已到齐，随道：

"我因被王瑞仲绊住了，来得迟了一步。"

周浔道：

"我们正在商议正事，你来了很好，就听听你的意思，可是怎样？"

甘凤池问是什么事，周浔道：

"我说我们的八卦教，此刻劝人入教，捐钱一百文的，将来事成之后，可以得地一顷。到了将来，哪里来这许多闲田地分给人家？咱们从来没有失过信，说出的话倒又未便白赖掉。这件事倒总要预先筹划好，免得将来没法处置。再者，咱们举事，一是为光复旧物，二是为拯救人民，没的倒攘夺人家产业，分给教徒。"

甘凤池听了，倒也一愣，停了半晌，道：

"真是第一件难事，倒想不出个好法儿呢！"

吕元、白泰官齐声道：

"我们两人已想出一个救急的办法，把清朝贪官污吏的家产查抄了来，先行分散。不够的，再慢慢想法子。这班贪官污吏，他的钱哪里来的？都是我们百姓的膏血呢！"

甘凤池道：

"好！果然是好，只怕没这许多贪官污吏呢！"

白泰官道：

"讲到贪官污吏的产业，可很是不少。就我们查得的，已经很有可观了。首相和珅的家产已有八万万多两银子，地亩已有八千余顷。他的家人刘全，也有七百多万银子的产业，六百多顷的地亩。此外，各省督抚大员中，如国泰、王亶望、陈辉祖、福崧、伍拉纳、浦霖也都有到数百万银子的产业。那清宫大内与圆明园所藏的珍宝，更是不可计数。还有各王、贝勒府、各公主府，内而珍宝，外而庄田，散开来也总有了。倘再不够，满洲、蒙古、西藏、新疆旷地很不少，内地十八省人多，也不妨移点子出去。边地上人烟稠密之后，边疆坚固，也省得四夷生心。你看，这法子好不好？"

甘凤池连称很好，随道：

"贪官污吏的产业，经吕、白二位入京之后才查得的。蒙古、西藏地广人稀，经我师父与曹、周二位亲身阅历，方才知道。可见我们举动，并无闲着。看是不要紧的闲文，其实皆有用处。"

吕元道：

"其实事皆前定，于我们八个人是不相干的。"

白泰官插问：

"王瑞仲找你有何事？"

甘凤池道：

"这件事关系很大，我已经应下他了。"

随把李长庚求救的事，从头至尾说了一遍。路民瞻道：

"你既然应允了人家，救兵如救火，咱们就动身吧！"

七人齐声称妙。于是七剑八侠次日清晨就动身，取道望浙江进发，由直隶到山东，改乘海船，一帆风顺，掠波如飞。到得定海，恰值五月初头。

李长庚接见之下，如获异宝。路民瞻问起征剿情形，李长庚道：

"贼船高大，樯帆坚固，凭风行驶，咱们船小，就很吃亏，开仗厮杀，更不必说。贼船宛如铁山，冲撞过去，不但不能损伤它一丝一毫，咱们的船不是伤了弦，就是坏了舵。要用镰钩枪钩它的篷索，偏又是刀斧厉害，轻易钩它不上。至于炮火一层，倒是差不多的。"

路民瞻道：

"光是樯帆坚固呢，总有法子可想。"

李长庚道：

"这个全仗诸位剑力。"

当下长庚设筵接风，席间谈笑风生，十分畅快。

次日，就打出公文申报督抚两院，禀明出师日期。李长庚点齐海船六十四艘，分作左、右、中三队，命部将王得禄统了左队，邱良功统了右队，每队各二十艘。长庚亲统二十四艘做中军。左、右、中三队满张风帆，连樯出发。那七剑八侠就与长庚同船，驶抵龙王堂松门山下，就与大队夷艇相会了。李长庚高坐舵楼，大有志吞貔虎、手刃蛟龙的气概。只见左队王得禄二十舰，右队邱良功二十舰，张着两翼，包抄而入，渐渐逼紧将去。只见乌艚船也渐渐移动，却分作前、后、中三队，望去却有百余号之多。李军的阵是横线，贼军的阵是纵线，两阵愈逼愈紧，就开炮飞弹，激战起来。李长庚阵中军冒弹经进，逼近之后，炮火就不很得力。夷军船多，横冲而出，军中舰队立被冲为三段，五船围一船，船与船相骈，篷与篷相结。贼船船身高过兵船，几及一倍，水军将士仰着接战，很不得劲。李长庚手执长枪，飞跃而上，贼船上顿时大哗起来。总兵伦贵利执刀迎敌，长庚就与伦贵利在贼船上大战起来。这里众将弁见李长庚跃上了贼船，大喊一声，钩上了铙钩，齐都猱升而上。贼船将士刀斧齐斫，一时哪里斫得退？李长庚战得性起，大喝一声，伦贵利吃了一惊，手中一个暇怠，肩膀上早着了一枪，啊呀一声，跌倒船板之上。此时，李营将弁早已猱升了三五个上来，见长庚挑倒了伦贵利，急忙抢步而前，把伦贵利掀住，捆缚了个结实，齐声大呼："擒住贼将一名！"提着回船去了。伦贵福见说大将伦贵利被擒，怒气冲霄，跺脚道：

"今日不擒住李长庚，誓不罢手！"

吩咐各舰都把大铁锚札掷，敌船拼命冲撞出去。经这么的一来，铁山般的乌艚船一艘艘冲撞而出。李军船小不免大吃其亏，没有半刻工夫，早被撞沉了两三艘，开出火炮都打在海中，就有一二弹打中，也都着去船舷上，没有丝毫妨碍。将次撞着，看看只有一二丈相离，危险异常，船中将士都十分着急。路民瞻向众侠道：

"我们可以出手了。"

众侠应声很好。即见众侠口吐白光，七道青白剑光电一般激射出去，在贼船的篷索上绕得几绕，飒拉飒拉一阵奇响，贼船的篷索一齐断掉，索断篷横，铁山似的乌艚船，一艘艘都横转身来，随浪升降，势将倾覆。船上贼众七手八脚，忙乱着整理篷索，哪有工夫来顾及御敌呢？这里李长庚身先士卒，飞身上了贼船。众将士跟着蜂拥而上，齐声呐喊，逢人即斫，遇物即搬。乌艚船上的大炮硝磺搬取了个尽。李长庚喝令掷药纵火，将士一齐动手，就有三五十艘乌艚船都着了火，黑烟直冒，红焰横飞。霎时火光烛天，海面上烧得火焰山一般。贼众喧哗奔避，焦头烂额，投水落海的不计其数。有的放下舢板小船，飞棹奔出的，都被官军获住，那没有着火的贼船也被官军围住攻打，打得断弦折舵，绝索毁樯，不知伤者几多号数。

这一役大战，凤尾、水澳两帮几乎全军覆没，只剩得一二艘，随浪闯出，漂出外海，得以逃脱。那泅水登岸及附着败舟浮木的，都被李军俘获。李长庚大胜收兵，共擒住安南伪侯、伪总兵伦贵利等四员，将士三百多名，阵斩一千五百多名。获着乌艚船二十四艘，舢板小船三十七只，炮械篷布不计其数。只贼首伦贵福、莫扶观等都逃了去。

当下李长庚打着得胜鼓收军回定海，一路顺风，好不快活。但见水天一色，海平如镜，舟捷如梭，帆重舟轻，掠波而过。遥望风帆上下，尽是出海渔舟，李长庚喜道：

"离岸不远了。到得定海，当与诸君洗盏痛饮。定海有的是白杨梅，其色如玉，甘美鲜洁，别饶风味，诸君远处内地，谅都不曾尝过。"

众侠问镇台如何知道离岸不远，李长庚指道：

"诸君试看这海面上上下的风帆，那都是本岛的渔船。此种渔船出海，是不远的。"

霎时就见沙屿礁石密布如星，远眺舟山，青翠欲滴，城关隐隐。

定海已经到了，船上吹动海螺，各舰衔尾进港。岛上守军，早已放炮相迎。各舰下了碇，李长庚请路民瞻等到镇台衙门，再三称谢，一面打叠公文到督抚两院去报捷，一面把擒获的伦贵利等问明口供，发交定海厅同知严行监禁，一面杀牛宰马，大犒出征将士。自己却在镇台衙门特备了三席上等燕菜，都是山珍海错。一席是专请女侠吕四娘，叫妻子吴夫人竭诚相陪。吴夫人为上年的病，亏了吕寿治好，席间再四称谢。外面两席，一席是路民瞻、周浔、曹仁父、白泰官四位上客，李长庚亲自相陪。一席是吕元、张福儿、甘凤池三位上客，部将邱良功、王得禄在下相陪。人逢喜事精神爽，打了胜仗，虽然忙乱了这几多天，精神毫不疲倦，谈谈说说，很是快活。酒至半酣，家人献上一大盘新摘下的白杨梅来。李长庚笑向众侠道：

"这白杨梅是本岛的特产，他处没有的。可惜时间太早，还未全熟呢。但是论到风味，已与他处的杨梅不同了。"

众人瞧时，见满满一盘白杨梅，形如荔枝，色如美玉，白腻晶莹，白中略泛出一点淡红色，浑如小玉球相似。路民瞻道：

"舟山白杨梅闻名已久，这是枝头鲜，倒不可不尝尝。"

他说着，取一个塞入口中，细细地吮嚼，果觉甘美鲜洁，甘中略带点子微酸，别饶风味，远非他种水果所能比拟，赞不绝口。众人也都称好吃。不多会子，满满一盘白杨梅早吃了个空。这夜，猜拳行令，喝到个尽欢而散。次日，路民瞻等辞着要走，李长庚留住不放，定要众侠游览游览本岛风景，盘桓个三天五日。一面暗地派人到宁波把王瑞仲、王瑞叔兄弟邀来，路民瞻等见主人情重难却，只得住下。住了两天，王家弟兄来了，旧雨重逢，自然另有一番情谊。众侠在舟山不觉耽搁了十日光景，这日，路民瞻等定要动身，李长庚见挽留不住，只得设席饯行，言明次日就恭送诸侠过海。不意这日辕门上送进两角公文，一角是杭州抚台衙门来的，说的是此次战功已经专章入奏，所有俘获安南伪侯伦贵利等四总兵，请贵镇即在定海凌迟处死，以彰国法而快人心。所有安南伪敕印，可即派员呈送来院，本部院当即备文咨行安南，掷还该国。一角是福府制台衙门来的，李长庚拆开阅瞧时，不禁怒发冲冠起来。欲知所为何事，且听下回再解。

第十八回

捕剧盗火齐照海
遇乌龙八侠失踪

话说李长庚拆开制台玉德的公文，说伦贵福、莫扶观为凤尾、水澳两帮之渠魁，该镇于征剿时，竟使之漏网脱逃，办理殊为疏忽，限该镇于一月内，务将伦、莫两渠正身设法拿获，以除巨患。既据报称，该两逆单舸逃出，势极狼狈，拿捕当必极易。该镇素以忠勇干练著称，仰即依限毋违等语。长庚瞧毕，气得说不出话来。众侠见长庚气色不好，询问缘故，长庚取出制院公文给众人瞧阅。众侠也都代为不平，都说镇台立下如许大的大功，这位制台偏没有半句奖励的话，偏是这么打官话，我们也很气不过。李长庚道：

"这厮偏又是个制台，奈何他不得！"

路民瞻见李长庚有怨恨的意思，心中一动，道：

"何不乘机打动他？倘然设法劝得此人入了八卦教，倒是大大的一个臂助。"

当下就与周浔等暗暗示意，八个侠客于是暗中开了个秘密会

302

议。路民瞻表明己意，大众一致赞成。曹仁父道：

"古人说得好，君知我报君，友知我报友。咱们要他入教，须先竭诚地待他，感动他的心。心一感动，不论什么事，都易办了。"

路民瞻道：

"现在他被制台严限一个月内捕到伦贵利、莫扶观，他为这件事最为愤恨，最为困难，咱们就帮他先干了这件事如何？"

众人都称很好。路民瞻立刻往见李长庚道：

"制台这么地严限，是明料着镇台必定办不到，有意为难镇台。我们与镇台的交情非寻常泛泛可比。镇台受委屈，差不多就是我们受委屈。我们已经商议过，不回去了，且尽心竭力帮助镇台拿到了伦、莫两贼，吐这口恶气。"

李长庚听了，万分感激，随道：

"诸位真是长庚的大恩人，屡受大德，只有五中铭感罢了。"

于是定期六月初三日出师，搜岛拿捕。李长庚问：

"众位的神剑，神出鬼没，无坚不破，无远弗届，兄弟非常佩服。但不知海洋中深水里头也能够行使吗？"

路民瞻道：

"咱们的剑，虽然是很渺小的一件小东西，却能够空中取鹰隼，陆上斩虎豹，水中刺蛟龙，恁是哪里，都可以使用。"

李长庚道：

"这就好了。这伦贵福善识水性，划水游泳都不必说，他会蛰伏海底，连着六七日，捕鱼为粮，喝水解渴。万一此回着手拿捕，这厮跳起海来，可就奈何他不得了呢！"

路民瞻道：

"别的事都不怕，这深及万丈的海洋，黑洞洞都是水，水偏又是浑浊，钻了下去，哪里去找他呢？我们的剑总要目光瞧得到，剑才能够使得到。"

白泰官道：

"要烛照幽微也不难，我们现有着法宝可以用了。"

众人都问：

"法宝在哪里？"

白泰官道：

"我与吕元兄在北京和珅家里得的火齐珠，可以用了。火齐珠这东西，光能朗照水底，取出来不就不怕他钻向海底了吗？"

周浔道：

"十九颗火齐珠，我也见过，你不是寄存在飞龙岭太阳庵中吗？"

吕元道：

"如去一取，也很易，日期促迫，就用剑术走一趟是了。"

这日，吕元就用剑术飞行，来去迅速，次日中饭时光，已经回来了。到了出兵这一日，吕元就把火齐珠分给众侠。路民瞻、曹仁父、周浔、张福儿、甘凤池、吕四娘等六人，每人各取两颗，吕元与白泰官各取了四颗。那颗鸡蛋大小的母珠也由吕元藏着。路民瞻道：

"我们八个，该分住四艘海船，才好分驶海面上烛照，簇拥在一处，是很不便利呢！"

众人齐称：

"想得周到。"

于是李长庚带船出发。这一回船舰虽少，军容很是雄壮，因为俘获的乌艚船二十四艘，都已整理一新，装齐炮械，扬帆出发。二十四艘乌艚船，二十四艘兵船，共计大小四十八艘，扯起风篷，冲波突浪，飞一般驶将去。旌旗戈戟，密布如林，驶近安南海面，见并无哨船出海来哨探。长庚正拟下令攻入凤尾岛港口去，忽闻岛上一声炮响，就见十余艘乌艚船，自港口扬帆而出，火炮轰天，顿时硝烟如雾，炮子如雹。李长庚立刻下令还炮相击，激战了一个多时辰。两军船舰已驶得逼近，都各停了炮，彼此用铙钩、钩镰枪钩住了船舷，飞身跳跃，短兵相接。伦贵福手执双刀，跳跃而出。李长庚提了柄扑刀，飞身过船，接住厮杀。两个在夹板上一往一来，战有八九个回合，伦贵福英雄出众，李长庚本领非凡，真是一双两好，不分胜负。甘凤池瞧不过，飞身跃过敌船，挥刀而前，双战伦贵福。王得禄、邱良功见主将在敌船上血战，急忙指挥舵手把战船驶上，将伦贵福的坐船紧紧围住。众水手齐声呐喊：

"休放走了伦贵福，休放走了伦贵福！"

邱良功喝令掷药纵火，敌船的舵楼上顿时着起火来。此时众水手喊呐之声，天摇地震。伦贵福见舵楼上着了火，浓烟扑面而来，战又战不过李、甘两将，要跳出去，四面又都是敌船，真是走投无路，危急异常。一个暇怠，被甘凤池劈面一刀，几乎砍着，急忙一挡刀口，那刀口相碰，火星乱迸，虎口都几乎震开，心想：此时不走，更待何时？口中说一声："少陪你们了，有本领的跟我海里去！"说着，纵身一跳，水花乱溅，跳下海中去了。

路民瞻等一见，知道不能再擒活的了，于是七位剑侠一齐放剑，但见七道青白剑光闪电似的射向海中，顿时搅得满海沫起如沸，只是搅来搅去，搅去搅来，总杀不着伦贵福。吕元见了，就探手怀中，取出火齐珠来。众侠于是都把火齐珠取在手中，齐向海中照看。这火齐珠果然是无价奇珍，才一照时，就见海中澄澈晶莹，直望到底，海藻浮鱼，历历可数，可惜珠光所烛，只有径丈围圆，一丈之外依然是浑浊的。吕元见子珠的光线不很充足，就摸出那颗鸡子大小的母珠来。母珠果然更为厉害，珠光所烛，竟有十来丈的圆径，照见海底礁石如山，蜿蜒起伏，只是照来照去，再也照不见伦贵福的影踪。

看官，你道伦贵福躲在哪里？原来，他一下海，就伏在乌艚船底下，贴着船底，很是逍遥自在，七侠的神剑下海，他瞧得明白，见剑光掠过，鱼虾等物顷刻分为两段，唬得愈不敢游泳了。现在见火齐珠的珠光，明星似的照下来，心下愈益惧怕，不识是何法宝，瞧那亮光总是很厉害的家伙。船上七剑八侠瞧不见伦贵福，便把火齐珠四面乱照，珠光灿灿，宝气沉沉，宝气珠光，腾满了一海。正这当儿，忽然西南角上陡发起一阵大风来，顷刻满天都是乌云，天低如盖，浪涌如山，风雨交加，雷电并作，海船随浪升降，桅折樯断，索断篷横，各船直相碰撞，簸荡震撼，全军无不失色。只见云水中间，电光闪闪，一条很长的乌龙，张牙舞爪而来，乌鳞映着电光，青惨惨地怕人。忽然腥风阵阵，霹雳连连，天崩地陷似的一声奇响，海船上各水手无不齐呼救命。说也奇怪，经这么奇响之后，倏即雨止天晴，风平浪静。李长庚检点船舰，少掉了四船，不知沉没何处去了。检点人数，请来的七剑八侠路民瞻、周浔、曹仁父等八个人影踪都没有，不知哪里去了，大惊道：

"七剑八侠竟都失踪了吗？叫我哪里对得过人家？"

看官，你道七剑八侠一时都到了哪里去？这件事说起来也真是数有前定，莫可强求。北京和珅府中偏偏有了这稀世奇珍火齐子母珠，偏偏和珅爱不释手，每夜取出来玩弄，偏偏吕元、白泰官进京探视和珅府，用剑术摄取了来。千不该，万不该，云杰出主意炸掉了这灵磁峰，以致这条乌龙腾空出世。偏是乌龙是极爱美玉珠子的，偏是这火齐珠是出蜈蚣身上的，蜈蚣是龙最恶之物，珠子是龙最爱之物。大凡最恶之物，到了此物动力消灭之后，便变为最爱，如鸡啄蜈蚣，鸡是蜈蚣所最恶的，但是把鸡骨埋地便能引致蜈蚣，就是老大的比例。现在八侠挟了火齐珠照海，便把那条乌龙引了来。龙一见了珠子，欢喜得什么相似，风雨雷电都是龙的仪仗。八大侠手挟宝珠，那乌龙摄取珠子，便把人一齐带了去，所以七剑八侠霎时间就失了踪。欲知后事如何，且听下回分解。

第十九回

天宁寺吕寿出家
北京城林清造反

却说李长庚正在搜岛捕贼，海上陡起风云，良友忽然失踪，顿足大哭，懊丧万状，部将邱良功、王得禄再三劝解，才止住了英雄泪，亲自把舵驶入凤尾岛港口，前前后后，计搜了一遍，方才回来。

看官，这伦贵福自经李长庚三次大创而后，精华丧尽，已不复能为患海上。恰值安南农耐旧阮王与新阮王交兵，连战连胜，尽复安南故地，派兵掠地广南，凤尾也在其内，伦贵福、莫扶观、陈天保等尽被生擒活捉。旧阮王派官审问，知道伦贵福等都是中国内地奸民，受新阮王伪封的，立命解送中国，听候天朝惩办。那凤尾、水澳的余党，便都投了海盗蔡牵。蔡牵船多势盛，自称为镇海王，纵横海上十余年，商船出洋的，纳税番银四百元，就能够免劫，回来时再纳番银八百元。李长庚总统了闽、浙两省水师，跟他搏战，前后十余年，东南数千里，往返奔波，卒因飞身跃入牵船，被蔡牵害掉性命。长庚的部将邱良功为浙江提督，王得禄为福建提督，合兵替长庚报仇雪恨，在定海绿水洋围住蔡牵，拼死搏战。蔡牵舵断樯折，自知无救，乃首尾举炮自裂其船，沉海而死。这都是后话，一言表过不再絮烦。

却说七剑八侠被乌龙摄去之后，存亡莫必，生死不知，那路民瞻、周浔、曹仁父、吕元、白泰官五位本来是萍踪浪迹，无家无室的人，倒也没人牵挂。甘凤池、吕四娘、张福儿都是有家属的，凤池家中是陈美娘，福儿上有老母，下有娇妻，吕四娘又有着这多情多义的丈夫吕寿，所以八侠失踪，别地方还没有影响，松江、苏州、宿州三处早就搅翻了。那吕寿索性停了诊，四处遨游，走遍山南海北，到处暗访明查，哪里有点子音息？从苏州到杭州，杭州到绍兴，绍兴到宁波，这日访到王瑞仲家。王瑞仲接着，道：

"甘家嫂子、张家嫂子才来过，去得不过三日呢。吕兄远来，谅来就为尊夫人吕四娘的消息吧？"

吕寿回言：

"兄弟专为此事而来，贱内现在哪里？恳求指示！"

王瑞仲道：

"我劝吕兄不必寻了，这也是大数使然，看来吕兄今世今生夫妻是不能见面的了。"

吕寿一闻此言，宛如顶门上陡遭了一个霹雳，惊得目瞪口呆，急问：

"兄言什么？"

王瑞仲道：

"我劝吕兄看破点子，大致今世夫妻是不能见面了呢！"

吕寿道：

"敢是吾妻已遭不幸了吗？"

王瑞仲道：

"一言难尽，大致凶多吉少。"

随把七剑八侠跟随李长庚二次出征，正欲搜岛，陡遇乌龙出现，连人带舰尽都摄了去，没个影踪的事说了一遍：

"李长庚异常着急，率舰搜岛，何尝搜着什么？李镇台回来，就把此事告知了我，十分的抱歉。我说：'事关大数，真也没法奈何的事。甘家嫂子、张家嫂子找甘凤兄、张福兄，也都找了我这里来，去得才只三日。'吕兄，龙摄去的事，那不是凶多吉少了吗？"

吕寿听罢，不禁变了脸色，两眼一翻，身子栽倒，晕厥过去了。王瑞仲大惊，喊了家人，急忙灌救，救苏回来，神伤泪落，说不尽的悲伤。王瑞仲再三解劝，譬说百端。吕寿道：

"我已无意于人世了，立志削去烦恼丝，出家为僧。"于是就到宁波天宁寺披剃为僧，做了和尚，从此，天宁寺中便有了个医僧，这便是吕寿的收场结果。那宿州的毕氏娘子，代夫侍母，奉养得张老娘百年之后，也就削发空门，蒲团钟鼓，了此余生。松江的陈美娘，靠着一身本领，闯走江湖，专替官商保镖，做了个女镖师，这便是陈、毕两女子的收场结果。逐一表明，以清眉目。如今要提七剑八侠组织的八卦教了。

自从八侠失踪而后，八卦教徒热心维持教务，倒并不停顿。时光迅速，转瞬已过二十年。这一年，各卦推举过教首，举了的人倒都是一时人望、才智出众的。震卦教首李文成，是河南滑县

310

人氏。坎卦教首林清，是顺天大兴县人氏。乾卦教首张廷举，是山东定陶人氏。坤卦教首邱王，是山西岳阳人氏。巽卦教首程百岳，是山东武城人氏。艮卦教首郭泗，是河南虞城人氏。兑卦教首侯国龙，是山西岳阳人氏。离卦教首冯克善，是河南滑县人氏。震为七卦之首，震卦教首李文成兼掌九宫，统管八卦，八卦教徒没一个不听他的约束。这李文成世居在滑县的谢家庄，曾经做过木匠，人家叫他作李四木匠，精于算术，及星家象纬之学。因闻河南有谣语，若要红花开，须待盐霜来，遂自号为盐霜十八子。在震卦教中，见教中事有条理不当的，辄为厘次剖析，教众无不推服，遂被举为教首。那坎卦教首林清是个书吏出身，能方善辩，为人很是机警，性极慷慨，赚来的钱挥霍如粪土，有急难的人，他总尽力资助，因此人缘极好。充了教首之后，他就撰出八字真诀，命教徒们日夕拜诵。这真诀就是"真空家乡，无生父母"八个字。林清声言自己为金星下降，前世系卯金刀，遂改姓刘，叫人呼己为刘真空，金王于秋酉年秋月，将举大事，命教众祀奉金神于西方，色均尚白。那离卦教主冯克善，膂力绝人，是生成的虎将。坎卦教徒牛亮臣，智谋出众，是注定的军师。此时各卦还各自为谋，不很联络。一日，林清与牛亮臣同饮，酒酣，林清取出同教姓氏册，自夸招纳之多。亮臣笑道：

"不怕教主见怪，我看招纳不在多少，必得任事的人，事方有济。滑县的李文成真是异人，你欲举大事，非此人不可。"

林清遂托牛亮臣介绍，得与李文成书信相通。后来，林清因事往滑，文成一见大悦，奉林清为十字归一，于是八卦九宫，林李共掌，商议树旗起反的事，拟称林清为天皇，冯克善为地皇，李文成为人皇。天皇取直隶，人皇得河南，地皇割山东。诸教首裂土而封，各言其所欲据之地。

这年八月，有星孛于斗垣南，文成指示林清道：

"天象如此，吾其济矣！"

次年，就是嘉庆壬申岁，正月中旬，林清率了陈爽、陈文魁、支进才等到滑县。李文成、牛亮臣、冯克善等已经都在那里，教众大会于道口歃血饮酒，誓告师期，定于明年九月十五日午时，直隶、山东、河南同日起事。开议之初，林清与李文成欲分割直隶、河南，冯克善欲据德州以扼南北要道，争议未决。牛亮臣出来调和，遂定了同日起事之策，师期是李文成择定的，为了上年秋季星象示变，文成是精通天文的，推算出来，说是星射紫薇垣，主兵象，应在酉之年戌之月寅之日午之时，所以定在嘉庆十八年九月十五日午时也。那冯克善在会议的时候，虽然勉强附和，心里头却很不谓然，私向宋跃滦道：

"吾闻举大事，各据一州，无以自立。现在林清多大言而少实际，李文成阴险叵测，吾意不乐与林、李共事，欲自择善地，别树旗鼓，进退战守，唯吾所欲。德州乃南北扼要之区，漕艘经行之地，东邻大海，北接燕赵，顺风一呼，则河洛之交皆我掌握。烦你快与我号召师旅，共图大事，不要寄托在林、李檐下了。"

宋跃滦道：

"教主的见解很不差，党附林、李，终不会成功。但是我们离卦教中，兵不满千，老幼羸弱十去其三，寥寥数百人，能干什么事？"

312

冯克善没法，只得权时忍耐。此时林清因坎卦人少，欲向震卦借兵。众教徒见林清无谋无勇，妄自尊大，都劝李文成不要答应。牛亮臣力请允他，李文成道：

　　"天事骤起，非广为树敌，何以持久？林清密抵京畿，借给他兵，为我牵制官兵，使我无北顾之忧，策之上者也。"

　　于是，向林清道：

　　"公此间兵少，滑邑不下数万，仆当选精兵一千，先期乔装作商界模样，陆续驰至以助公，无有不济了。必待滑兵到后，公乃发动，万万不要轻举。"

　　林清应诺。到了次年正月，冯克善到黄村来，林清就告诉他将帅军伍旗帜号令，叫他调遣各将。八月中旬，李文成特派养子刘成章来报，五月十五日河南兵必到京师，公可传为内变。林清大喜。八月二十日，林清同了陈爽入京，知照内应太监刘得财、高广福。原来太监入八卦教的很不少，刘、高两人也是教徒呢。当下刘得财向林清道：

　　"机会很好，万岁爷正驾幸木兰，举行秋狝之礼，众皇子都扈从在那里。"

　　林清大喜，归语教徒刘呈祥道：

　　"已分遣刘内侍、高内侍在西矣！"

　　在林清心里，以为事成即在指顾之间。其实且慢快活，你道为何？

　　原来，嘉庆帝驾临布克崖，天朗气清，日高秋爽，嘉庆帝很是高兴，传旨进哨，行十三个围，预定九月戊辰出哨回跸。天有不测风云，人有旦夕祸福，哪里知道这夜里忽然暴雨如注，一连降了三日三夜的倾盆大雨，顿时溪水泛滥，沙渍泥淖，人马皆不能前行。到丙辰雨霁，嘉庆已不大高兴了，传旨仅行五围，即从中哨门伊玛图口回驻山庄，命皇子们先回。皇子们领了圣旨，回到京师，京城中已经布满了谣言，说弥勒佛有青洋、红洋、白洋三劫，现当白洋应劫。又童谣云：“八月中秋，中秋八月，黄花满地发。”

原来，癸酉年，钦天监定出，本是闰八月。后因有人奏称八月闰不得，闰了八月，就要见刀兵之乱，于是改闰了明年二月。八卦却仍把九月当作闰八月，编出童谣来。众皇子回京，林清伏在草莽，如何知道？

九月十四日，教徒李得、刘进等先后报告林清，兵众已集，等候大令一到，立刻动手。林清立派陈爽、陈文魁入京。临走，嘱咐道：

“入内城，只用数十个人够了，人多最防语泄，语泄最易致败。本军的精锐都伏在外城，预备迎接河南兵。外城一乱，内城不攻自破。”

两陈允诺。到了京城，就伏匿在市人家里。

次日平明，八卦教徒自黄村来的络绎不绝，一到午刻，即分作东、西两队，杀入紫禁城来。东队是陈爽打头，刘呈祥押后，向东华门而进。西队陈文魁打头，刘永泰押后，向西华门而进。太监刘得财、刘金为东队向导，张泰、高广福为西队向导，王福禄、阎进喜居中接应。那林清却在黄村等候河南兵到了，合集而进。东、西两队直捣皇宫，呼噪震天，声势十分厉害。此时各亲王中仪亲王、成亲王、庄亲王等得着警报，急发命令，飞召营

314

兵，从神武门入援。教徒已经杀到中正殿门外，诸王率兵抵御，已有数名教徒突入了大内。这时候，宫廷喋血，喊杀连天。皇次子、皇三子都在上书房，听得内侍大呼关门，心中奇诧，即从日精门出视，将至近光门，就见总管常永贵擒住教徒二人，都是头裹白布、手执快刀的。皇次子诘问：

"这是什么？"

常永贵道：

"小爷，不好了！反贼反进宫来了呢！现在外面众内监正与反贼厮杀，小爷们快快躲开！"

正说着时，皇四子也从书房出来，见外面呼噪震天，便与皇次子、皇三子商议，同到储秀宫皇后跟前去请安。忽见一个红顶官员飞奔而来，跑得急了，几乎跌扑下地。三个皇子见了此人，都吃一惊。欲知来者是谁，且听下回分解。

第二十回

破滑县教徒失败
克飞龙剑侠收场

话说三个皇子正欲同至储秀宫，忽见奔来一个红顶官员，仔细瞧时，正是学士窦兴。窦兴一见众皇子，就道：

"众位阿哥都在此，好了。我才从上书房散值出来，来到东华门，即见官兵与贼厮杀，喊杀连天，急忙奔入乾清门来告变。现在遇见众位阿哥都在此，就好了。"

四皇子点头道：

"我们早已知道，师父请便吧！"

三位皇子当下急步奔到储秀宫，见教徒已经越墙西入。皇次子立命取进撒袋、鸟枪、腰刀来，只见常永贵手执白木棍在遵义门内拒敌，一时枪刀取至，皇次子就率领众内侍登垣瞭望。只见教徒大至，都在膳房屋面上，自西而北，皇次子立刻开放鸟枪，轰然一声，一个教徒中枪跌下。偏是死不怕，后面的教徒，兀自扬着白旗指挥呢。对准了执旗的又发一枪，把执旗的打死。仪亲王的儿子贝勒绵志，也帮同开枪，打死了三五个教徒，才不敢上墙。皇次子驰至西厂，督同常永贵率领内监杀敌。战到晡时，诸王及内务府大臣都各引兵入卫。教徒没有接应，声势渐蹙，教徒图谋纵火焚烧宫殿。忽然风雨并起，雷电交加，一个破空而来的霹雳，震死教徒两名，堕在武英殿御河中，余众股栗。官兵乘势兜拿，内应的太监，外来的教徒，何曾逃走了一个？一网打尽，悉数擒拿，解交刑部严审，审出教首林清匿在京南二十八里之沙河黄村。于是步军统领英和立派番役张吉、高铎、徐永祥等出京踩缉，一面以八百里加紧飞奏行在。

却说林清在黄村地方，十五日黎明，即出视各路伏兵，午刻始归。次日，教徒祝林奔告禁城有备，不能攻取，林清默然不语。这夜，命教徒刘福受等严守村落，等候河南兵到，即来飞报。十七日晨起，闻得步卒行路之声，只道是河南兵到了。林清出村瞧看，不意来的正是番役，立被拿住，风一般扯了京师去了。此去定然凶多吉少，何消细说？

且说李文成答应下的一千河南兵为甚失约不至，原来，此时教徒为了反期急迫，日夜赶忙筹备。军师牛亮臣在滑县大伾山的东坡，聘党数百人铸造军械，制配旗号。教首李文成在谢家庄，杀牛宰马，大犒士卒，设官分职，编营定号。乡民瞧见他此种举动，知道大祸即在目前，遂暗地进城在知县衙门告了一状。偏偏滑县知县强克捷是通省州县中第一个干员，有胆有识，敢作敢为，当下接了状纸，就把乡民唤到签押房，和颜悦色，盘问了个仔细。九月初二日，就派头役陆安邦、陈天路带领伙计，密往擒拿，牛、李两要犯全都拿到。强克捷立刻升堂，严刑讯问。李文成非但全不吐实，倒指斥知县诬良为盗。强克捷大怒，喝用夹棍，文成号呼于庭仍不吐实。强克捷命用木棒重挞数百，打得血肉横飞，两股齐烂，依然极口呼冤，不肯招认，强克捷叫把下在死囚牢内。牛亮臣也不招认，杖了数百，血流遍体，也下在死囚牢里。一面申文报省，言明搜得军械旗号、印信册籍，证据确凿。乃该犯等熬刑异常，坚不吐实，是否解省正法？申文去后，还未接回批，这里的事就发作了。

原来，震卦教徒黄兴宰、黄兴相、宋元成在老安地方操练人马，得着文成事败之信，即向众教徒道：

"吾闻先发制人，后发为人所制。现在事情已急，十五之期断不及待。此间兵食既足，鼓行而前，径取滑城，据而守之。直隶之开州、长垣，山东之金乡、曹县，皆是我们的声援。官兵四路牵制，措手不及，然后全师以出，数百里都可传檄而定。"

教徒齐称好计。九月初七日，黄兴宰率领教众三千余人攻扑滑城，只半日工夫，就把滑城攻下，杀进衙门，把知县强克捷一门良贱尽都杀死，男丁女口共杀掉三十五个，强知县的次媳徐氏大骂不屈，被教徒钉在庭柱上脔割而死。一面打开牢狱，劫出李文成、牛亮臣。文成立刻颁出军令，分众守城，复联络各路据守要害。听得官兵将下河南，羽书络绎，于是不敢出兵帮助林清，所以林清在黄村左等不来，右等不见，被官兵拿了去。李文成在滑县城中大开帅府，设立羽帐。帐中出令，军士传呼，声彻数里。帐后高树大纛，写着"大明天顺李真主"七个大字。牛亮臣为军师，宋元成为大元帅，分理军事。那牛军师首戴道冠，身披八卦仙衣，临阵指挥时光，便建着羽葆，曳着鹤氅，扯起大白纛旗，大书"掌理天设八卦开法后天祖师林门大弟子牛"字样，教

318

众都呼他为牛先生、牛军师。自称为子真道人。那巽宫伯李怀林、连三中、刘道锡，坤宫伯申国正等都拜在牛军师门下为弟子，凡官职、仪注、旗帜、服色都是牛军师所手定。当下牛亮臣开言道：

"人皇李真主蒙尘在狱，冯克善不来援救，倒弃部下而逃。如此不忠之臣，要他何用？"

即派人到冯克善家中，把他的妻焦氏、子坤牛、女明儿尽都杀死。不意方才杀讫，冯克善恰就回来。牛亮臣立命把冯克善推出辕门斩首，众人劝道：

"克善是当今的虎将，用了他必得其力。今只身来归，如果见杀，谁不解体呢？"

亮臣点头，遂向克善道：

"从今以后，须努力报效李公，将功赎罪。"

立下军令，命他运粮，从富新庄到谢家庄，总领军饷。李文成为受刑伤，不很见人，众人不得军师令也不敢轻入议事。凡事由牛亮臣献议，李文成判道可以，就次第施行。当下牛、李两人商议定当，派将入直隶，蹂躏长垣、开州、东明各地，复攻入山东，打下定陶、曹县，围攻浚县。又因道口为滑浚屯粮大镇，西通怀庆，联结太行，为河南省粮运大道。怀庆北倚太行，南阻黄河，其地可守可战，出产硝磺、铁器。道口西有运河，河西都是村居，形势极胜，就命兑宫伯徐安国率众二万前往把守。徐安国到了那里，夺船结筏，意在入山。不意官兵大至，带兵的是总督温承惠，巡抚高杞，提督杨遇春、马瑜都是大员，十分厉害，开过两三仗，还算胜负参半。不意朝廷又派了个钦差那颜成来。那

319

钦差把官兵分为七路，佐着大炮，狠命地打来。那长须将军杨遇春又是当世著名的勇将，纵马舞刀，锋锐无比，二万教众拼命抵御，哪里抵得住官兵？早越过壕沟，冲突而入。滑县听得道口危急，派兵二千来救，又被官兵截回。官兵乘胜纵火，焚毙教众万余人，生擒三百八十余人。震卦大教师胡德仁等尽都战死，徐安国带领残败人马，退回滑城，哭诉战败情形。李文成责之道：

"汝失道口，按照军法当斩，姑以艰难之际，不忍加戮，宜立功自赎。"

此时，官兵进逼滑城，围其三门。不过正北与西北两门没有合围，云梯高耸，炮台层列，城外四面都是金鼓之声。李文成大惧，牛亮臣道：

"滑城周围数里，城郭完固，官兵虽众，未必就能攻下。待臣亲自登城，察看形势。"

当下牛亮臣率众登城，望到城外营垒重重，旌旗密密，旗上写着"钦差大臣那""提督军门杨""尚书托""总兵音""巡抚部院高""总督部堂温""提督军门马""总兵杨"等，都是将师纛。牛亮臣见了也很寒心。三十日黎明，桃源教徒引众与官兵战于滑县城下，连开三仗，连败三仗，官兵纵火焚烧城郭，火光烛天。从此之后，牛亮臣登城瞭望，官兵一日多似一日。

原来，官军方面，嘉庆帝命尚书托津橄调吉林、黑龙江马队齐至滑城，又传谕总督章煦，即派委大员执令箭沿途传旨，饬知领兵大员，督催吉林、黑龙江兵速赴河南，不得复停于开州。这时光，官军围滑已有四十余日，滑城五门都已拨兵围堵。不过正北一门，教众死守抵拒，中间隔有苇塘，难于攻扑。计五门官兵已到一万三千有奇。城中教众无不忧形于色，只有冯克善为了妻子被杀，日间与众人叙谈，佯为放旷，一到更深人静，独处一室之时，拔剑斫地，发舒愤懑，想往德州起众，袭破李文成，并有其众。十月二十三日，率其徒牛文成、李大成二人并教众五百出滑县西门，扬言与官军接战，就此乘间脱身。撞着提督杨遇春，冯克善跃马大呼，左右冲击，官军所当披靡。遇春亲率马步兵与克善厮杀，两马相交，真是棋逢敌手，战有三十多合，五百名教众已经伤残过半，李大成、牛文成收拾余烬回到滑城去了。冯克善独骑白马一匹，手持大铁刀，奔向南馆陶而去。

看官，这冯克善逃出之后，起兵没有起成，后来在献县地方被知县张翔拿住，结果了性命。

却说官兵攻打滑城，百道并进，昼夜不绝，看看滑城将拔。震卦教徒南湖将军刘国明从南湖寨率兵八百骑，同了宋克俊、王学义等潜赴滑城。三鼓时光，八百骑暂驻北郊，刘国明带了二十骑入城，与徐安国、牛亮臣会议。四鼓时候，保护李文成从北门出走。李文成刑疮溃烂，不能骑马，于是把他安置在轻车里，溃围而出。昼夜疾驰，驰抵飞龙岭山中，据险固守。官兵跟踪追赶，总兵杨芳、特依顺保、侍卫苏伦保、游击齐慎、都司赵起贵，各率马步直追到飞龙岭。先叫断树塞道，把一线天的险路塞断，马步尽从飞龙岭阳面而进。到了山冈之上，一齐堕藤而下。河南、安西的营兵，有不肯下去的，杨芳立斩二人以徇，于军众皆股栗，乃冒矢石而下。侍卫伊尔通阿、北兰保、苏青河、吉勒彰阿等奋身跃下。二十日平明，官军都已进谷，山中矢石如雨，侍卫伊尔通阿连中数矢，勇气益锐，官军衔矢裹创，饮血苦战，尸如山积。谷中房屋砖石作墙，坚不可破。教徒据险掷石，枪炮齐发，官军死伤甚众。血战了一日，依然相持不下。杨芳下令举火焚寨，众军束大炬而进，且焚且攻。一时烟焰蔽天，尸身塞路。有冒烟突围，焦头烂额而逃出的，悉被生擒活捉。李文成匿于碉楼。杨芳下令道：

"有能擒李文成来献的，受上赏。文成若投出，余众皆免死。"

教众大呼：

"李文成在此，欲杀即杀，断不肯降！"

官兵大呼杀入，文成已经举火自焚，教徒数十人群相拥抱而死。太阳庵两世所积珍宝，尽付咸阳一炬。《七剑八侠》全集终。

图书在版编目（CIP）数据

七剑八侠／陆士谔著. — 北京：中国文史出版社，

2019.3

（民国武侠小说典藏文库·陆士谔卷）

ISBN 978 – 7 – 5205 – 0914 – 5

Ⅰ. ①七… Ⅱ. ①陆… Ⅲ. ①侠义小说 – 中国 – 现代

Ⅳ. ①I246.5

中国版本图书馆 CIP 数据核字（2018）第 272217 号

点　　校：清寒树　　旷　野
责任编辑：薛嫒嫒

出版发行：**中国文史出版社**

社　　址：北京市海淀区西八里庄 69 号院　　邮编：100142

电　　话：010 – 81136606　81136602　81136603　81136605（发行部）

传　　真：010 – 81136655

印　　装：廊坊市海涛印刷有限公司

经　　销：全国新华书店

开　　本：720 × 1020　1/16

印　　张：21.25　　字数：268 千字

版　　次：2019 年 3 月第 1 版

印　　次：2019 年 3 月第 1 次印刷

定　　价：69.80 元